LOS MAR

JOHN J. RUST   MARK GARDNER

GUERRA DE LOS MUNDOS

REVANCHA

TRADUCIDO POR JAMES LUPO

Copyright © 2016
Mark Gardner & **John J. Rust**
Traducido por James Lupo
Todos los derechos reservados.

5x8 ISBN-13: **978-1542839631**
5x8 ISBN: **1542839637**

ASIN: **B07LBCYSSW**

PRÓLOGO

El Teniente David Beatty había sobrevivido una bala perforando su casco y la explosión de un almacén de municiones bajo sus pies en un buque anclado en Hafir. Ninguna de estas experiencias tan cercanas a la muerte le llenaba con el horror que desataban en él las máquinas alienígenas.

Un escalofrío atravesó su ser al observar las monstruosidades trípodes desde la cubierta de artillería del *Fateh*, como éstas avanzaban sobre el desierto. Debían de medir unos treinta metros de altura. Presionó su mano contra la cubierta de madera rectangular para mantener estabilidad mientras recordaba los comunicados salidos de Londres acerca de los devastadores rayos de calor. Una punzada de nausea se le hundió en el estómago al imaginar la agonía de ser calcinado.

Mejor sería acabar con ellos antes de que ellos acaben contigo.

Beatty se alejó del avance de las maquinas marcianas. "Sargento," llamó al hombre fornido parado junto al cañón de seis libras. "Apunten todas las armas sobre el enemigo. Esperen a mi orden para abrir fuego."

"Señor," dijo bruscamente el Sargento Ellison, Real Marine

a cargo de artillería. Gritó órdenes a la tripulación egipcia de artillería, quienes orientaron el cañón con rapidez. Sus siguientes órdenes llegaron al otro extremo de la cubierta del Fateh, pasando por las demás tripulaciones de artillería, quienes apuntaron a los marcianos.

Beatty sonreía. Ellison había entrenado bien a estos hombres.

"¡Morrison!" Beatty gritó al guardavía.

"Señor."

"Manda la señal al Nasir y al Metemma." Dio la misma orden a Morrison que le había dado al Sargento Ellison.

"Sí, Señor."

Beatty se reclinó contra la baranda, mirando más allá de la longitud del Fateh a los demás buques de guerra siguiéndole sobre el Nilo. Adelante se veía un gran navío cargado de cajas y docenas de refugiados. Era el transportador de vapor *Blackwood*, avanzando a tres nudos.

Lanzó un golpe contra la baranda, maldiciendo la lentitud del transportador. No era el momento para andar a gatas. Necesitaba toda la velocidad posible. No obstante, abandonar un barco sin armas y lleno de civiles no era una opción.

Beatty volteó a mirar los trípodes. Debían de estar a unos 800 metros de distancia, aún fuera del alcance de sus armas. Qué no daría por volver a estar en el *Trafalgar*, con mayores armas y tractores de oruga. Ciertamente sería un mayor reto para los marcianos.

No estamos precisamente indefensos. Miró el armamento del Fateh, y después a las máquinas enemigas. Suprimió su miedo y su ansiedad. Dentro de poco, los marcianos estarían al alcance, y entonces le mostraría a esos monstruos lo que --

Un destello amarillo salió del trípode al frente. Beatty se tensó ante el candente sonido. Algo ocurría a su derecha.

El Nasir desapareció en un geiser de humo y fuego. Beatty se sacudió frente al sonido de la explosión que le siguió.

Sonaron las armas de Metemma. Uno de los cañones del Fateh se unió al ofensiva.

"¡Alto al fuego!" gritó Beatty, agitando una mano al aire. "¡Alto al fuego! ¡Están desperdiciando municiones!"

El Sargent Ellison repitió la orden. El cañón dejó de disparar.

El Metemma siguió disparando. Explotaron penachos de humo y arena, lejos de los trípodes.

"Morrison. Manda la señal al Metemma --"

Otro rayo de calor del trípode líder. Una explosión consumió al Metemma.

Beatty apretó la mandíbula. Dos buques habían sido destruidos y los alienígenas apenas si habían sufrido un rasguño. Llevó la mirada al Blackwood. Algunos de los refugiados y miembros de la tripulación estaban pasmados por el horror de lo que presenciaban. Varios eligieron saltar del barco y nadar a tierra firme.

Exhalando lentamente, Beatty volteó a los marcianos. Sus entrañas se sentían frías. No quedaba más. Un disparo, y su tripulación y él estarían acabados.

"¡Todas las armas!" gritó. "¡Fuego!" Ya no importaba conservar municiones. Al menos podía mostrarles a los marcianos que estaban dispuestos a morir luchando.

Los marineros repetían la orden a lo largo del Fateh. Rugieron los cañones. Beatty vio los cascos explotando a varios metros de los trípodes, agitando salvajemente las arenas. Cerró los puños, y rezó por al menos darle una vez a aquellos bastardes antes del fin.

Un rayo alumbró la extensión del desierto. Beatty cerró los ojos.

Un temblor meció al Fateh. Beatty soltó un grito al caer sobre la cubierta. El dolor se abalanzaba sobre su espalda.

Parpadeó. *Por Dios, sigo vivo*. Escuchó explosiones sobre la popa del buque. Las municiones detonaban. Una columna de humo se elevó sobre ellos. Gritos de agonía llegaron a sus oídos.

Beatty hizo una mueca de dolor al levantarse. Ellison y sus artilleros estaban caídos.

"¿Están vivos?" Beatty llamó.

"Estamos vivos, Señor." Ellison mostró los dientes al frotarse el hombro. Dos de los artilleros egipcios asintieron.

Beatty trató de llegar al puente y acabó resbalandose. El Fateh se inclinaba sobre la orilla del río. Las llamas consumían la popa.

"¡Abandonen el barco!" gritó, "¡Abandonen el barco!"

Abrió la puerta al puente de golpe, llamando a la tripulación. Beatty corrió debajo de la cubierta hacia la nube de humo. Sus ojos ardieron y lagrimaron en búsqueda de sobrevivientes.

"¡Abandonen el barco!" El humo hacía su garganta y pulmones arder. "Aban-" Un ataque de tos sacudió su cuerpo. Buscó a su alrededor, con ojos hechos aberturas angostas y húmedas. Beatty alcanzó a ver su pie enfrente.

La cubierta se inclinó. Beatty resbaló contra la pared. Una ráfaga de dolor aquejó su hombro. Pensó en voltear y salir del naufrago llameante.

No puedo. No hasta saber que todos han salido.

Al menos, todos los que sigan vivos.

Dos sombra emergieron del humo. Beatty gruñó al sentir manos sobre su hombro.

"¿Quién está ahí?" llamó una voz brusca.

Beatty reconoció a este sujeto. Moffat, el ingeniero escocés a cargo de las calderas.

"¿Capitán, es usted?"

"Así es." Beatty apenas podía mantener los ojos abiertos.

"Más vale salir de este buque," dijo Moffat. "Está acabado."

"¿Hay alguien más bajo la cubierta?" La cara de Beatty se contorsionó por el sabor del humo.

"Lo dudo." Moffat sacudió la cabeza. "El fuego lo envolvió todo allá abajo. Apenas pude salir de la cámara de calderas con este pobre diablo."

Beatty miró al hombre recargado sobre el costado de Moffat. Asumió que se trataba de uno de los egipcios. Giró hacia el corredor. Un aura anaranjada brilló de entre el humo. El escocés no exageraba sobre la velocidad del fuego.

"Vamos. Vamos." Apresuró a Moffat a salir. Beatty miró por sobre su hombro, mordiéndose el labio. Si quedaba alguien vivo más abajo, no habría modo de llegar a ellos.

La culpa le desgarraba el alma al llegar a la escalera, presionándose contra la pared para mantener el balance. El Fateh se inclinaba a cuarenta grados.

Llegó al lado superior tan pronto como Moffat y el trabajador herido saltaron a las aguas del Nilo. Beatty corrió y se deslizó ms allá del cañón para después lanzarse al agua. Al saltar del barco hundiéndose, vislumbró un banco de arena cubierto de matorrales. El Sargento Ellison y dos de sus artilleros salieron del río, hacia la vegetación.

"¡Al banco!" Gritó a los sobrevivientes, apuntando a la pequeña isla. "¡Al banco de arena!"

Beatty se esforzó tanto al nadar que sus músculos comenzaban a arder. No se detuvo hasta llegar al banco de arena. Ellison le llamaba con un gesto. Beatty miró a su alrededor. El matorral se veía lo suficientemente denso para evitar que los marcianos los encontrasen.

Miró a su alrededor, a través de las ramas. Moffat y el trabajador herido emergieron después, con el escocés arrastrando a su compañero hasta el matorral. Más allá, el humo emergía colosalmente del Fateh hundiéndose. Beatty perdió su nave. No le importaba que no fuese un buque de la magnitud del Trafalgar, que sólo fuese un navío adaptado. Era su navío y había caído sin dar batalla.

"Dios santo," Moffat balbuceó.

Beatty miró al escocés, siguiendo la dirección de su mirada. Los trípodes estaban a 400 metros del río. Estaba boquiabierto. El tamaño los trípodes les maravillaban y aterraban a la vez.

El Blackwood estaba a la vista, con la cubierta completamente desierta. Algunos de los refugiados y miembros de la tripulación nadaban a la orilla. Otros ya estaban en tierra firme, corriendo sobre el desierto.

Los trípodes vadeaban sobre el Nilo. Los ojos de Betty parpadeaban entre las maquinas de guerra y la gente que seguía en el agua.

¡Más rápido! ¡Más rápido!

Un tentáculo salió como látigo del trípode líder, tomando a un hombre del agua. Beatty apenas logró contener el horror al ver como el trípode lo levantó en el aire y lo depositó en una 'canasta' globular en la parte trasera.

Más tentáculos entraron al agua, tan rápidos como la lengua de una rana. A cada movimiento, tomaron a un hombre o una mujer.

Las lágrimas ardían en los ojos de Beatty. Golpeó el suelo con un puño. No había nada que pudiese hacer por esas pobres almas. Nunca antes se había sentido tan impotente.

Una vez que todos los nadadores fuesen tomados del agua, los marcianos marcharon sobre tierra firme, persiguiendo lo que quedaba de los tripulantes del Blackwood. Beatty rezó porque al menos algunos pudiesen escapar.

Los trípodes pronto desaparecieron de la vista. Beatty y los demás permanecieron en el matorral, auxiliando al trabajador herido, un maltés llamado Grima. La mitad del rostro y torso del hombre estaban cubiertos de quemaduras y heridas sangrantes. Beatty sentía repulsión frente al olor de cobre y carne quemada emanando del hombre. No obstante, improvisó vendajes con las mangas de su uniforme. Ellison y uno de los egipcios hicieron lo mismo. Grima gemía levemente por el dolor. ¿Podrían llegar a un médico a tiempo?

¿Quedan hospitales en el Sudán?

El reducido grupo permaneció oculto en el matorral hasta el anochecer. Grima murió en el transcurso de la tarde. Sin modos de enterrarlo, Beatty condujo un breve e improvisado servicio funerario y llevó a los demás a la orilla occidental del Nilo.

"¿Qué hacemos ahora, Señor?" preguntó Moffat.

Beatty miró al escocés. *Buena pregunta.* Necesitaba ingeniar algún plan.

"Debemos de encontrar sobrevivientes de la armada o marina, y seguir con la lucha."

"¿Cómo diablos vamos a luchar con esas cosas?" Moffat lanzó los brazos a los costados.

"Encontraremos un modo," dijo Beatty. "Más nos vale si queremos seguir viviendo, y me refiero a toda la humanidad."

Cruzó los brazos y miró al suelo, pensativo. Volver a Atbara no era una opción. Los marcianos hicieron cenizas de la ciudad. Podrían seguir a Shendi, a cuarenta kilómetros al sur. Pero, ¿qué garantía había de que esta ciudad no estuviese por sufrir el mismo destino?

Incluso si los marcianos hubiesen destruido Shendi, todavía podían salvar provisiones y armas, y después descifrar el siguiente paso.

"Nos apegaremos al plan original," dijo Beatty. "Al sur hasta llegar a Shendi."

Viajaron a través de la oscuridad, paralelos al transcurso del río, pero no demasiado cerca. Beatty no buscaba que ninguno de su grupo fuese devorado por un cocodrilo.

Descansaron al amanecer. Cada hombre hizo guardia una hora mientras los demás dormían. Además de los marcianos y los cocodrilos, tenían que cuidarse de los mahdistas que habían venido al Sudán a luchar. Beatty no concebía que una invasión extraterrestre pudiese detener el deseo de los rebeldes de acabar con cualquier súbdito de la Corona Inglesa que encontrasen.

Demasiadas cosas en este desierto pueden matarnos. No contaban con suficiente armamento para defenderse contra hombres, bestias, o marcianos. Beatty y Ellison tenían sus Webley, pero el agua debía haberlos arruinado. Incluso si funcionasen, ¿Qué podían hacer unas pistolas contra los trípodes?

Qué no daría por tener unos de esos rayos de calor.

Continuaron su avance al sur al atardecer. Beatty estimaba que estaban a unos quince kilómetros de Shendi. La ausencia de humo o llamas en la distancia probablemente eran una buena señal. Tal vez la ciudad permanecía intacta.

Envigorizados por la esperanza, aceleraron el paso, escalando una duna.

Beatty se detuvo en la punta, mirando sin parpadear la imagen frente a él.

"Señor, ¿pasa algo?" preguntó Ellison.

Beatty no respondió. Simplemente permaneció estático, tratando de digerir lo que veía.

"¿Señor?" Ellison se le unió. "¿Cuál es el... Dios mío."

Tres trípodes caídos yacían sobre las orillas del Nilo, a unos 500 metros de la duna.

"¿Qué les ocurrió?" Ellison preguntó.

"No tengo idea." Beatty respiró profundamente, reuniendo todo su valor. "Es lo que vamos a descubrir."

El cejo de Ellison formó una expresión de inseguridad. Después se puso rígido y dijo, "Sí, Señor."

Con su Webley en la mano, Beatty dirigió a los hombres hacia los trípodes. ¿Acaso fueron derrotados por el ejército en Shendi? Las sombras del crepúsculo evitaron que pudiesen ver cualquier rastro de daño desde esa distancia.

Se acercó lentamente al primer trípode, esperando que éste

se levantase y lo incinerase. La gran máquina permaneció inmóvil.

Su corazón aceleró el ritmo al llegar a unos metros del trípode. Nunca esperó poder estar tan cerca de uno y permanecer vivo. Su tamaño colosal abrumó sus sentidos.

Alcanzó a ver algo más. El trípode no tenía agujeros, ni quemaduras, nada que indicase que hubiese caído frente a fuego de artillería.

El grupo examinó el segundo trípode. Este tampoco mostraba señales de daño.

"Tal vez se tropezaron," bromeó Moffat.

Llegaron al tercer trípode. Beatty se puso tenso, tomando su pistola con mayor fuerza al ver un bulto yaciendo contra la parte superior de la máquina. Uno de los egipcios suprimió una exclamación.

Tragando saliva, Beatty tomó un cauteloso paso hacia el bulto, y después otro.

El marciano no se movía.

Beatty se inclinó hacia adelante, observando la criatura. Le recordaba a un pulpo, de aproximadamente un metro y veinte de longitud, con una boca en forma de V y dos grandes ojos, cerrados. La piel era de color café verdoso con manchas grises. Beatty sintió repulsión por el olor fétido alrededor del extraterrestre.

"Horrendo granuja, ¿eh?" dijo Ellison.

"¿Cómo murió?" preguntó Moffat. "No parece que le hubiesen disparado."

Beatty se le quedó mirando fijo al marciano, concentrado en las manchas grises. No parecían pertenecer a su color de piel natural. "Creo que enfermó."

"¿De qué?" Moffat se acercó al alienígena.

"No lo sé." Beatty negó con la cabeza.

"Creo que lo mismo lo que ocurrió a esos dos." Ellison

apuntó con la cabeza a los demás trípodes. "¿Crees que el resto de los monstruos enfermó también?"

"Esperemos que ése sea el caso." Beatty se enderezó.

Ellison examinó el trípode con la mirada. "Bueno, si estos bastardos están en el más allá, no necesitarán estas." Palmeó sobre la torreta. "Imaginen lo que podríamos lograr con ellas."

Con las manos en los costados, Beatty observó el rayo de calor y sonrió. "Ya me lo imagino."

1

VEINTISÉIS AÑOS DESPUÉS

*¿**A**caso soy el único en este planeta que no se ha vuelto un estúpido y cobarde?* Guardián Supremo Hashzh llevó sus grandes y obscuros ojos a la pantalla. Sus ocho tentáculos temblaban. Abrió la boca y desató un furioso sonido entre un alarido y una gárgara.

Cuando el sonido dejó hacer eco en las paredes curvas de la habitación, Hashzh extendió los tentáculos sobre el piso y leyó el mensaje del Consejo Guía.

Nuestros cálculos más recientes indican que la raza Shoh'hau tiene defensas más que adecuadas para lidiar con cualquier posible ataque de los nativos de Brohv. Como ha sido establecido con anterioridad, el Consejo ha determinado que es poco posible que una raza primitiva como los Brohv'ii puedan replicar nuestra tecnología hasta el punto poder ser una amenaza. Por lo tanto, su solicitud para mayor armamento para la Fuerza de Guardia ha sido negada.

La ira de Hashzh incrementaba al seguir leyendo.

Además, Guardián Supremo Hashzh, sus constantes solicitudes no sólo se vuelven cansadas, también malgastan el tiempo del Consejo Guía. Hemos declarado en numerosas ocasiones que la prioridad de recursos debe ser orientada al Proyecto Final. Orientar tales recursos para armamento con pocas probabilidades de llegar a ser usado significa retrasar el progreso del Proyecto Final. Se le ordena cesar con sus solicitudes. Falta de cooperación con esta orden resultará en su despido como Guardia Supremo.

Hashzh deseaba cubrir a todos los nueve miembros del Consejo Guía en excreciones corporales. ¿Realmente no creían que los Brohv'ii no podían llegar a representar una amenaza? ¿Acaso habían olvidado los eventos durante la Misión de Limpieza hace trece ciclos? Los Brohv'ii sólo necesitaron aterrizar una nave en Shoh, y un solo sujeto poniendo pie en el planeta para comenzar a esparcir sus enfermedades.

El miedo dominaba su mente. Pensó en los Shoh'hau durante la Misión de Limpieza. ¿Cuánto sufrimiento toleraron cuando aquellos microbios entraron en sus cuerpos? ¿Qué tanto miedo sintieron, a sabiendas de que no tenían medios para combatir la enfermedad?

¿Le ocurriría lo mismo a él? ¿A toda la población de Shoh?

Así será si el miedo sigue reinando sobre el Consejo Guía. Ya no querían involucrarse con los Brohv'ii. Hashzh a veces creía que los líderes del planeta pensaban que la simple mención de los Brohv'ii haría que sus enfermedades se esparcieran a lo largo del planeta.

Golpeó el suelo con las puntas de sus tentáculos mientras su frustración se amplificaba. Las sondas que envió a Brohv, el planeta azul y blanco, Tierra como sus nativos lo llamaban, mostraban que habían logrado grandes avances tecnológicos en un breve periodo de tiempo. Sus variadas naciones habían construido naves espaciales, equipadas con armamentos de energía y misiles. Había satélites en su órbita. Incluso habían establecido hábitats artificiales en su luna solitaria.

Nada de esto habría sido posible sin la tecnología que los Brohv'ii rescataron de la fallida Fuerza de Limpieza.

Sin embargo, el Consejo Guía se negaba a admitir que los

Brohv'ii pudiesen ser una amenaza. Después de tan terrible fracaso, decidieron que el mejor modo de lidiar con los Brohv'ii era ignorarlos.

Si el cambio climático no lleva a nuestra extinción, los humanos lo harán.

Hashzh extendió un tentáculo a un panel y tocó la esquina superior derecha. La reprimenda del Consejo Guía desapareció para su alivio. En su lugar estaban los resultados de los entrenamientos de defensa planetarios que tomaron lugar durante el primer periodo de rotación. Lo que leyó no mejoró su estado de ánimo. La precisión para más de la mitad de los grupos vehiculares fue atroz. Tomó más tiempo del que era aceptable a muchas tropas de infantería llegar a sus posiciones de defensa. Cuando vio el desempeño de los cuerpos de defensa planetaria en su lejana luna, Hashzh sintió deseos de rugir.

¿Había infectado el Consejo Guía a la Fuerza de Guardia con su negación de la realidad?

Esto cambiará. Haría que la Fuerza de Guardia tomase sus deberes con seriedad. Entrenarían de rotación a rotación. Tal vez exiliaría a algunos Guardianes al terrible frío de la región norte. Esto acabaría motivando al resto.

Un chillido breve detrás de la puerta circular.

"Adelante."

La puerta se deslizó al abrirse, revelando a un Shoh'hau más joven, con piel café claro y tentáculos delgados.

"Givrht. Has regresado."

"Si, Guardián Supremo. Mi nave aterrizó hace poco."

"Infórmame de los avances," dijo Hashzh.

Givrht dio su reporte. Un sonido burbujeante salió de la garganta de Hashzh. *Al fin, algo por qué alegrarse.*

Recordó hace dos ciclos y medio cuando inició este proyecto. Hubo tantas ocasiones en las que se preguntó si realmente podía lograr hacerlo realidad. Ahora estaban a exactamente sesenta rotaciones de su consumación. Sesenta rotaciones hasta poder eliminar la amenaza de los Brohv'ii permanentemente.

Hashzh sintió su amargura convertirse en esperanza. *El Consejo Guía tiene su Proyecto Final, y yo tengo el mío.*

2

El Coronel George Patton apretó el vaso en su mano, mirando fijamente el radio en la repisa sobre el mostrador. Soltó un largo aliento, similar a un gruñido, mientras escuchaba la entrevista.

"No tiene sentido gastar tanto dinero en naves espaciales y demás armamento. La Tierra misma es veneno para los marcianos. Nunca volverán. Este dinero debe ser utilizado para alimentar y alojar a los pobres."

"Si," Patton refunfuñó entre dientes. "Y después veamos a los malditos marcianos destruir todos esos esfuerzos."

"Calma, George," dijo su esposa. Beatrice, sentada al otro lado de la mesa, alimentando al pequeño George IV. "La gente tiene derecho a expresarse."

"Y gracias a esa maldita invención de la radio, cualquiera pueda compartir su estupidez con todo el maldito mundo." Patton apuntó al aparato.

Algunos clientes del comedor voltearon a verle. Patton les ignoró y dio una gran mordida a su sándwich de jamón. La entrevista seguía.

"Pero generales y almirantes en el Departamento de Guerra

han afirmado que los marcianos son capaces de atacar la Tierra desde la órbita," dijo el entrevistador, Lowell Thomas. "No necesitan poner un tentáculo sobre el planeta para exterminarnos. ¿Cómo responde a ello, Señor Cannon?"

"Es más propaganda para los belicistas de Washington. Si los marcianos quisieran bombardearnos desde el espacio, ¿por qué no lo hicieron en 1898? El Presidente Wood, el Secretario de Guerra Dawes, y todos sus generales y almirantes quieren mantener a este país, a todo el mundo, en un estado de terror. Quieren que sigamos asustados de los cocos de Marte para poder mantener los bolsillos de sus amigos en la industria armamentista mientras los demás se mueren de hambre. Si quieren asegurarse de que los marcianos nunca nos ataquen otra vez, deberían tratar de entablar comunicación."

Patton golpeó la mesa con ambas manos. "¿Tenemos que seguir escuchando a este imbécil hijo de perra?"

Todo mundo en el comedor volteó a verle. Ninguno dijo palabra alguna. George IV rompió el silencio, llorando en brazos de su madre. Beatrice comenzó a mecer suavemente al pequeño. Sus hijas, Bea y Ruth, se quedaron cabizbajas.

Una robusta mesera pelirroja detrás del mostrador se mostró nerviosa. "Cambiaré de canal, señor."

"Claro que sí." La cara de Patton se contorsionó de ira.

Sin una palabra más, la mesera giró la perilla del aparato. Momentos después, una alegre tonada de piano llenó el lugar.

Patton examinó el lugar. Muchos de los clientes evitaron su mirada.

"¿Alguno de ustedes está de acuerdo con ese hijo de perra? ¿Alguno de ustedes piensa que los marcianos ya no son una amenaza? ¿Alguien aquí olvida lo que esos bastardos nos hicieron hace veintiséis años?"

Nadie dijo nada.

Patton y su familia terminaron el almuerzo en silencio, al

menos una vez que George IV terminase de llorar. Patton pagó la cuenta y salió del lugar, seguido de Beatrice y las niñas.

"¿Tenías que hacer eso, George?" Su esposa le regañó. "Eso fue tan vergonzoso. ¿Y qué te he dicho de hablar así enfrente de los niños?"

"Está bien, lo siento." Patton se jaló el collar de su uniforme marrón de la armada. El calor del verano le hacía sudar mucho. "¿Pero qué se supone que tengo que hacer? ¿Sonreír cada vez que escucho a un comunista--" Patton miró a sus hijas. "Ah, ¿cochino parlotear sobre cosas de las que no tiene idea?"

Se detuvo frente a la pared de una ferretería. Sus ojos se posaron sobre un colorido afiche mostrando a una mujer y a un niño envueltos en los tentáculos de un marciano. Al fondo, marcianos cruzaban las ruinas llameantes de una ciudad. Había un mensaje en grandes letras amarillas: ¡NO DEJES QUE ESTO VUELVA A PASAR! ¡ENLÍSTATE HOY!

"Veintiséis años, Beatrice." Cayeron los hombros de Patton. "Han sido veintiséis años desde que casi nos acaban. Pero para algunos es historia antigua. No tiene idea de cómo fue."

Las imágenes de los despojos en llamas de su pueblo natal pasaron por su mente. Tragó saliva, recordando a sus padres llevándole de la mano a través de calles y colinas, con gente gritando y huyendo a su alrededor. Recordaba la vista de los trípodes en el horizonte, el color naranja en el cielo nocturno causado por los incendios en Los Angeles. Con la quijada apretada, pensó en los amigos y familiares que perdió en la venida de los marcianos.

Beatrice tocó el brazo de Patton. "Suficientes recordamos. Deja que el hombre diga las tonterías que quiera. Personas como él no evitarán que el resto de nosotros haga lo que es necesario."

Patton acarició la mano de su esposa. "Espero que tengas razón, querida."

Subieron al Buick familiar. La pila de combustible de

hidrógeno zumbó al encenderse. Patton sacó el auto a la calle. Una briza fluía a través del compartimento. Patton miró al cielo. Sus pensamientos volaron más allá del cielo azul y las acolchonadas nubes blancas hasta llegar a la negrura del espacio, hacia el planeta rojo.

Si yo estuviese a cargo, ya habríamos quemado ese maldito planeta hasta hacerlo cenizas. Escuchó rumores de que los líderes mundiales tendrían un nuevo debate para autorizar la esperada invasión a Marte. Patton había escuchado estos rumores por los últimos cinco años y todavía no había derramado sangre marciana.

Tendré bisnietos para el momento en que estos malditos políticos decidan autorizar este plan.

Patton apretó el volante del Buick, maldiciendo silenciosamente a los presidentes, primeros ministros, y reyes que lideraban el mundo.

Como si los idiotas del Departamento de Guerra fuesen diferentes. La furia fluía a través de su ser al pensar en su rechazo de sus ideas para mejorar la artillería autopropulsada o AAP.

Patton condujo a través de la calle de Anniston en Alabama hasta llegar al Campamento Shipp. Pasó más allá de la estatua de bronce junto a la entrada principal, mostrando soldados luchando contra un trípode marciano. Había sido construido hace diez años para conmemorar a todos aquellos que murieron en la Batalla de Anniston. La mayoría de ciudades y poblados en los Estados Unidos y alrededor del mundo tenía algún tipo de homenaje a las víctimas de la invasión. Patton imaginó una estatua de sí mismo en alguna base militar, o mejor aún, en West Point, honrándole como el gran heroe de la conquista de Marte.

Eso si sigo en la Armada para el momento en que invadamos.

Al llegar a casa, Bea y Ruth fueron directamente a sus habitaciones, probablemente para evitar hacer algo que enfurezca a su padre. Beatrice recostó a George IV en su cuna mientras Patton se dirigió a su estudio, tras lo cual cerró la puerta y se sentó. Encendió el interruptor del aparato blanco, en forma de bloque sobre su escritorio. Un zumbido leve salió de la Caja Cerebro Electrónico, o "CCE". Tuvo que esperar cinco minutos a que el aparato se calentara, tras lo cual, tecleó 'shift' y '1'. Apareció su agenda electrónica. Patton tecleó 'abajo' hasta que la borrosa barra verde llegó a la sección 'R'.

Estimado Erwin,

Espero que estés bien en tu lado del mundo. También espero que estés teniendo mejor suerte que yo convenciendo a tus generales de las mayores capacidades ofensivas de vehículos de tracción oruga. Otra vez envié un reporte a nuestro Departamento de Guerra, detallando como un acorazado armado con un cañón de 37mm y dos a cuatro a ametralladoras puede funcionar en conjunto con caminantes de batalla en cualquier operación de ataque. Esta vez tuve historia reciente de mi lado. Cité treinta incidentes de la Guerra Civil Rusa, las revueltas en el Imperio Otomano, y mis experiencias de la Expedición a México que resaltaban las fallas de los caminantes de batalla. En todos estos conflictos, los caminantes fueron emboscados con pozos de dinamita camuflados. Las explosiones consiguieron volar al menos una pierna, lo que les dejaba fuera de servicio.

Los caminantes de batalla poseen mucho armamento, pero su tamaño impide el acercamiento sigiloso. En México, los hombres de Pancho Villa generalmente encontraban un lugar para esconderse hasta que terminasen de cruzar los caminantes, después emboscaban a nuestra infantería y escapaban antes de que los caminantes pudiesen regresar.

Patton dejó de teclear. Las memorias de los soldados norteamericanos masacrados alimentaban su ira. Le enfurecía aún más saber que, incluso tres años después, nunca capturaron a Villa.

Después de un par de alientos, siguió tecleando. *Los vehículos de tractor oruga son, por supuesto, más pequeños y menos ruidosos que los caminantes de batalla. Puede utilizar el terreno para ocultar sus movimientos. Pueden hacer reconocimientos antes del avance de los caminantes para detectar posibles emboscadas. Pueden rodear al enemigo y obstruir vías de escape, y después dejar que los caminantes hagan al enemigo sangrar hasta morir. Si realmente quisiéramos ser desgraciados tramposos, podríamos tomar al enemigo por sorpresa. Intenta lograr eso con un caminante de batalla.*

Los dedos de Patton flotaron sobre el teclado. Sabía que el ejército leía todos los mensajes enviados y recibidos a través del CCE. Lo que estaba por decir podía traerle problemas.

Se encogió de hombros. *He estado por en problemas tantas veces a lo largo de mi carrera. Ya estoy acostumbrado.*

Siguió tecleando.

Como de costumbre, el Departamento de Guerra, en su infinita sabiduría, rechazó mi propuesta. Empiezo a pensar que esto no tiene nada que ver con su devoción a la doctrina. Creo que es personal. Creen que estoy resentido por no haber calificado para formar parte de la tripulación de un caminante, y que mis propuestas reflejan esa amargura. Sinceramente, aún me enoja haber fallado la prueba. Pero juré, al ser asignado al área de AAP que haría de esta la mejor rama en la armada. Esto significa ingeniar nuevas tácticas y armamento.

Pero la gente a cargo del Departamento de Guerra parece tener una aversión a las cosas nuevas. Diablos, ¡algunas de sus tácticas datan a nuestra propia guerra civil hace sesenta años! Tal vez si levantaran sus grasientos traseros de sus acolchadas sillas y vieran a verdaderos soldados en el campo de batalla, verían el potencial de tener acorazados con tracción oruga. Con suficientes ametralladoras o lanzallamas, podrían dar suficiente apoyo a la infantería. Nuestra AAP tiene mucho potencial no explotado. Con las suficientes modificaciones, pueden ser el elemento clave en el avance, al poder destruir fortificaciones enemigas.

No te rindas, Erwin. No importa cuando decidan enviarnos a Marte para acabar con esos calamares, todavía tendremos nuestra oportunidad para mostrarle a esos generales que nosotros tenemos lo razón, ellos no.

Cuídate, amigo mío.

Sinceramente,

George S. Patton, Coronel de los E.E.U.U.

Patton tecleó 'shift' y '4' para mandar el mensaje. Después se reclinó en su silla, y pensó en los numerosos ejercicios de su Regimiento 214 de AAP del año pasado. Hace un mes, el Campamento Shipp recibió una cornucopia de provisiones y municiones. El comandante además canceló todas las salidas. Quiso tomar esto como una señal de que la orden se avecinaba para atacar a Marte, pero esas esperanzas ya habían sido defraudadas con anterioridad.

Patton inclinó la cabeza y rezó para que esta vez fuese algo genuino. Que pronto, él y sus hombres desatarían una tormenta sobre Marte, una lluvia con la sangre y entrañas de los extraterrestres sobre el suelo color óxido. Y en el proceso, revolucionar la maquinaria de guerra moderna.

3

"¿Es esto una broma o algo?" David Beatty, Almirante de la Flota, y Comandante Supremo de la Alianza Espacial, sostuvo la hoja de papel frente a las cabezas de estado.

Primer Ministro británico David Lloyd suspiró guturalmente. "Desgraciadamente, Almirante, no es una broma."

El delgado Beatty de cara redonda apretó el papel. "Los rusos nos prometieron veinte divisiones, quinientos caminantes de batalla y tres naves de combate. ¿A qué está jugando el Secretario General Stalin?"

"Según él, Georgia está dándole problemas. Ve esto como una amenaza a su gobierno."

Los músculos en el rostro de Beatty se tensaron al incrementar su ira. "¿Sigue esa estúpida guerra civil? Creí que ya había terminado." Tomando en cuenta lo que el Ejército Rojo y la policía secreta *Cheka* había hecho a lo largo de los últimos sesenta años, se sorprendía de que quedara alguien para desafiar la hegemonía del Comunismo en Rusia, o la Unión Soviética como se llamaba ahora.

"También yo asumía que había acabado ya," dijo Lloyd George. "Aparentemente, Stalin y los georgianos son de otra opinión."

Beatty miró el papel en sus manos. Tuvo que leerlos dos veces más antes de creerlo. "Quinientas tropas, dos caminantes y tres corbetas espaciales. Nada de artillería, cruceros acorazados espaciales, ni transportadores. Bélgica y Holanda están contribuyendo más que esto. ¿Realmente necesita Stalin todos estos soldados y caminantes para subyugar una rebelión en potencia?"

"Ese hombre es un paranoico," dijo un distinguido norteamericano de cabello cano a dos asientos de distancia de George. "Él ve enemigos en todos lados. No le gusta volar, por lo que nunca viene a la Base Lunar Alfa."

Beatty contuvo un bufido de frustración, mirando el domo de la sala de conferencia. El Presidente Leonard Wood tenía razón acerca de Stalin. Sólo participaba en las juntas del Consejo Supremo de Fuerza Expedicionaria de la Alianza Espacial, FEAE, a través de transmisiones CCE.

Excepto en esta ocasión.

Es desafortunado, pensó Beatty. *Entonces podría darle al demente su merecido.*

"Lenin ciertamente no era un premio," dijo Wood. "Pero al menos reconocía la amenaza de los marcianos, incluso durante el apogeo de la guerra civil. ¿Pero Stalin? Lo único que le importa es permanecer en el poder."

Tanto el Presidente de Francia Andre Maginot, como el Káiser Wilhelm II de Alemania, y el Emperador Maximilian I de Austro-Hungría asintieron. Beatty asintió discretamente, maldiciendo el golpe que sufrió Lenin a principios del año.

Ahora su muerte está poniéndolo todo en riesgo. Trabajó tan duro, se agració frente a la "gente correcta," perseveró contra idiotas en el gobierno y la milicia hasta lograr su objetivo, hasta alcanzar este punto en su carrera. Ahora, al borde de su mayor triunfo, un imbécil comunista estaba por arruinarlo todo.

"Mi plan requiere que los rusos aniquilen las ciudades en la Planicie Arcadia. No puedo lograr eso con quinientas tropas y dos caminantes."

"Creo que eso es dolorosamente obvio, Almirante," dijo Lloyd George.

"Entonces, presione a Stalin." Beatty lanzó los brazos a los costados. "Necesito su completa cooperación para el éxito de la Operación: Jefe Supremo."

"¿Cree que no lo hemos intentado?" Maginot protestó. "Le hemos implorado que dé prioridad a los intereses de la humanidad por sobre los suyos. Pero no cede." Gruñó el presidente de Francia. "Stalin es más necio que usted, Almirante."

"Entonces esfuércese más." Se vislumbró un filo de ira en el tono de Beatty.

Maginot se enderezó en su asiento. Su cara ovalada se alumbró en sorpresa. Se inclinó hacia adelante.

Beatty miraba estrictamente al francés. Si el presidente buscaba una pelea, él estaría complacido al darle una. No sería la primera vez que hubiese peleado con Maginot o alguno de los otros líderes del Consejo Supremo de la FEAE.

"Por favor," Lloyd George levantó una mano. "Tomemos un descanso."

Maginot le miró, y después se volvió a sentar, con una expresión agria.

No obstante, Beatty siguió en su ataque. "Caballeros, hemos soñado con este día, y nos hemos preparado por veintiséis años. El día que en que llevemos la lucha a Marte y venguemos a los millones masacrados por esos malditos calamares. Finalmente tenemos suficientes naves y hombres para una invasión a gran escala. Estamos a cuatro semanas de dar comienzo, o los estuvimos hasta que ese bufón en Rusia lo arruinó todo. Esto retrasará la operación una año, posiblemente dos." Dijo Beatty. "Las demás naciones del mundo tendrán que dar más tropas y construir más naves de guerra y transportadores para compensar los números faltantes de Rusia."

Los líderes se miraron entre sí. La preocupación se notaba en todos los rostros. Beatty frunció el ceño, preguntándose lo que estaba ocurriendo.

El Káiser Wilhelm II se inclinó hacia el frente. "Lo siento mucho, Herr Almirante, pero eso simplemente no es posible."

"Lo siento mucho, Su Excelencia, pero lo es. Simplemente no tenemos los números para invadir Marte."

"Han sido veintiséis años desde que los marcianos casi destruyen a la raza humana. Veintiséis años- ¿Es mucho tiempo, correcto?"

"Sí, Excelencia." Beatty asintió, preguntándose qué buscaba decir Wilhelm.

"Nos tomó muchos años reconstruir nuestras naciones. También nos tomó muchos años aprender sobre la tecnología marciana y duplicarla para nuestros propósitos. Entonces necesitábamos más tiempo para amasar una fuerza militar lo suficientemente grande para invadir Marte. En todo ese tiempo, una generación entera creció sin saber en carne propia lo que fue cuando los marcianos invadieron."

"Estoy seguro de que tienen una idea," dijo Beatty. "Han escuchado historias de amigos o familiares, han aprendido de esto en la escuela, han escuchado radio o visto películas acerca de ello."

4

Was iss das?

Teniente Coronel Erwin Rommel se inclinó hacia adelante en el asiento de su buggy, mirando por el parabrisas. Una docena de hombres en túnicas marrones y pantalones negros se hallaban parados a mitad del camino.

"Coronel, ¿quiénes son esos hombres?" preguntó el conductor, Cabo Kreutzer. "¿Qué están haciendo?"

"Están estorbando, eso es lo que están haciendo." Una expresión severa se formó en el rostro de halcón de Rommel al momento en que el vehículo se acercaba al grupo. "Más vale detenernos, Kreutzer. Tenemos que saber qué pretenden antes de que los atropellemos."

"Jawohl, Herr Oberstleutnant."

El buggy frenó. Rommel miró por sobre su hombro. El resto del regimiento AAP desaceleró hasta detenerse. Salió del vehículo y caminó hacia la unidad de AAP más cercana. Un hombre robusto y de cara dura como una roca se asomó por el costado del compartimento.

"¿Hay algún problema, Mein Herr?

"Posiblemente," Rommel dijo al Sargento Reimer. "Hay un

grupo de sujetos bloqueando el camino. Diga a sus hombres que tomen sus armas y que me sigan."

"Jawohl, Herr Oberstleutnant."

Reimer, junto con el conductor AAP, el artillero, y el cargador, salieron del vehículo, con ametralladores MP-18 en mano. Caminaron detrás d Rommel, quien mantuvo su mano cerca de la funda de su Luger.

Los hombres vistiendo de marrón no hicieron ningún gesto de ofensa. Rommel se preguntó si eran parte del movimiento anti-guerra. Sus números habían crecido a lo largo de los años. La mayoría de sus actividades se limitaban a manifestaciones o campañas a través de CCE. Se sabía que a veces bloqueaban las entradas a complejos militares o cubrían pósteres de reclutamiento con los suyos, apelando a entablar negociaciones con los marcianos.

El simple pensamiento hizo arder la sangre de Rommel. Tenía sólo seis años cuando llegaron los extraterrestres. No obstante, conservaba vívidas memorias de las ciudades y pueblos de su nativo Württemberg, incinerado hasta sus cimientos por los rayos de calor marcianos. Hombres, mujeres, y niños se convertían en cerillos humanos frente a sus ojos. Su tío Dietrich y primos Luisa y Wolfgang perdieron sus vidas, y su tía Bettina todavía tenía las cicatrices de la invasión.

Nunca escuchó que los marcianos tratasen de negociar con ningún humano.

Pueden arder todos en el infierno. Rommel se aseguraría de ello personalmente.

Tan pronto estos hombres se aparten del camino.

Rommel se acercó al hombre que parecía ser el líder. Este sujeto era similar a él en estatura, de 173, con cabello negro peinado predominantemente a la izquierda y un pequeño bigote.

"¿Está a cargo de estos hombres?"

"Lo estoy," ladró el hombre. "Adolf Hitler, Presidente del Partido Nacionalista."

Rommel nunca había oído hablar de ningún Partido Nacionalista, o de ningún Adolf Hitler. Observó a los hombres frente a sí. No parecían ser partidarios anti-guerra. Para empezar, todos parecían tener suficiente edad para haber experimentado la invasión en carne propia. La mayoría de los partidarios anti-guerra eran nacidos después de 1898. Además observó los ojos de Hitler; eran obscuros y furiosos. Rommel presintió que éste era un hombre que no temía usar la violencia para lograr sus metas.

Movió su mano hacia su Luger. "Yo soy el Teniente Coronel Erwin Rommel. Están impidiendo el movimiento de un regimiento del Ejército Imperial Alemán. Les orden apartarse de este --"

"¡No nos moveremos!" Hitler gritó, prácticamente lanzándose contra Rommel. Reimer y sus hombres apuntaron con sus armas.

Hitler ignoró las miras sobre él. "Hemos oídos los rumores. Van a ir a Marte. No podemos permitirlo."

Rommel se esforzó para mantener una expresión neutral. La FEAE había invertido esfuerzos para mantener Operación: Jefe Supremo en secreto. Esto se hacía difícil con tantas tropas, vehículos de combate y naves en el transporte.

"Como no está a cargo de Alemania, Herr Hitler, no tiene la autoridad de decirnos qué podemos o no hacer. Ahora, le pediré una vez más --"

"¡Nos dejarán a la merced de los judíos!"

Una mirada de confusión se formó en la cara de Rommel. *¿De qué diablos está hablando?*

"¡No ven la verdad! Los marcianos son títeres de los judíos. Mientras esos monstruos destruían nuestras ciudades, los judíos se ocultaban bajo el suelo como las ratas que son. Ahí construyeron sus ciudades secretas y amasaron sus armadas secretas para retomar la superficie una vez que los marcianos hayan acabado con la raza humana."

Rommel lanzó la cabeza hacia atrás, perplejo. Nunca en su vida había escuchado tales cosas.

Hitler siguió, gritando tan alto que casi todo el regimiento podía escucharle. "¡Los judíos se han tomado su tiempo, esperando a que los soldados despeguen a Marte!" Apuntó con el dedo a Rommel. "¡Y cuando vayan, los judíos saldrán de las alcantarillas y tomarán control del mundo, porque hombres como usted no estarán aquí para exterminarlos!"

Rommel había escuchado suficiente. "No tengo tiempo para escuchar sus locuras. Debe de apartarse y permitir el paso del regimiento, o le detendremos hasta llegar a Osnabruck, donde lo entregaremos a la policía."

"¡No nos moveremos!" gritó Hitler. "¡Permanecerán en la Tierra para lidiar con los judíos y su ejército secreto!"

Rommel miró intensamente a Hitler. Regresó a las tropas AAP detrás de él. "Sargento Reimer. Traiga más hombres para -_"

Un grito frenético hizo erupción detrás de él. Algo golpeó la espalda de Rommel. El aire explotó desde sus pulmones. Cayó al asfalto.

"¡Deténganlos!" gritó Hitler. "¡Destruyan sus vehículos! ¡No los dejen pasar!"

Una tormenta de pisadas cayó alrededor de Rommel. Gritó y forcejeó, tratando de quitarse a Hitler de encima. Un puño rozó su coronilla. Rommel vislumbró la mano derecha de Hitler pasando sobre su oído derecho. Se levantó y tomó al lunático de la muñeca. Rommel apretó los dientes. Aplicó tensión y giró con toda su fuerza.

Hitler gritó de dolor.

Rommel giró a la derecha, derribándole. Al ponerse de pie, vio que los aliados de Hitler luchaban con el artillero y el conductor. Reimer y su cargador golpeaban con sus armas.

Culatas de madera colisionaban con cráneos humanos. Varios soldados saltaron de sus vehículos y se unieron a la pelea.

Un rugido de furia llamó la atención de Rommel. Volteó para ver a Hitler embestir una vez más.

El Teniente Coronel se mantuvo en pie e hizo un puño con su mano derecha. Rommel le golpeó en el estómago. Hitler se retorció. Se esforzó por recuperar el aliento y cayó de rodillas.

Sonó el fuego de una ametralladora. Rommel se agachó y miró a su alrededor.

El Sargento Reimer disparó otra ronda al aire. "¡Abajo!" gritó. "¡Abajo o los mataré a todos!"

Los hombres de túnica marrón se pusieron de rodillas, con las manos al aire y miedo en el rostro.

"¿Se encuentra bien, *Mein Herr*?" Kreutzer se apresuró a llegar a Rommel.

"Sí, sí, estoy bien." Se limpio el polvo del uniforme y marchó hacia Hitler, quien seguía tratando de recuperar el aliento. Rommel le tomó del collar de la camisa y lo levantó.

"Acaba de atacar a un oficial del Ejército Imperial Alemán. Esto amerita una estancia duradera en prisión."

Ordenó a sus hombres que Hitler y sus seguidores fuesen aprehendidos y llevados en vehículos separados, bajo guardia. Después de cinco minutos, el regimiento estaba en marcha otra vez.

Al llegar a Osnabruck, cientos de personas tomaron las calles, vitoreando y blandiendo banderas en negro, blanco y rojo. Entre el entusiasmo se podían definir ciertas frases en particular.

"¡Muerte a los marcianos!"

"¡Quemen sus ciudades!"

"¡Acábenlos!"

Rommel se reclinó sobre su asiento. Los esfuerzos para mantener la operación en secreto no fueron muy exitosos. Por otro lado, no imaginaba que eso fuese posible, considerando que uno de los mayores puertos espaciales del Imperio Alemán se ubicaba en Osnabruck. Posiblemente alguien en la base dejó la información correr.

Vio un policía dirigiendo el tráfico en una de las intersecciones de la ciudad. Cuando Rommel le explicó lo que había ocurrido con Hitler y su partido, el policía fue a una caseta telefónica montada al lado de un poste de luz cercano. Varios minutos después, llegaron varios vehículos de transporte con la palabra POLIZEI engalanada en el costado.

"¡Bastardos imbéciles!" Hitler gritó al momento en que dos policías le introducían en uno de los transportes. "¡Nos han condenado a la esclavitud bajo los judíos!"

Rommel lo ignoró y subió de vuelta al buggy. Revisó su reloj y frunció el ceño. Estaban retrasados quince minutos a causa del episodio con Hitler y sus fanáticos.

Cuando el regimiento llegó a las puertas de la Base de Fuerzas Espaciales de Osnabruck, un robusto Sargento Mayor salió a recibirles. Se veía de edad suficiente para haber luchado en la invasión de 1898-

"¿Cuál es su unidad, *Mein Herr?*" preguntó el Sargento.

"Doceavo Regimiento de AAP Schaumburg-Lippe."

El Sargento de expresión seria revisó su tableta de notas. "Este regimiento debía haber llegado hace diecisiete minutos."

"Puede agradecer a un grupo de lunáticos por la demora."

El Sargento miró a Rommel en silencio por unos momentos. Después volvió a mirar su tableta. "El Doceavo Regimiento de AAP Schaumburg-Lippe ha sido asignado a la nave de transporte Gothensee, localizada en el Puerto 51. Vayan derecho por los siguientes tres kilómetros, después vuelta a la derecha. Habrá directores para llevarles a la nave."

"*Danke*, Sargento."

"*Mein Herr.*"

El regimiento de AAP condujo sobre el camino, doblando a la derecha en la intersección apropiada. Desde ahí, los señalamientos de varios soldados ondeando banderas les dirigieron a los puertos espaciales. Rommel notó que la mayoría eran mujeres. Alemania, como muchas otras naciones, usaba soldados femeninos para labores de apoyo, dejando más hombres disponibles para unidades de combate.

El regimiento de Rommel se unió al flujo de muchos otros vehículos. Pensó que parecían columnas de hormigas a punto de entrar en enormes naves en forma de caja de pan. Sintió un cosquilleo a lo largo de su cuerpo.

Realmente va a ocurrir. De verdad vamos a ir a Marte.

Los vehículos del Doceavo Regimiento de AAP Schaumburg-Lippe condujeron sobre la rampa trasera del Gothensee y se estacionaron en la cavernosa bodega de carga. Varios miembros de la tripulación de la nave encadenaron los vehículos a la cubierta. Un astronauta de cabello rubio, no mayor de dieciocho años llevó a los soldados a sus cuarteles. Como oficial mayor, Rommel tenía su propia cabina privada. Los oficiales menores se alojarían de tres a cuatro personas en una sola cabina, mientras que los no comisionados y reclutas, como de costumbre, se alojaban como sardinas.

Manos detrás de la espalda, Rommel miró por la porta. Unidades de trasporte, buggies, vehículos de artillería entraba en las demás naves. Prestó particular atención a las unidades AAP. Le recordaban el mensaje de CCE que recibió hace algunas semanas de su amigo, George Patton, acerca de lograr que los AAP fuesen vehículos viables para combate. El norteamericano tenía varios puntos a su favor pero se olvidó de un elemento clave. El cañón solo podía ir arriba y abajo. Para disparar en cualquier otra dirección, necesitaría girar el vehículo entero. Este sería poco práctico en los escenarios de lucha a rango corto que Patton y él imaginaban. Rommel sentía que el problema podía ser resuelto al poner el cañón en una torreta, similar a un buque de guerra. Pero al presentar esta idea, se le trató de un modo similar a cómo él había tratado a Adolf Hitler hace poco.

¿Qué saben ellos?

Esperó que George estuviese en lo correcto, que Marte les diera la oportunidad para probar sus teorías sobre la maquinaria de guerra acorazada.

Habían pasado dos horas cuando sonó una voz en los parlantes del Gothensee. "*¡Achtung! ¡Achtung!* Todo personal debe asegurarse en preparación para el despegue. Despegue dentro veinte minutos."

Rommel dio un gemido. Siempre había detestado esta parte de los viajes espaciales.

Buscó en su mochila hasta encontrar su traje de gravedad. Le tomó un par de minutos quitarse el uniforme militar y portar el traje gris de una sola pieza. Se sentó en una silla frente al escritorio metálico, los cuales estaban asegurados al suelo, y se abrochó los cinturones de seguridad.

Ahora, sólo quedaba esperar.

"*¡Achtung! ¡Achtung!*" Sonaron los parlantes. "Un minuto para el despegue. Repito, un minuto para el despegue."

Rommel se tensó, sus manos se aferraban a los brazos de la silla.

Retumbaron los motores de la nave, más y más fuerte a cada segundo.

"Cinco... cuatro... tres... dos... uno. ¡Despegamos!"

Un ruido similar a un centenar de tormentas rodeó a Rommel. Manos gigantes e invisibles le empujaban hacia abajo a medida que el Gothensee se elevaba.

Pareció pasar una eternidad antes de que tomara un nuevo aliento. Para entonces, se sentía más liviano que el aire. La nave había salido de la atmósfera de la Tierra.

El Teniente Coronel se relajó y desabrochó los cinturones. Una sonrisa se formó a lo largo de su rostro al comenzar a flotar sobre su silla. Extendió una mano hacia el techo, empujó

La Guerra de los Mundos: Revancha

y dio una pirueta en el aire. Soltó una risa. Era sorprendente como la falta de gravedad podía hacer un niño de todo hombre. Poca niñez había tenido, gracias a los marcianos.

Suspirando, Rommel se propulsó del mamparo y se dirigió a la escotilla. La abrió y flotó hacia el corredor. Varios soldados más también llegaron al corredor, utilizando los pretiles montados sobre las paredes. Rommel imaginó que se dirigían al mismo lugar que él.

Poco después, escuchó un sonido vinculado a la nausea detrás de él. Dentro de poco, le siguió uno más. Rommel sintió simpatía por los pobres soldados. También él había llegado a vomitar en su primera vez al experimentar la gravedad cero. Por fortuna, ya se había acostumbrado. Algunos soldados nunca se acostumbraban.

Rommel flotó hacia la puerta que llevaba abajo cuando vio una substancia viscosa y marrón flotando en el aire. Su nariz se arrugaba por el olor que emanaba de ella.

Alguien no había hecho mano de su bolsa de vómito a tiempo.

Ahora Rommel se sentía con nauseas. Logró calmar su estómago para cuando llegó a la plataforma de observación.

Los hombres se amontonaban alrededor de la gran ventana, expresando su maravilla por medio de oohs y aahs. Rommel tenía los ojos muy abiertos, abrumado por lo que veía. Había estado en el espacio con anterioridad para entrenamiento de gravedad cero o ejercicios de combate en la luna. Aun así, la imagen del planeta Tierra en el espacio no dejaba de asombrarle.

Flotó más hacia la ventana. Muchos de los soldados permanecían silenciosamente boquiabiertos al ver la Tierra. Algunos hacían comentarios como, "Nunca volverán a amenazarla," o "Veamos que les parecerá cuando destruyamos sus ciudades."

Rommel pasó al lado de un Sargento con una vieja

fotografía en mano, de una mujer rechoncha de cabello obscuro. Las lágrimas brillaban en sus ojos. "Esto es por ti, *Mutti*. Te vengaré."

Rommel quería decirle al Sargento, "Sí, la vengarás," pero decidió dejarle sólo con sus pensamientos. Volvió a mirar la Tierra, pensando en sus propias pérdidas. Sus tío, sus primos, y en cierta manera, su tía también. Ella había sido confinada a un manicomio por los últimos veinticinco años. Devastadas por el tiempo y la locura, su desgastada tía pasó los días mirando por la ventana, susurrándose a sí misma, "Vienen de vuelta. Vienen de vuelta."

El rostro de Rommel se tensó con una mirada de determinación. *No, no volverán.*

5

Con brazos cruzados, el Almirante Beatty observaba la gran pantalla montada en el mamparo frontal del compartimento de Coordinación de Batalla a bordo del *HMSS King Edward VII*. Miles de puntos electrónicamente generados se juntaban hasta convertirse en formas verdes. Ver tantas naves reunidas le hizo estremecerse.

Realmente está ocurriendo.

"Fuerza Especial 44 de los Estados Unidos llegando," anunció un oficial desde una consola a la derecha de Beatty. "Primera Flotilla de las Fuerzas Especiales Reales Australianas llegando."

Aparecían más puntos verdes en la pantalla. Las formas se expandían.

¿Será suficiente? Beatty apretó la quijada. Maldijo la preocupación que le perturbaba desde la junta del Consejo Supremo de la FEAE hace un mes. Había adaptado Operación: Jefe Supremo tanto como le fue posible, trató de creer que la pasión de venganza de los soldados y astronautas en la armada compensaría la falta de cooperación soviética.

Tendrá que serlo. Sería condenado si pasara a la historia como el hombre que coordinó la derrota de la humanidad en Marte.

"Primer Grupo de Batalla Espacial Austro-Húngaro llegando," dijo el oficial, un Teniente bajo y robusto llamado Porter. "Sexta Flota de las Fuerzas Espaciales Francesas llegando."

Más puntos en la pantalla.

Beatty detectó movimiento por la mirilla del ojo. Un robusto hombre de cabello escaso negro apareció al lado suyo.

"¿Impresionante, no?" dijo Matthew Gibbons, capitán de la nave.

"Sería aun más impresionante si tuviésemos a los soviéticos," gruñó Beatty.

Gibbons ladeó la cabeza. "Tal vez. Pero mire cómo sus fuerzas se vieron contra los japoneses hace unos años. No fue demasiado impresionante. No creo que les echaremos de menos en Marte."

Beatty rió. Había conocido a Gibbons desde hace años. Era un hombre similar a él. El capitán era un hombre de buen instinto que omitía la rigidez de la Marina Real, y no temía tomar la iniciativa. Gibbons lo demostró durante la invasión marciana. Su nave, la *HMS Repulse*, había bombardeado trípodes sobre la costa de Dublín cuando una lluvia d rayos de calor dañaron gravemente la nave, matando a la mayoría de los oficiales. Gibbons tomó el mando y utilizó lo que quedaba de batería para destruir un trípode antes de que el Repulse se hundiese. Fue uno de los veinte sobrevivientes del episodio.

Era este el tipo de hombre que Beatty quería como capitán de la nave insignia.

"Tal vez tenga razón." Beatty volteó a ver a Gibbons. "No obstante, es bueno tener números."

"Uno pensaría que el resto de las naciones en la FEAE proporcionaría más naves y soldados para compensar el déficit."

"Hice esa solicitud, pero el Consejo quiere que algunas de nuestras fuerzas se queden en la Tierra en caso de que los marcianos contraataquen." Beatty suspiró y sus hombros cayeron. "Además, todavía tenemos que cuidarnos de posibles adversarios humanos. Algunos en el Consejo están preocupados de que los rusos, los japoneses, o los otomanos busquen aprovechar el enfoque en Operación: Jefe Supremo para atacar a sus vecinos."

"Tercera Flota de las Fuerzas Espaciales Británicas llegando," anunció Porter. "Secunda Flotilla de las Fuerzas Espaciales Reales Canadienses llegando."

Beatty agitó la cabeza. "¿Recuerda los años después de la invasión?" preguntó a Gibbons. "¿Todos esos artículos en *The Times* y demás periódicos diciendo que la invasión uniría a la humanidad? Era el tema de conversación de muchas fiestas a las que mi esposa y yo fuimos. No más países ni fronteras, solo una Tierra unida. Supongo que ya sabemos la verdad, Capitán. Que era una completa falacia."

"Sí, Señor," Gibbons asintió. "Es difícil cambiar la naturaleza humana. Para muchachos como Stalin, mantener el poder le es algo real. Otra invasión de monstruos que no han pisado el planeta en más de veinte años no lo es."

"Bueno, si vuelven otra vez, Stalin no tendrá poder alguno, ¿no cree?" Beatty hizo un gesto despectivo. "Al diablo con él. Ese hombre pertenece en el asilo con los demás locos." Pensó en los georgianos que se levantaron en contra de Moscú, forzando a Stalin a mantener sus fuerzas en la Tierra.

Viruela para ambas casas. Beatty frunció el ceño, esperando que ambos lados se destruyesen mutuamente. Lo consideraba justo por poner sus necesidades por sobre las de la humanidad entera.

"Escuadrón 222 de las Fuerzas Espaciales Soviéticas llegando," dijo Porter.

"Que amable de su parte al unírsenos." Beatty miró

intensamente los puntos en la pantalla representando al pequeño escuadrón espacial ruso. Pensó en lo mucho que tuvo que cambiar Operación: Jefe Supremo a causa de la paranoia de Stalin. No puedo redistribuir suficientes fuerzas para asegurar adecuadamente la Planicie Arcadia, la cual iba a ser el área de responsabilidad de los rusos. Lo mejor que pudo hacer fue cambiar algunas naves, transportadores, y escoltas para bombardear el área. Sin embargo, ni siquiera el bombardeo más eficaz podría aniquilar a todos los marcianos y sus máquinas en la Planicie Arcadia. Ya había suficiente con qué lidiar para la infantería.

Además, inteligencia reportaba bastante actividad en el área a lo largo del último año y seis meses. Su análisis - *una suposición, en realidad* - indicaba que los marcianos tenían fábricas subterráneas de armas en esa región. Beatty no gustaba de ignorar lo que podía ser una instalación vital, pero el Primer Ministro Lloyd George le ordenó "hacerlo funcionar." Tenía que hacer lo mejor posible con lo que tenía, y rezar porque no perjudicara a él y al resto de la FEAE.

"Cuarta Flota de las Fuerzas Espaciales Imperiales Alemanas llegando... Segunda Flota de las Fuerzas Espaciales Reales Italianas llegando." El Teniente Porter volteó a ver a Beatty. "Señor, reporto que la flota ha llegado en su totalidad."

"Gracias, Teniente." Beatty tomó asiento y se abrochó los cinturones. "Alerte al resto de la Primera Flota. Despegamos en cinco minutos."

"Sí, Señor."

Beatty siguió revisando la pantalla con miles y miles de puntos, cada uno representando una nave. Había tantos.

¿Sería suficiente para la misión?

Los motores de fusión del King Edward VII rugieron al encender. El acorazado espacial, y otras naves de la Primera Flota de las Fuerzas Espaciales se elevaron de los puertos de la Base Lunar Alfa.

Beatty se aferró a los brazos de la silla, con terror y emoción debatiéndose por el control de su alma. Dentro de seis días, estarían en la órbita de Marte.

6

Hashzh nunca creyó presenciar una escena así.

El Consejo Guía, que había regido Shoh con gran sabiduría por cientos de ciclos, ahora se reducía a divagaciones ridículas.

"¿Cómo podían lograr esto los Brohv'ii?" El Consejero Rezdv sacudía los tentáculos. "Son primitivos e ignorantes. No pueden haber construido tantas naves."

"Las naves Brohv'ii ciertamente tendrán defectos," proclamó el Consejero Ehjah. "Sufrirán fallos, por lo tanto, nunca llegarán a Shoh."

Hashzh no sabía si estar enojado con ellos o tenerles lástima. ¿Qué tan aterrados debían de estar los consejeros para negar la realidad frente a ellos?

"Es inútil debatir lo que ya es un hecho," dijo el Consejero Dvemt, quien en opinión de Hashzh, era el único miembro racional del Consejo Guía. "Los Brohv'ii vienen a Shoh."

"Y traerán sus enfermedades consigo," dijo el Consejero Yrvul en tono rápido y temeroso. "No necesitan armas. Sólo tienen que abrir la boca y exhalar para exterminarnos."

"Los Brohv'ii no podrán hacer eso," dijo Hashzh. "Nuestra

atmósfera contiene menos nitrógeno y oxígeno que la de ellos. Tendrán tanta dificultad para respirar el aire de Shoh como la Fuerza de Limpieza al respirar el aire de Brohv. La mayoría de la superficie de nuestro planeta es más fría de lo que los Brohv'ii pueden tolerar. Necesitarán equipo especial para sobrevivir."

"Seguramente algunos estarán dispuestos a sacrificarse para exterminarnos."

Hashzh tuvo que admitir que el argumento de Yrvul tenía merito. La Fuerza de Limpieza había reportado varios actos de auto-sacrificio entre los Brohv'ii, especialmente en los Imperios Japonés y Otomano. No era inconcebible que algunos contemplasen deshacerse de un traje protector para esparcir su enfermedad entre la población.

"Debemos distribuir trajes de protección a todos los Shoh'hau," sugirió el Consejero Supremo Frtun, al centro del amplio y tubular Salón del Consejo Guía.

"Supremo Consejero," dijo Dvemt. "No hay suficientes trajes para toda la población."

"Entonces informaremos a todos y cada uno de los Shoh'hau que deben permanecer en sus alojamientos en el evento de una invasión Brohv'ii. Deberán inspeccionar cada abertura y sellarla." Frtun tomó una pausa. "También debemos de acelerar nuestro proceso de selección para el Proyecto Final."

"No se anticipa que el Proyecto Final esté listo por otro cuarto de ciclo," observó Yrvul. "Los Brohv'ii estarán aquí mucho antes. Guardia Supremo Hashzh, debe enviar cada nave de guerra posible para interceptar y destruir a la flota enemiga."

"Consejero Yrvul, no poseemos suficientes naves para destruir todas las naves Brohv'ii. Nuestra flota está vastamente superada en número." *A causa de que no distribuían los recursos necesarios a la Fuerza de Guardia para construir más naves.* Hashzh se sintió tentado a expresar lo que pensaba, pero sin importar qué tan furioso estaba con el Consejo Guía, tal falta de respeto era inconcebible.

"¿Qué significa eso?" Rezdv preguntó bruscamente. "Nuestra tecnología es superior a la de los Brohv'ii. Podemos derrotarlos."

"Los Brohv'ii son mucho más avanzados que hace trece ciclos cuando la Fuerza de Limpieza fue enviada a su planeta," Hashzh indicó. "Acabarán con nuestra flota a base de simples números. No podemos derrotarles en el espacio. Lo más que podremos hacer es retrasar su tránsito a Shoh."

"Entonces retrásenlos," ordenó Frtun. "Necesitamos más tiempo para completar el Proyecto Final."

"También debe enviar la totalidad de la Fuerza de Guardia para proteger el Proyecto Final," Yrvul indicó a Hashzh.

El Guardia Supremo evitó con todas sus fuerzas que sus tentáculos temblaran de ira. "Consejero Yrvul, si los Brohv'ii adoptan la misma estrategia de la Fuerza de Limpieza, no aterrizarán en una sola región. Atacarán todas nuestras grandes ciudades simultáneamente. Estas también deberán de ser defendidas."

"¡El Proyecto Final debe ser defendido a toda costa!" Los tentáculos de Yrvul se elevaron sobre él.

"Le aseguro que está bien defendido." Las palabras salieron disparadas de la boca de Hashzh. Se hartaba del miedo de Yrvul. "Muchos de nuestros trípodes y Guardianes están posicionados bajo tierra. Si desplazamos nuestras fuerzas alrededor del Proyecto Final, los Brohv'ii sabrán que hay algo importante en esa ubicación. Es ahí donde concentrarán sus fuerzas. Incluso si la Fuerza de Guardia logra repeler al enemigo, el Proyecto Final puede sufrir daño, posiblemente irreparable. La mayoría de nuestras fuerzas ubicadas ahí debe permanecer fuera de vista. El resto de la Fuerza de Guardia deberá ser esparcida a lo largo de Shoh para agotar, y ultimadamente, derrotar a los Brohv'ii. Esto nos dará el tiempo necesario para completar el Proyecto Final."

El Consejo Guía no dijo nada. Todos se miraron los unos a los otros. El Consejero Supremo Frtun se elevó tanto como le permitían sus tentáculos y miró a cada uno de los demás Consejeros. "Apruebo la recomendación del Guardián Supremo Hashzh. ¿Qué dice el resto del Consejo Guía?"

Yrvul y Ehjah disintieron, y el segundo añadía, "Las naves Brohv'ii no llegarán a Shoh. Sufrirán fallos."

Hashzh salió del Salón del Consejo Guía inmensamente satisfecho. Finalmente Frtun y los demás podían hacer uso de su inteligencia, aunque esto sólo sea cuando la amenaza se acerque desde un extremo del golfo espacial hacia ellos. Sin embargo, Ehjah parecía ser la excepción. Esto le preocupaba. Algunos Shoh'hau acabaron tan impresionado por la aniquilación de la Fuerza de Limpieza que sus cerebros 'sufrieron fallos'. Presentía que lo mismo le había ocurrido al Consejero Ehjah. De ser cierto, tendría que sufrir el destino de los otros que experimentaron fallos cerebrales. La muerte. No había lugar en la sociedad Shoh'hau para aquellos que no podían hacer uso de su intelecto.

A Hashzh le satisfaría la muerte de Ehjah. Después otro Shoh'hau, de mayor inteligencia, sin fallos cerebrales, lo remplazaría. El Consejo Guía sería más fuerte y capaz de lidiar con la invasión Brohv'ii.

Hashzh tomó un tubo de transporte subterráneo de vuelta a sus cuarteles. Al llegar a su habitación, llamó a Givrht. El Comandante de la Tercera Orden de la Guardia apareció en la pantalla.

"La flota Brohv'ii llegará a Shoh en pocas rotaciones," dijo Hashzh. "Reúna a todos los ingenieros y recursos que tenga, y diríjase a *nuestro* Proyecto Final. Complételo rápidamente. Si tiene que hacerles trabajar hasta morir, hágalo."

"Así será, Guardián Supremo. Si me lo permite, deseo traer un asunto a su atención."

"Adelante."

"Mis subordinados han reportado que mientras nuestros Guardianes se preparan diligentemente para la invasión Brohv'ii, muchos expresan temores de sucumbir a las mismas enfermedades que acabaron con nuestra Fuerza de Limpieza."

"El Consejo Guía también expresó esos mismos temores. Creo que son justificados. Pero sepa esto, Comandante Givrht. Si acaso los Brohv'ii erradican nuestra raza, será su deber asegurarse de que todos ellos perezcan también."

7

"Finalmente estamos preparados para ustedes." Una sonrisa se formaba lentamente en el rostro del Almirante Beatty. Se recargó en su silla, observando la gran pantalla CCE al centro del área de coordinación de batalla a bordo del King Edward VII. Su corazón latía rápidamente al ver los 460 puntos representando a la flota de Marte a punto de enfrentarse a las naves de la FEAE. Esto no sería como la masacre de su flota en Sudán. Esta vez lucharían contra los marcianos en condiciones iguales.

Lucharán y ganarán. Beatty cerró los ojos. Los rostros de los jóvenes de los buques de guerra flotaron en su mente. Un ligero escalofrío le atravesó al recordar el calor de las explosiones, los gritos de los heridos, y la imagen de sus hombres vaporizados.

Un bulto se acumuló en la garganta de Beatty. *Les haré pagar. Se los juro a todos y cada uno de ustedes.*

"Se separan." El Capitán Gibbons apuntó a la pantalla. "Parece que están enviando la mayoría de sus naves grandes a nuestros flancos."

Beatty asintió, observando los grandes grupos de puntos deshaciéndose.

"Teniente Porter," dijo al oficial de coordinación. "Ordene a la Fuerza Especial 44 de los Estados Unidos y a la Octava Flota Alemana reforzar nuestro flanco izquierdo. La Tercera Flota Británica y la Sexta Flota Francesa reforzarán el flanco derecho. Fuerza Especial 34 de los Estados Unidos, Primera Flota Brasileña y Tercera Flotilla Noruega reforzarán la retaguardia.

"Sí, Señor," Porter repitió la orden a los respectivos comandantes.

"Además," Beatty levantó un dedo, "muevan la Segunda Flotilla Canadiense, la Primera Flota Española, y Segunda Flota Italiana para proteger transportadores y naves de soporte."

"Sí, Señor," Porter pasó la orden.

La anticipación crecía dentro de Beatty. Añoraba la orden de abrir el fuego. Miró alrededor del Comando de Modernización de Brigada, y pensó en los miles de naves bajo su comando, todas construidas a partir de la tecnología que dejaron los invasores marcianos al morir.

Tecnología a punto de ser aplicada contra ustedes, monstruos. Encontraba la ironía deliciosa. Tal vez, algún día escribiría un poema al respecto.

"Bajen los monitores de proyección. Quiero completa visión a 360 grados del área de batalla."

"Sí, Señor," repitió Porter. "Bajando monitores de proyección."

Cuando grandes pantallas grises, similares a los que se encuentran en una sala de cine, descendieron del techo, dos a cada lado de la pantalla CCE. Las imágenes transmitidas por cuatro corbetas espaciales de la FEAE aparecieron en las pantallas, mostrando una multitud de naves aliadas esparcidas a lo largo de la obscuridad del espacio. Pronto, las cámaras mostraron las naves cilíndricas de la flota marciana acercándose.

Los ojos de Beatty parpadeaban entre la pantalla CCE y la

imagen transmitida de la corbeta británica *HMSS Pegasus*, la cual cubría la vanguardia de la flota FEAE. Más de cien naves marcianas se acercaban a ellos.

Se inclinó sobre la consola, encendió el radio, e hizo mano de un micrófono circular. "Adelante, elementos de la flota, alinéense detrás de las naves insignia. A mi señal, giren a estribor, y apunten todos al enemigo."

Beatty vio las varias naves aliadas maniobrar hasta hacer formaciones compactas de líneas paralelas. Tomó un breve aliento, observando ambas flotas acercándose mutuamente, casi en rango de ataque.

Casi...

"Todos adelante," Beatty dijo "A estribor, noventa grados. Apunten con todo."

Beatty sintió el golpe de los propulsores del King Edward VII virando a estribor. Las demás naves siguieron detrás de la nave insignia. Formaron una larga recta enfrente de la flota marciana, "cruzando la T," una táctica utilizada a gran efecto por Japón contra Rusia en 1911. Beatty esperó que fuese tan efectiva en el espacio como lo fue a mar.

"¡Nuevos contactos!" gritó Porter. "Numerosos pequeños contactos alrededor del elemento frontal de la flota marciana."

"¿A qué están jugando los granujas?" Gibbons miró la pantalla CCE.

Beatty vio pequeños puntos, como un enjambre de mosquitos, formándose alrededor de las naves marcianas.

"Detección del CCE identifica estos contactos como transbordadores," reportó Porter.

Una expresión perpleja se posó en el rostro de Gibbons. "¿Por qué utilizarían transbordadores contra nosotros? ¿Escuadrones de embarque?"

Beatty agitó la cabeza. "No puede ser. No es práctico en un ambiente de gravedad cero, especialmente con cuerpos así."

Se enderezó en su asiento, cuando se dio cuenta de lo que ocurría. "Están armados."

Centelló de ira. Maldijo a los agentes de inteligencia. Siempre habían mantenido que los transbordadores de Marte sólo se usaban para transporte y reconocimiento.

Tal vez si esos imbéciles arrogantes hubiesen hecho su trabajo...

Beatty gruño. La ira no cambiaría su situación. Hizo mano del micrófono. "Todas las corbetas, concentren fuego en los transbordadores marcianos. Cruceros y acorazados, concentren fuego en las naves grandes."

Revisó la imagen transmitida a través del Pegasus. Una masa de pequeñas y oblongas naves con alas cortas se propulsó hacia la flota FEAE. Los nervios serpenteaban a través de Beatty. Había tantas, y eran tan pequeñas. ¿Podían evitar que lograran atacar los transportadores y naves de apoyo?

Beatty apretó el micrófono. "Todas las naves... ¡abran fuego!"

Más de cien rayos de luz destellaron en la pantalla. Esferas de luz explotaron y se desvanecieron a la explosión de docenas de transbordadores.

Los marcianos reciprocaron el fuego. La imagen del Pegasus se llenó de incontables rayos, cortando a través del negro vacío del espacio. El King Edward VII se estremeció. Los músculos de Beatty se tensaron. Recordó Sudán.

"Impacto a babor, en popa," dijo el analista de sistemas de la nave, Contramaestre Douglas. "El daño es superficial. No hay pérdida de integridad en el casco."

Los músculos de Beatty se relajaron un poco. Agradeció a Dios por la gruesa armadura del acorazado.

Los rayos de calor y los misiles llenaron el espacio. Las explosiones no paraban.

"Cuatro transbordadores están en curso de intercepción," reportó Porter.

"Apunten con baterías secundarias," ordenó el Capitán

Gibbons. "Cañones primarios uno y dos, apunten al crucero marciano, coordinadas: 0-3-5, rango: 110 kilómetros."

Rayos finos y delgados salieron de los cañones secundarios debajo de la estructura del King Edward VII. Un transbordador fue destruido. Después otro. Los dos que quedaban dispararon. Beatty apenas sintió la sacudida del impacto. Estos rayos tenían menos potencia que aquellos de los trípodes y cruceros extraterrestres.

Al menos contra un acorazado espacial. Las corbetas y transportadores tenían mucho menor capacidad defensiva.

Una ráfaga de rayos arremetió contra los dos transbordadores que quedaban. Ambos estallaron. Un brillante destello hizo erupción más allá. Beatty vio un crucero marciano seccionado, con la sección delantera desprendiéndose.

"Cañones primarios uno y dos, abran fuego contra ese crucero otra vez," ordenó Gibbons. "Acábenlo."

El King Edward VII disparó contra el crucero, desapareciéndolo en una esfera de luz blanca.

Beatty observó las otras pantallas. Rayos y misiles iban y venían entre las naves FEAE y marcianas en los flancos. Aquí y allá, pequeños soles parpadeaban fuera de existencia.

Transbordadores volaron alrededor de las naves de la FEAE al frente de la flota. Una lluvia de rayos de calor cayó sobre acorazados, cruceros, y corbetas. Beatty se tensó al ver dos de sus naves explotar y desaparecer.

"Las corbetas *Ariadne* y *Medusa* han sido destruidas," anunció Porter. "Crucero norteamericano *Atlanta* ha sido dañado."

El King Edward VII se meció. Los cinturones de seguridad mantuvieron a Beatty en su asiento.

"Hay daño en Cubiertas Cuatro y Cinco," anunció Douglas. "Grupos de Control de Daño están acudiendo."

La ráfaga de rayos y misiles nunca cesó. Los

transbordadores marcianos silbaron alrededor de las naves humanas, acosándoles con rayos de calor. Perdieron comunicación con los cruceros *HMSS Bedford* y *USSS Independence*, los cuales tenían grandes agujeros a los costados. La corbeta *HMSS Argonaut* explotó. Varias de las naves marcianas siguieron desapareciendo en estallidos de luz.

Varios transbordadores penetraron a través de un hueco en la vanguardia de la FEAE.

Beatty sostuvo el aliento. Revisó el círculo defensivo interno de la flota, y tomó el micrófono. "Cruceros alemanes *Königsberg* y *Emden*. Cubran el hueco entre las naves británicas *Minotaur* y *Good Hope*."

Vio las dos naves alemanas acelerar hacia el hueco, disparando contra algunos transbordadores marcianos. Otros se les unieron, disparando contra los alemanes. Beatty sintió un hueco en el estómago al ver una explosión en la proa del Königsberg.

Maldita sea. Beatty golpeó el brazo de la silla. *Debimos de haber armado nuestros transbordadores también*. Mejor aún, construido jets que pudiesen operar en el espacio y no solo dentro de la atmósfera terrestre.

Ahora la FEAE podría estar pagando esa omisión.

El King Edward VII disparó otra vez. Un crucero marciano explotó y desapareció. Otro crucero apareció y abrió fuego. Beatty soltó un gruñido al impacto que sacudió el acorazado.

"¡Daño en múltiples cubiertas!" exclamó Douglas. "Torreta Cuatro destruida."

"Daño severo al acorazado norteamericano *Chester Arthur*," gritó Porter.

Otro temblor azotó al King Edward VII. Beatty alcanzo a ver a dos de sus escoltas disparando contra el crucero marciano. Los rayos de calor cortaron el casco cilíndrico. La nave extraterrestre se convirtió en una esfera de luz blanca.

Una explosión surgió de entre la flota aliada.

"Crucero norteamericano *Albany* destruido," reportó Porter.

Beatty contuvo el aliento al ver otro destello, y después uno más.

"Acorazado francés *République* y crucero británico *Furious* destruidos."

Dos explosiones más.

"Corbeta británica *Erebus* y crucero alemán *Seydlitz* destruidos."

Beatty miró al Teniente Porter con expresión de sospecha. Después giró su silla para ver al oficial al mando del King Edward VII.

"Capitán Gibbons, parece que algo podrido está pasando con nuestras malditas naves."

8

¡No voy a morir en esta maldita nave!

Desafortunadamente, *Commandant* Charles de Gaulle no sabía qué hacer para evitar ese fin. Los rayos de calor habían destruido el puente de la nave *Agadez*. Esto significaba que ya no tenían capitán, ni modo de navegar la nave o controlar el limitado armamento que tenían.

El alto y delgado oficial miró a los soldados en su compañía de caminantes de batalla, todos portando trajes espaciales con cascos en forma de peceras. El miedo irradiaba de sus rostros. Peor aún que el miedo, de Gaulle vio desesperación en sus ojos.

"¡Síganme!" Flotó hacia la salida del compartimento de tropas.

"¿Qué vamos a hacer, Señor?" preguntó uno de los hombres.

"¡No nos quedaremos aquí a esperar que los marcianos nos aniquilen, eso es lo que haremos!" de Gaulle protestó. "¡Muévanse!"

Muchos de los hombres se vieron los unos a lo otros. Algunos asintieron o cerraron los puños. Se propulsaron a través del aire y siguieron a de Gaulle a través del corredor.

Dos miembros de la tripulación flotaron hacia él. Estaba a

punto de detenerles cuando notó que uno de ellos estaba herido. Les dejo pasar para que llegaran a la enfermería.

No servirá de mucho si los marcianos nos hacen explotar, pensó con malicia.

De Gaulle siguió adelante. Trató de detener a otros tres tripulantes.

"¡Somos de Control de Daño!" gritó uno de ellos. "¡No tenemos tiempo para ustedes!"

El trío siguió su camino.

La frustración se acumulaba dentro de él. De Gaulle necesitaba hablar con alguien, de preferencia un oficial para saber qué hacer para salvar la nave, o al menos, luchar hasta morir.

Siguió flotando a través de los corredores, con sus hombres detrás de él. Los cláxones sonaron. Trató de resistir la paranoia de que en cualquier segundo, los rayos de calor de los marcianos despedazarían el Agadez.

De Gaulle tomó otro corredor. Alcanzó a ver a un hombre flotando en traje espacial, aferrado a un barandal. Se desplazó hacia él.

El sujeto básicamente sufría hiperventilación. De Gaulle tomó nota de su cara, joven y redonda. No podía tener más de veintiún años. Su identificación decía Manavian, y sus hombreras indicaban que era un oficial de Segunda Clase.

De Gaulle frunció el ceño. Finalmente había encontrado a un oficial, que resultaba ser del rango más bajo en la nave, lo que significaba que era inútil.

No obstante...

"¿Qué se está haciendo para luchar contra los marcianos?" exigió de Gaulle.

"¿Qué?" Manavian volteó a verle, con ojos llenos de terror.

"¿Podemos aun usar el rayo de calor o las ametralladoras? ¿Podemos maniobrar la nave?"

Manavian abrió la boca, pero no habló. Siguió mirando a de Gaulle con su expresión aterrada.

"¡Inútil!" de Gaulle empujó a Manavian. El joven oficial flotó, sin hacer intento alguno de detenerse.

De Gaulle presionó su puño contra su casco y cerró los ojos. No podía depender en nadie en esta nave. Si sus hombres y él esperaban sobrevivir, necesitarían encontrar un modo por sí mismos.

¿Y cómo pilotamos una nave lisiada y nos defendemos de los marcianos?

Debía haber un modo. Todos los problemas tenían una solución.

¿Qué tenemos? ¿Qué funciona aún?

Los motores funcionaban. Podían moverse, pero no navegar. ¿Había modo de arreglar eso? En cuanto a las armas...

De Gaulle tuvo una revelación. Volteó a ver a sus hombres. "Teniente Deschamps. Vaya a la sala de máquinas. Vea si podemos maniobrar esta nave."

"Sí, Señor."

"Sargento Giroux. Vaya a la plataforma de observación. Encuentre la nave de guerra más cercana y mande sus coordenadas a la sala de máquinas. Intentaremos ir en esa dirección para protegernos con sus armas."

"Sí, Señor."

"El resto de ustedes, síganme a la bodega de carga."

"¿La bodega de carga?" Una expresión inquisitiva se formó en el rostro del Caporal-chef Bosquier, conductor del caminante de batalla de de Gaulle. ¿Por qué allá?"

"Para poder combatir a los marcianos por nuestra propia cuenta. ¡Muévanse!"

Los hombres siguieron a de Gaulle hacia la parte trasera del Agadez. La nave se estremeció. El miedo comenzó a apoderarse de él. Por un momento, esperó la nave explotaría.

Al no ocurrir tal cosa, se apresuró a cruzar el corredor con mayor rapidez.

La nave volvió a agitarse para cuando de Gaulle y sus hombres llegaron a la bodega. Miró a su derecha y vio un pequeño compartimento utilizado por el Jefe de Carga. De Gaulle flotó hacia el compartimento y encontró a un hombre-querubín flotando sobre su escritorio.

"¿Quién está a cargo de la nave, entonces?" el hombre preguntó en un micrófono.

"No lo sabemos," una voz respondió desde la bocina conectada al micrófono. "Todos están demasiado ocupados tratando de reparar el daño."

"Maldita sea, alguien entérese. Tenemos que establecer a un capitán para esta nave. Encuentren al oficial de mayor rango que quede, y repórtense conmigo."

"Si, Teniente."

El teniente apartó el micrófono y después miró a de Gaulle. "¿Qué quiere... ah, Señor?"

De Gaulle miró el nombre del teniente en su identificación. Jobert. "Necesito que abra la escotilla de carga."

Los ojos de Jobert se abrieron ampliamente. "¿Qué?"

"Podemos usar los rayos de calor de los caminantes de batalla contra los marcianos. Es la única opción que nos queda."

"Mi comandante, no lo sé."

"¡Hágalo! ¡Le ordeno, abra la escotilla!"

De Gaulle le dio la espalda a Jobert. Apenas había oído al teniente responder, "Sí, Señor," antes de ladrar órdenes al resto de sus hombres. Su tripulación y una más liderada por el *Sargent-chef* Aumont tripularían los caminantes de batalla más cercanos a la rampa. Otro sargento, Degats, estaría cerca del borde de la rampa, sostenido por arneses de seguridad y usaría señales para alertar la proximidad de naves marcianas. El resto de la compañía salió de la bodega.

De Gaulle y sus hombres flotaron hacia los caminantes. Estas maquinas poseían tres piernas que terminaban en pies redondos, un brazo metálico con tenazas a cada lado, y una cabina que parecía el caparazón de un molusco, con varias ametralladoras a su alrededor y ocho tubos posteriores. Sobre la nariz había un rayo de calor en forma de antena.

Al llegar a la parte superior del vehículo, de Gaulle y sus hombres tomaron sus lugares dentro del vehículo de batalla. De Gaulle tomó su lugar de comandante y cañonero en el asiento trasero. Frente a la consola inferior en forma de herradura se sentaron Bosquier como conductor y el artillero secundario, Ponge.

De Gaulle miró por el parabrisas circunferencial. Al llegar a posición, Degats miró hacia arriba y saludó. De Gaulle asintió y encendió el radio.

"Teniente Jobert."

"Señor."

"Abra la escotilla."

Hubo una pausa, seguida de un renuente, "Sí, Señor."

De Gaulle tomó aliento. Escuchó un golpe metálico. La escotilla se abrió. Un fuerte viento sopló sobre el caminante de batalla atado al suelo. Varios segundos después, el caminante dejó de mecerse.

De Gaulle miró en el vacío. Un destello de luz consumió una nave cercana. Dos corbetas fragmentadas se revolvían en el espacio. Formas pequeñas y oblongas iban y venían a gran velocidad.

Transbordadores. Los marcianos habían armado sus transbordadores. Se atrevería a aplaudir la astucia de los extraterrestres si no les odiase con todo su ser.

De Gaulle presionó un botón en la consola. Una mira generada por ondas CCE apareció en el parabrisas reforzado. Fijó la mirada sobre un par de transbordadores rodeando una nave de apoyo de la FEAE. Tomó el control del rayo de calor y apretó el gatillo. Un rayo amarillento salió de la nariz del caminante de batalla.

De Gaulle escupió una obscenidad al haber fallado.

Disparó otra vez, al igual que Aumont en el otro vehículo. Ambos fallaron. Los transbordadores viajaban a gran velocidad, desvaneciéndose rápidamente de la vista.

De Gaulle rechinó los dientes, el lado derecho de su rostro se torcía de ira. Apretó el control con mayor fuerza, mirando a Degats. El sargento miró por la orilla de la bodega abierta. De Gaulle esperó a que Degats diera la señal de más transbordadores enemigos a la vista.

Nunca ocurrió esa señal.

Vendrán, pensó abatido. *Tienen que*. No se permitiría morir hasta matar a una de esas monstruosidades. Se lo debía a sus abuelos, que murieron cuando los marcianos destruyeron su pueblo natal, Lille. Se lo debía a cada ciudadano francés muerto en la invasión.

Degats levantó un brazo y apuntó a la izquierda con el otro.

"Aumont. ¿Ve a Degats?" preguntó De Gaulle al otro comandante.

"*Oui, Mon Commandant*."

De Gaulle se puso tenso. Su mirada parpadeaba entre Degats y el vacío del espacio. Su dedo acariciaba el gatillo del control.

Degats bajó el brazo derecho. De Gaulle miró hacia adelante.

¡Ahí! Dos transbordadores pasaban. De Gaulle apretó el gatillo. El rayo cortó la obscuridad. Un segundo rayo salió del caminante de Aumont.

Ambos fallaron.

Los transbordadores desaparecieron de la vista antes de que pudiesen disparar otra vez.

De Gaulle sintió su rostro enrojeciéndose. Cerró los ojos, luchando para contener su ira.

Puedes hacer esto, Charles. Destruirás a alguno. Les mostrarás que un verdadero francés lucha hasta su último aliento.

Abrió los ojos.

Aparecieron dos transbordadores, disparando directamente contra ellos.

De Gaulle sonrió. Como ocasionalmente ocurría en la guerra, el enemigo le daba a uno la oportunidad de derrotarle.

Apenas tomó tiempo para apuntar antes de disparar. El rayo apenas rozó el casco del transbordador.

Tómate tu tiempo. Tómate tu tiempo.

De Gaulle giró la cabina ligeramente a estribor. La mira cayó sobre uno de los transbordadores justo cuando Aumont disparó, y falló.

Comenzó a apretar el gatillo.

Los marcianos dispararon.

"¡Mierda!" gritó Bosquier.

Ambos rayos pasaron justo al lado del caminante. De Gaulle sintió cada pelo en su piel ponerse de punta. Suprimió el miedo y abrió fuego.

El rayo golpeó uno de los transbordadores. Una brillante luz blanca lo borró de la vista.

Quedaba todavía uno.

De Gaulle vio un destello a su derecha.

"No," Ponge boqueó.

Pedazos de metal del caminante de Aumont flotaron hacia el espacio.

De Gaulle llevó toda su atención al transbordador marciano acercándose. La nave se hacía más grande a cada segundo. ¿Acaso iba a embestir contra ellos?

No le daré la oportunidad.

De Gaulle disparó, al igual que el marciano.

Ambos fallaron.

De Gaulle disparó otra vez.

El transbordador marciano explotó.

"*Vive la France.*" Dijo como un reflejo.

Bosquier también celebró, mientras que Ponge exhalaba de alivio.

De Gaulle comenzó a relajarse en su asiento, pero se detuvo al ver movimiento más allá de la rampa de la bodega.

Cuatro transbordadores más formaron una línea escalonada y se dirigían hacia ellos.

El miedo iba y venía, era remplazado con aceptación, y amargura. Desde niño, había soñado con ir a Marte y hacer pagar a todos los monstruos por la devastación que desataron sobre Francia.

Mirando los cuatro transbordadores en frente de él, supo que eso no ocurriría.

9

"¡Eso! ¡Arrasen con ellos! ¡No cesen!"

Beatty se inclinaba hacia adelante desde su silla, con los ojos fijados sobre la transmisión del Pegasus. Al decidir que la mejor defensa era una buena ofensa, abandonó la formación de "Cruzar la T", amasó la vanguardia de la armada, y les ordenó zambullirse contra la flota marciana. Se veía una terrible tormenta de rayos de calor y misiles en la pantalla. Las naves se convertían en pequeños y efímeros soles. Beatty sonrió ante los reportes CCE de que la mayoría eran naves enemigas.

El King Edward VII había sufrido dos golpes. El Capitán Gibbons constantemente anunciaba blancos. Beatty vio los cañones del acorazado ultimar un crucero marciano.

Observó frenéticamente la pantalla, notando las posiciones de todas las naves. El crucero *USSS El Paso* y la corbeta *USSS Flusser* desaparecieron tras estallar. Cuatro naves marcianas se cernieron de sus restos. Beatty ordenó al acorazado *USSS Zachary Taylor* y a los cruceros *USSS Akron* y *USSS Rockford* interceptar a los extraterrestres. Un bombardeo de rayos de calor de las naves de guerra norteamericanas acabó con las naves marcianas.

Los transbordadores convergieron sobre el *Danzig*. Beatty hizo una mueca de pesar cuando los rayos hicieron pedazos el crucero alemán. Destellos blancos parpadeaban a lo largo de su extensión. La nave se sumergió fuera de formación.

Surgió otra explosión en la pantalla, donde antes estuvo la corbeta *USSS New Orleans*.

Beatty se aferró de los brazos de su silla. El final de esta batalla seguía en la incertidumbre.

Charles de Gaulle se preparó mientras las cuatro naves marcianas convergían en la entrada de la bodega. *Entonces tomaré toda la venganza que pueda*, pensó al tomar el mando del rayo de calor.

Rayos de calor atravesaron la formación marciana. Las cuatro naves fueron eliminadas.

De Gaulle parpadeó sorprendido. *¿Qué diablos?*

Aparecieron varias naves, cruzando los restos de los transbordadores marcianos. Corbetas, un grupo de cruceros, y un acorazado. Fue en la nave de mayor tamaño que de Gaulle alcanzó a ver una insignia roja y amarilla, con el nombre *Arrogante* en el casco.

Salvado por los españoles, se erizó. Su guerra con los norteamericanos, junto con la invasión marciana, hizo de que Imperio Español fuese poco más que una sombra de lo que alguna vez fue.

Al menos sirven para algo.

De Gaulle sintió el Agadez moviéndose a estribor. Asintió de satisfacción. Aparentemente, los ingenieros habían encontrado un modo de pilotar la nave a pesar de haber perdido el puente.

Miró a través de la escotilla de la bodega, naves humanas y marcianas pasando. Disparó algunas veces contra los transbordadores enemigos pero falló constantemente.

El Agadez desaceleró. De Gaulle miró a su alrededor. A estribor, vislumbró la proa de una nave de guerra humana. Probablemente un crucero, a juzgar por su tamaño.

"*Mon Commandant*," dijo una voz en el radio. "Soy el Sargento Giroux."

"¿Sí, Sargento?"

Los ingenieros nos han llevado al lado del crucero canadiense *Hamilton*. Este puede protegernos de futuros ataques marcianos."

De Gaulle encrespó los labios. "*Oui*," respondió llanamente. Habría preferido acabar junto a una nave francesa. ¿Cómo podía él confiar en una nación dentro del British Commonwealth para proteger una nave francesa?

A menos que el capitán sea ciudadano de Quebec. Rezó porque fuese el caso.

Nativo de Quebec o no, el Hamilton no permitió ningún ataque marciano sobre el Agadez.

De Gaulle llevó su atención a las tres piernas aseguradas al suelo de la bodega, todo lo que quedaba del caminante de Aumont. Su pechó se comprimió al pensar en los restos de metal y de cuerpos flotando hacia el espacio hace unos minutos. Aumont y su tripulación habían sido todos buenos hombres. Y en un santiamén, ya no eran más. Tal era la naturaleza de la guerra.

De Gaulle sostuvo la mirada sobre las piernas, y se preguntó cuántos hombres más perdería.

La cabeza de Beatty giraba de lado a lado,

absorbiendo todas las escenas en las pantallas. El número de naves marcianas disminuía a cada minuto.

Y entonces, ya no había ninguna.

Beatty se congeló, abrumado por la repentina quietud. Se sacudió, con la satisfacción electrificándole por dentro. De no ser porque esto fuese impropio frente a sus subordinados, habría lanzado los brazos al aire y celebrado como un niño. Veintiséis años después de que sus buques fuesen hundidos hasta el fondo del Nilo, había por fin tenido revancha contra los marcianos, en creces. Cientos de sus naves fueron destruidas, junto con miles de esas bestias desalmadas.

Esto es sólo el principio. Todavía nos queda el resto del planeta.

Tomó el micrófono junto a su silla.

"Capricorn Uno a todas las naves," utilizó el nombre clave para comunicarse con la armada de la FEAE. "El espacio ya está despejado de marcianos. Todos ustedes hicieron un trabajo espléndido. Hagan informe de daños y pérdidas, y transmítanmelo. Fuera."

Puso el micrófono en su sitio y volteó a ver a Gibbons. "Capitán. Buen trabajo manejando la nave. Mis respetos a usted y a su tripulación."

"Gracias, Señor, aunque a juzgar por los reportes iniciales, parece que nos han dado una paliza."

"Una paliza es preferible a flotar en pedazos."

Gibbons sonrió y asintió. "No lo negaré, Señor."

Beatty volvió a observar las pantallas y redesplegó la armada a sus formaciones estándares.

"Almirante." El Teniente Porter le llamó. El oficial de coordinación de combate se mordió el labio inferior antes de seguir. "El CCE ha compilado pérdidas iniciales y daños."

Beatty sintió tensión en los hombros. Asintió y se obligó a responder. "En pantalla."

El cursor brumoso y verde apareció en la pantalla de CCE, dejando detrás rastros de datos. Beatty leyó la información, y el remolino de ira, preocupación, y tristeza crecía en su interior a cada línea.

PERDIDAS TOTALES DE NAVES: 235
101 CORBETAS ESPACIALES
48 CRUCEROS ESPACIALES
21 ACORAZADOS ESPACIALES
21 NAVES DE DESEMBARCO
16 TRANSPORTADORES
12 NAVES DE PROVISIONES
6 NAVES DE MUNICIONES
3 NAVES HOSPITAL

El número de naves dañadas era casi el triple. Los muertos y heridos superaban los 100,000. Beatty presionó sus manos contra su regazo.

Más de 200 naves, más de 100,000 almas. No habían llegado a Marte aun, y ya habían sufrido pérdidas impactantes.

Puede que la FEAE haya derrotado a los marcianos, pero los extraterrestres les habían herido. Beatty tragó saliva al mirar las naves de soporte que habían sido destruidas y dañadas. Las invasiones podían tornarse complicadas cuando el enemigo daba un golpe significativo a tu infantería, provisiones y municiones. La larga línea de provisiones no ayudaba. El tiempo que llevaría a una nave de soporte volver a la Tierra y regresar a Marte sería alrededor de tres semanas.

En la guerra, mucho podía ocurrir en un periodo de tres semanas.

Beatty bajó el mentón hasta el pecho. Tenía que verse con el personal de planeación. Operación: Jefe Supremo tendría que ser revisada una vez más para funcionar en compensación de sus pérdidas.

"Háganlo funcionar," una vez más, escuchó al Primer Ministro Lloyd George en su cabeza.

Entre la falta de los rusos y las pérdidas de la batalla, Beatty se preguntó si el Primer Ministro pedía demasiado.

10

Feo.

Esa fue la primera palabra que vino a mente de Patton al ver la obscura esfera roja que era Marte. Este mundo se veía cicatrizado y triste, completamente opuesto a la Tierra. Nunca había visto azules y blancos tan vibrantes como al ver su planeta natal desde el espacio. Fortalecía su fe en Dios, pues sólo Él podría haber creado algo tan bello.

No me sorprende que los bastardos limosos quisieran la Tierra.

Enfocó la vista al flotar hacia la gran ventana de observación de la nave de desembarco, *USSS Fossil Creek*. ¿Cuánto tiempo había observado los malditos marcianos la Tierra antes de invadir? ¿Décadas? ¿Un siglo o dos? Y todo ese tiempo, la humanidad estaba ocupada luchando entre sí, completamente ignorantes de que un montón de calamares espaciales del planeta vecino les espiaban, midiendo fortalezas y debilidades.

La furia de Patton ardía con mayor intensidad a cada segundo. Esta no se dirigía a los marcianos, sino a su propia raza. ¿Por qué no habían construido telescopios más poderosos y armamento? La humanidad podría haber detectado a los marcianos años antes de su invasión. Las naciones del mundo podían haberse unido para planear un ataque. En vez de ello, su ignorancia casi provocó la exterminación de toda la vida en el planeta Tierra.

Ahora ustedes serán los exterminados.

Patton flotó sobre la cubierta junto con el resto de su Regimiento de AAP número 214. Todos sus ojos apuntaban a Marte y la armada FEAE que rodeaba el planeta. Miró su reloj, configurado para el horario de Marte. La cara del reloj era más amplia que la de un reloj común. Tenía que serlo, considerando que un día en Marte era treinta y nueve minutos más largo que un día en la Tierra.

La anticipación se acumulaba en su interior. No faltaría mucho para que comenzase el bombardeo.

Patton bajó la cabeza y cerró sus ojos. Señor, por favor cuida a todos tus hijos y protégenos durante nuestro deber para proteger Tu creación, Tu Tierra. Danos la fuerza para completar nuestra misión y destruir a todos los que amenazan Tu mundo.

Amen

Abrió los ojos, miró arriba, y esperó.

"¡Miren! ¡Ahí!" Uno de los hombres enlistados apuntó a la ventana.

Patton miró hacia el espacio. Dos puntos luminosos se desplazaban de una de las naves FEAE. Pronto le siguieron más y más. Parecía un enjambre de luciérnagas volando hacia Marte.

Hubo un vitoreo a lo largo de la cubierta de observación. Patton miró alrededor de sí. Sus hombres alzaron los brazos. Algunos incluso derramaron lágrimas de alegría.

Volteó a ver el planeta rojo, sus labios resistían una sonrisa maliciosa. Cada uno de aquellos puntos de luz representaba un misil balístico espacial, 900 kilos de explosivo por cada uno. Imaginó grandes esferas de fuego acabando con las ciudades marcianas. La última vez que estuvo tan feliz fue el día en que nació George IV.

Rayas luminosas salieron de las naves, cortando a través de la atmósfera marciana.

"¡Sí!" gritó uno de los soldados. "¡Ahora se lo estamos dando a ellos!"

"¡Rosticen a esos bastardos!" Otro soldado levantó su puño.

El vitoreo siguió. La sonría de Patton se hacía más amplia a medida que los misiles y los rayos bombardeaban el planeta. Ahora eran sus ciudades las que ardían en llamas. Eran ellos los que morían a millares, y tal vez, millones.

Una de las naves FEAE desapareció en una explosión de luz, seguida de otra. El vitoreo disminuyó.

"¡Maldita sea!" gritó uno. "Están acabando con nuestras naves."

Patton volteó rápidamente al soldado. "¿Qué diablos te pasa? ¿Qué diablos les pasa a todos ustedes? ¿Destruyen una o dos de nuestras naves, y creen que estamos vencidos? ¿Qué clase de americanos son ustedes?"

Flotó hacia la ventana y encaró al regimiento. "Nuestra nación fue nacida de la guerra y la sangre. Hemos sometido imperios a sus rodillas. Cada vez que nuestro país ha encarado un desafío, hemos luchado y triunfado. Esta vez no será diferente. No toleraré derrotistas en mi regimiento."

Sus hombres le miraban con atención absoluta.

Patton tomó aliento y continuó. "Si alguno de ustedes comienza a perder la fe, si alguno de ustedes duda que ganaremos, recuerden cómo fue hace veintiséis años. Recuerden nuestras ciudades en ruinas. Recuerden los millones que murieron, calcinados por rayos de calor, ahogados hasta morir en las nubes de gas, triturados como insectos por los trípodes. ¡Recuerden a los padres, hermanos y amados acabados por esos bastardos!"

Patton miró detrás de él. Los rayos de calor y los misiles seguían yendo y viniendo entre la flota y el planeta.

"No perderemos esta lucha, simplemente porque no podemos darnos el lujo. Si no acabamos con los marcianos ahora, pueden estar seguros de que volverán a la Tierra y nos exterminarán. Pues, eso no ocurrirá. Todos ustedes son excelentes soldados. Yo sé esto porque yo los entrené. Sé que he sido un hijo-de-puta, y que me odiaron, pero todo fue en preparación para este momento." Apuntó al bombardeo detrás de él. "Tuve que convertirlos en asesinos, en inmisericordes, no sólo para sobrevivir, sino para ganar. ¿Y cómo ganamos una guerra?"

En unísono, el regimiento dijo. "¡No muriendo por tu país, sino haciendo que el otro hijo de perra muera por el suyo!"

"Exactamente. Ahora pueden vitorear por esos flácidos allá afuera. ¡Celébrenlos como si estuviesen en un partido de beisbol. Comiencen a salivar frente a la oportunidad de bajar a ese planeta de mierda y arrancarle el corazón a cada uno de esos bastardos marcianos y devorarlos como si fuesen cortes de carne!"

Un rugido emergió de los soldados. Patton levantó el puño y volteó a la ventana, mirando las naves de la FEAE desatando una lluvia de muerte sobre los marcianos.

"¡Golpeen a esos hijos de puta!" gritó. "¡Pero dejen algunos para nosotros!"

Hashzh se encontraba estático, con los ojos fijos sobre el monitor frente a él. Vio los robustos misiles de alas rectangulares y motor tubular montado en la parte trasera caer sobre la gran ciudad de Rvunr, o lo que quedaba de ella. Pilares de llamas consumieron sus domos y estructuras en forma de obelisco. Una densa nube negra de humo se elevaba de las ruinas. El misil Brohv'ii se hundió en la raíz del humo, y segundos después, un destello naranja encendió la obscuridad.

Sus tentáculos se estremecieron. Otra parte de Rvunr fue destruida. Mas Shoh'hau muertos.

Llevó la mirada a otra pantalla. Cada una mostraba la misma imagen. Una ciudad Shoh'hau en llamas.

Su ira se dividía entre la suciedad Brohv'ii que destruía su mundo, y el Consejo Guía que lo permitió. Parte de él deseó que uno de esos misiles aterrizase sobre el refugio del Consejo y que incinerase a cada uno de esos incompetentes.

Hashzh se dio una reprimenda a sí mismo. ¿Cómo podía cualquier Shoh'hau con un mínimo rastro de lógica y respeto desear muerte a los líderes de ese mundo? Se preocupó de que su cerebro estuviese sufriendo fallos.

No. Simplemente estás dejando que la ira dicte tus sentimientos. Purgó los viles pensamientos de su mente.

Una luz azul destelló en el panel instalado en el suelo de su refugio de comando.

Justo cuando estoy pensando en ellos. De ser un Shoh'hau de hace miles de ciclos, de aquellos que creían en supersticiones, habría temido que el Consejo Guía pudiese leer sus pensamientos, lo cual seguramente habría resultado en su ejecución de ser posible.

Hashzh presionó un botón en el panel. El monitor se expandió, mostrando a todos los nueve miembros del Consejo Guía.

"Consejeros. ¿Qué puedo hacer por ustedes?"

"¡Extermine a los Brohv'ii!" Exclamó el Consejero Yrvul. "Nuestros telescopios muestran a sus naves acercándose a nuestra atmósfera. Pronto aterrizarán y contaminaran nuestro mundo. ¡Debe de exterminarlos!"

"Nuestras defensas planetarias ya han destruido varias de sus naves."

"Y aún así, los misiles y rayos de energía siguen aterrizando sobre el planeta. Se le dio la responsabilidad de proteger a Shoh, y ha fallado."

La ira se acumulaba dentro de él. Con gran esfuerzo, se contuvo para no insultar a Yrvul. "Hice todo lo que pude con los recursos que se me proporcionaron. Como he declarado en ocasiones anteriores, la Fuerza de Guardia no posee los suficientes medios para repeler una invasión a gran escala. Todos nuestros esfuerzos deben de ser orientados ahora a combatirlos cuando aterricen sobre nuestro mundo."

"Los Brohv'ii no pueden aterrizar sobre Shoh. Es imposible." El Consejero Ejhaj dijo con voz distante, como si estuviese hablando consigo mismo. Esta sería una señal definitiva de fallo cerebral.

Muchos del Consejo Guía miraron a Ehjah con sospecha. Posiblemente pensaban lo mismo que Hashzh.

"Los Brohv'ii están en camino," declaró el Consejero Dvemt. "Eso es una certeza. Por lo tanto, debemos de tomar precauciones."

"¿Qué sugiere? Preguntó el Consejero Rezdv.

"Debemos de proceder a la instalación que aloja el Proyecto Final. Ha logrado resistir el ataque Brohvoii. Estaremos a salvo ahí hasta que el proyecto esté finalizado."

"A menos que los Brohv'ii encuentren un modo de entrar a las instalaciones." Los ojos Yrvul se dirigieron a Hashzh. "Guardián Supremo. Debe de amplificar la seguridad para el Proyecto Final."

"El Proyecto Final tiene ya suficiente protección, Consejero."

"Entonces incrementará seguridad para el Consejo Guía. Asignará diez trípodes y cincuenta Guardianes para cada uno de nosotros."

La orden impresionó a Hashzh. ¿Querían noventa trípodes para protegerles? ¿No se daban cuenta de que tendría que despojar a regiones enteras de métodos de defensa? De esto modo, los Brohv'ii derrotaría fácilmente a la infantería.

Esos trípodes serían más útiles para proteger al Consejo Guía luchando contra los Brohv'ii, no guardados en el subterráneo.

"De acuerdo." Ehjah dijo apresuradamente.

"De acuerdo." Dijo Rezdv.

Los demás miembros repitieron la misma palabra, incluyendo al Consejero Supremo Frtun.

Hashzh consideró decirles que esto impactaría negativamente las defensas de Shoh, pero contuvo sus palabras. A pesar de estar tan furioso con ellos, seguían siendo el Consejo Guía. ¿Cómo sobrevivirían los Shoh'hau sin sus líderes?

"Así será," respondió Hashzh.

"Muy bien," dijo Frtun. "Envíe esas fuerzas de protección a nuestro refugio. Nos escoltarán al Proyecto Final."

La pantalla se apagó.

Hashzh lidió con su frustración y dio las órdenes necesarias. Al menos los trípodes y Guardianes podían viajar al refugio del Consejo por el subterráneo, evitando así la vigilancia Brohv'ii. El cambio climático resultó en una gran red de túneles e instalaciones a lo largo de la extensión de Shoh.

Esta red tal vez podría darles una ventaja contra los Brohv'ii.

11

"Un minuto para el aterrizaje."

Cada músculo en el cuerpo de Rommel se tensó al escuchar el anuncio. Respiró lentamente al sentarse en el asiento de comando de su AAP. Un minuto hasta poner pie en Marte. Un minuto hasta encontrarse en mitad de la guerra una vez más. Esta vez, sería en calidad de *soldado*, no de refugiado huyendo de los marcianos a la edad de seis años.

Miró alrededor del interior de su AAP. El Cabo Ehelechner, alto y delgado conductor, tenía los ojos sobre su regazo, apretando sus manos. Los soldados Frosch y Kopitz, artillero y cargador respectivamente, tenían los ojos fijos sobre la escotilla trasera del Gothensee, llenos de anticipación. En realidad, Rommel también sentía anticipación. Simplemente la ocultaba mejor que el resto de los soldados, tal era la capacidad de alguien que había vivido la destrucción que trajeron los extraterrestres.

"Treinta segundos para el aterrizaje," se oyó en las bocinas.

Frosch volteó a Kopitz y el palmeó el hombro. "Pronto, *mein freund*. Pronto."

Kopitz sonrío ampliamente. "Es hora de ver qué les parece a los bastardos una invasión de su planeta." Rió a todo pulmón.

Ehelechner sintió escalofríos, con los ojos todavía sobre sus manos.

El Gothensee se estremeció. Por una fracción de segundo, Rommel temió que un rayo de calor, o un misil se hubiese estrellado contra la nave. Al no ver llamas en la bodega, dejo salir un suspiro de alivio.

Ese alivio se desvaneció en un instante. Incluso con la armada de la FEAE bombardeando Marte por un día entero, todavía tenían que sobrevivir algunas de las defensas enemigas. Debían de estar disparando contra las naves de desembarco.

Rommel sintió su estómago contrayéndose. Pensó en el ataque que sobrevivió la armada. Varias naves de desembarco habían sido destruidas, incluyendo la que llevaba a su buen amigo, el Coronel Heinz Guderian.

Se movió en su asiento. Quería salir de la nave ya. No quería morir como Guderian y sus soldados, atrapado en una enorme caja de acero, sin cómo defenderse.

¡Aterriza! ¡Aterriza!

"Diez segundos para el aterrizaje... Cinco, cuatro, tres..."

Rommel contuvo una risa cínica. Qué gran injusticia sería si un marciano destruyese el Gothensee apenas aterrizara.

"Dos... Uno. Aterrizamos."

Un golpe reverberó a lo largo de la nave. Los tripulantes corrieron de un lado a otro, desatando las cadenas que mantenían a los AAP fijos en sus lugares.

Se abrió la escotilla. Rommel encendió el radio en su traje espacial. "Doceavo Regimiento de AAP Schaumburg-Lippe. Adelante."

Tomó la consola al tiempo que el AAP avanzó hacia adelante. El vehículo bajó la rampa, seguido de varios otros. Rommel contuvo el aliento al observar el paisaje. El cielo tenía un color anaranjado obscuro. No había vegetación, sólo rocas y arena rojizas. Las grandes montañas se extendían en el horizonte.

Realmente estoy en Marte.

Por la mirilla del ojo vio un destello anaranjado. Una nave de desembarco caía destruida, las llamas rugían de su costado. Con boca abierta, vio la nave estrellarse en una colina a un kilómetro de distancia. Se preparó para la ensordecedora explosión que le seguiría. No obstante, lo que escuchó se asemejó más al gruñido de un trueno distante. Entonces Rommel recordó que la menor presión atmosférica de Marte suprimía los sonidos, evitando que viajasen muy lejos.

Se alejó, tratando de no pensar en los soldados que nunca tendrían la oportunidad de disparar contra uno de los extraterrestres. Tenía un regimiento que liderar.

"Todos los vehículos," Rommel anunció. "Muévanse a las posiciones preestablecidas."

Los AAP se separaron en grupos de cuatro, sus motores de hidrógeno casi silenciosos en la atmósfera marciana. Más naves aterrizaron al tiempo que el regimiento de Rommel se posicionó detrás de colinas y rocas.

Grandes luces destellaron en el horizonte al oeste. Rayos de calor. Dos dieron en el blanco. Un par de naves se estrelló en la superficie.

Un aliento iracundo salió expulsado de sus fosas nasales al mirar los naufragios en llamas. Los rayos no cesaban.

Necesitaban blancos ya.

"*Windhund Sieben*, aquí Fox Uno," dijo. "¿Cuál es su estado? Cambio."

"Aquí Windbund Sieben. Estamos bajando de la rampa en este momento."

Rommel vio la nave *Dummersee*. Los caminantes de la División Windhund marcharon sobre suelo marciano. El caminante Windhund Siete había sido asignado observador armado del regimiento durante el desembarco inicial.

"Vayan a suelo alto y localicen esas baterías marcianas. Tenemos que eliminarlas ahora."

"*Jawohl*, Fox Uno."

Rommel vio el caminante separarse del resto. Caminó hacia una colina a 800 metros de distancia. Mientras tanto, más tropas, vehículos y caminantes de batalla salieron de las naves de desembarco. Una vez que cada nave hubo desembarcado su cargamento, despegaba hacia el espacio.

"Windhund Sieben. ¿Tienen imá--?"

"¡Proyectil entrando!" Ehelechner gritó.

Rommel miró hacia arriba. Estelas blancas arqueaban en el cielo, descendiendo hacia ellos

"¡Misiles!" gritó. "¡A cubierto! ¡A cubierto!"

Rommel se agachó en la cubierta de su AAP, al igual que Ehelechner, Frosch, y Kopitz. Los rayos de calor alumbraron el cielo. Debían de ser naves alemanas y caminantes tratando de derribar los misiles enemigos.

Hubo sonidos como tambores de batalla en el aire. El suelo vibró. Cada músculo en el cuerpo de Rommel se congeló. ¿Sería destruido su AAP? ¿Dolería, o sería rápido? La cara de su esposa, Ilda, apareció en su mente.

El ruido y los temblores cesaron. Rommel miró por el borde. Cráteres humeantes desfiguraban el suelo. El miedo se apoderó de su corazón al ver un penacho de humo negro acercándose hacia ellos. Rápidamente se deshizo de ese miedo, pues sus trajes les protegerían del gas.

Ninguno de sus AAP había sido impactado. Ofreció una plegaria silenciosa por ello.

Sin embargo, otros no habían sido tan afortunados.

Una nausea ardiente subió por su garganta al ver los cuerpos, algunos enteros y otros en pedazos, alrededor de los cráteres. Dos caminantes de batalla habían caído de lado, con humo saliendo de sus domos. Las llamas se elevaban de la proa de una nave de desembarco. Un soldado se encontraba de rodillas al lado de otro, moviendo su mano de arriba a abajo sobre el torso de su camarada herido, probablemente usaba un adhesivo de emergencia en aerosol para sellar un agujero en el traje espacial.

Rommel resistió el deseo de estrellar su puño contra el AAP. No había viajado millones de kilómetros sólo para ver a sus compatriotas alemanes volar en pedazos antes de siguiera poder abrir fuego.

Estaba por comunicarse con el Windhund Sieben cuando la voz del comandante hizo eco en su casco.

"Fox Uno. Tenemos contacto visual. Tres baterías de rayos de calor y dos de misiles, dieciocho kilómetros al este, coordenadas, 2-5-7."

"Maldita sea," siseó Rommel. La artillería de 15cm de sus AAP tenía un rango máximo de ocho kilómetros. Probablemente un poco más en Marte, por su menor presión atmosférica, pero nada cercano a dieciocho kilómetros.

Cambió el radio a la frecuencia de comando.

"Fox Uno a *Hermod*."

"Hermod aquí. Cambio."

"Tenemos contacto visual con baterías de artillería marcianas. Permiso para avanzar y bombardear."

"Esperen, Fox Uno."

Los segundos pasaron con lentitud mientras Rommel esperaba la orden. *Espera*. ¿Por qué debería de esperar? Su tarea era atacar. Tenían que avanzar ahora. Tomarles por sorpresa. *Mein Gott*, sólo pensaba en lo que podía hacer con unidades AAP y caminantes moviéndose y atacando en tándem.

Sus pensamientos fueron interrumpidos por gritos de "¡Proyectil entrando!"

Aun más misiles cruzaron el cielo.

"¡Todas las armas a posiciones secundarias!"

Sintió una ligera vibración del motor al emprender marcha. Ehelechner dio reversa, viró a la izquierda y aceleró sobre la roja arena. Rommel revisó el mapa topográfico, y observó el paisaje. Una pila de peñascos yacía a 400 metros, justo como lo indicaba el mapa. Hasta ahora parecía certero.

Hasta ahora.

Rommel escuchó impactos detrás de él. Se volteó y sintió una ola de frío en su cuerpo.

Uno de los AAP se había volcado. Las llamas envolvían las llantas la parte inferior. Un segundo AAP había sido reducido a un montón de ruinas humeantes.

Rommel tembló de ira. Ahora *sus* hombres comenzaban a morir.

Y no había nada que podía hacer al respecto.

¿Por qué les tomaba tanto tiempo a esos idiotas responder?

"¡Hermod! ¡Hermod, aquí Fox Uno! Necesitamos entrar en rango de las baterías enemigas."

No había respuesta.

"¡Hermod! ¡Contesten!"

"Fox Uno, aquí Hermod. Mantengan su posición."

Rommel se sintió perplejo. "¿Repita, Hermod?"

"Deben de mantener su posición."

"Hermod, estamos sufriendo pérdidas. Los rayos de calor y los misiles deben de ser destruidos antes de que nos acaben."

"Lidiaremos con ellos. Fuera."

Rommel apretó los dientes. *"Lidiarían con ellos." ¿Cuándo? ¿Dentro de cinco minutos? ¿Diez? ¿Cuándo la mitad de la fuerza hubiese sido acabada?*

Polvaredas y llamaradas salían disparadas al aire alrededor de los AAP. Rommel escaneó sus alrededores con un nudo en la garganta. Se relajó al ver que sus AAP habían sobrevivido el ataque.

Volvió a sentir tensión al ver más soldados de infantería y un caminante destruido.

Rommel coqueteó con la idea de desobedecer órdenes cuando Frosch apuntó al cielo. "¡Miren!"

Formas obscuras y robustas con grandes alas se elevaban sobre ellos. Fokker 15s, probablemente del transportador *Helmuth von Moltke*. En la Tierra, sus motores harían un rugido ensordecedor; en Marte, no podía oírlos.

Los Fokkers volaron hacia las baterías marcianas. Los ratos de calor encendían el aire. Tres de los planeadores fueron destruidos. Los demás entraron en picada hacia el suelo. Pequeños puntos salieron de sus vientres. Los rayos de calor destellaron otra vez, destruyendo dos más de los Fokkers.

El fuego y el humo se elevaban en la distancia. Los Fokkers sobrevivientes dejaron la zona.

La segunda ola de Fokkers bombardeó las baterías. Esta vez no hubo ninguna resistencia.

Un sentimiento de amargura surgía dentro de Rommel. Él sabía que no debía de sentirse de este modo. Debía estar agradecido con los pilotos de los Fokkers por destruir los rayos de calor y las baterías de misiles. En realidad lo estaba. Simplemente deseaba que su regimiento pudiese haberlo hecho.

Le tomó una hora al regimiento reagruparse. Una hora muy, muy larga para Rommel. Una hora que los marcianos probablemente utilizaron para fortalecer sus defensas. Cuando finalmente emprendieron marcha, los caminantes de batalla tomaron la delantera, con la infantería detrás, y el Doceavo Regimiento de AAP Schaumburg-Lippe en la retaguardia.

Rommel agitó la cabeza. Antes de 1898, las fuerzas militares del mundo nunca habrían imaginado una fuerza móvil así. Caminantes y vehículos de tracción oruga podían moverse más rápido que los caballos y cargar más artillería. La infantería podía pilotarlos a la batalla en vez de marchar como lo habían hecho por miles de años. Esto significaba que los caminantes y AAP tenía que ir lentamente para no dejar atrás a los soldados a pie.

¿Cómo puedo ser yo el único en ver el potencial? El ejército tenía velocidad. Debían de utilizarla. Golpear al enemigo con fuerza, desde múltiples direcciones, y sin darles cómo recuperarse. Las batallas terminarían más rápido, y con menores pérdidas alemanas.

A pesar de los saltos tecnológicos del siglo veinte, los estúpidos anticuados del Departamento de Guerra permanecían en un pensamiento del siglo anterior.

Nos matarán...

A seis kilómetros de su objetivo, una ciudad designada Huygens Siete, Rommel recibió órdenes para detenerse.

"Nuestros exploradores han encontrado una fuerza de infantería marciana en una serie de trincheras, con rayos de calor y misiles para defenderles." El soldado en los cuarteles generales le leyó las coordenadas. Bombardearían las posiciones marcianas por media hora antes de proceder.

Rommel se estremeció. Los caminantes deberían de moverse bajo la cubierta del ataque armado para después romper con las filas marcianas. La infantería podía seguirle después para ocuparse de cualquier sobreviviente. Entonces avanzarían al siguiente objetivo, y así consecutivamente hasta tomar el planeta.

Al menos así sería si estuviese él a cargo.

Pero no era ese el caso. Todo lo que podía hacer era disparar a donde apuntara el mando.

Fue justo eso lo que hizo el regimiento de Rommel. El escuchar el *boom* de su cañón, viendo columnas de tierra y humo elevándose, le resultó casi terapéutico. Su ira disminuía cada vez que ordenaba, "¡Fuego!" El cañón descargaba, y un casquillo volaba en el aire. Segundos después explotaba, matando marcianos, haciéndoles pagar por todas las vidas perdidas y todas las ciudades incineradas hace veintiséis años.

Finalizado el bombardeo, los caminantes y la infantería avanzaron. Los AAP se quedaron en su lugar, esperando a recargar las municiones. Rommel observó el avance a través de sus binoculares. Los rayos de calor salían expulsados de los caminantes de batalla. No eran tantos como había esperado. ¿Habían acabado con la mayoría de los marcianos?

"¡Ah!" Frosch exclamó. "Aquí vienen los cargadores."

"*Sehr gut.*" Sonrió Kopitz. "Mas municiones, y más marcianos que matar."

Rommel volteó a ver los robustos vehículos acercándose. Asintió y cambió el radio a frecuencia regimental. "Aquí Fox Uno a todos los AAP. Los cargadores de municiones están en camino. Revisen sus recámaras para --"

Sintió un temblor bajo el AAP.

"¿Qué diablos fue eso?" Ehelechner volteó a todos lados.

El temblor siguió.

Rommel no vio señal de la artillería. ¿Era un terremoto? Más vale prepararse en caso de que no lo sea.

"Kopitz. ¿Nos quedan rondas explosivas?"

"Sólo una."

"Cárguela."

Recibieron una transmisión de radio.

"¡Fox! ¡Fox! ¡Requerimos apoyo de artillería!"

"¡Estamos rodeados!"

"Están saliendo de -- "

Rommel miró por los binoculares. Polvaredas rojas salían disparadas alrededor de los caminantes e infantería en la distancia.

"Fox Uno a Windhund Sieben. Nuestras fuerzas avanzadas están siendo atacadas. Necesito blancos..."

Se quedó boquiabierto cuando el suelo delante de ellos se colapsó.

Una vez más su radio se llenó de múltiples voces, todas llenas de pánico. Otra tres secciones del suelo se colapsaron.

"*Mein Gott.*" Ehelechner se enderezó en su asiento. Kopitz miró desde su cañón, quedándose inmóvil con la ronda aun sin entrar recámara.

Cuatro trípodes marcianos emergieron de los agujeros.

12

¡Retrocedan! ¡Todas las unidades, retrocedan!

Los AAP de Rommel emprendieron reversa. Sus ojos estaban fijos en el trípode emergiendo del suelo marciano. Los escalofríos recorrían su cuerpo al momento que recordaba cómo estas máquinas aniquilaban su nativo Württemberg.

No dejó que las memorias le distrajeran. Tenía que concentrarse en el aquí y el ahora si él, y su regimiento, tenían alguna oportunidad de sobrevivir.

Los AAP siguieron marchando en reversa. Los cuatro trípodes se elevaban sobre ellos.

"¡Sepárense!" Rommel gritó por el radio. "Batallones Primer y Segundo a la derecha. Batallones Tercer y Cuarto a la izquierda. ¡Ya!"

El Cabo Ehelechner tiró de las palancas de control. El AAP se detuvo, rotó a la derecha y aceleró. Rommel revisó a su alrededor. Varios AAP les seguían.

Rayos amarillentos salían de los trípodes. Bolas de fuego borraron dos AAP. Un segundo ataque. Tres más explotaron.

El sudor cubría el rostro de Rommel. Su corazón

amenazaba con romperle el pecho. *Schnell! Schnell!* Instó mentalmente a su vehículo a ir más rápido.

Vio los cargadores de municiones virar y acelerar hacia el área de desembarco. Uno de los trípodes comenzó a seguirles el paso. Un rayo blanco cortó a través del aire, tocando uno de los robustos vehículos. Emergió una columna de llamas y humo, seguido de un sonido bajo. Segundos después, los demás cargadores explotaron.

Rommel golpeó el brazo de su silla de comando. ¿Cómo diablos iban a combatir a cuatro trípodes con solo un puñado de municiones?

Pidió apoyo por la radio. El cuartel general explicó que varias unidades más encontraron marcianos emergiendo del subsuelo, pero que enviarían apoyo tan pronto como les fuese posible.

Rommel miró atrás. Dos trípodes volteaban a los AAP en fuga.

"Tan pronto como les fuese posible" es demasiado tiempo.

Examinó el terreno. A su derecha, el suelo daba un descenso, llevando a un canal largo y ondulado. Demasiado confinado. Los marcianos podían eliminarlos con facilidad.

A casi dos kilómetros de distancia se veía una serie de colinas. Se le ocurrió una idea.

"Batallones Primer y Segundo. Síganme. Vamos detrás de esas colinas."

Rommel escuchó lo que parecía una gran pisada detrás de él. Vio por encima de su hombro. Las llamas acabaron con uno de sus AAP. Los trípodes dispararon otra vez. Varios rayos fueron a dar contra el suelo, levantando humo y polvo. Tres AAP fueron impactados, consumidos por el fuego y el humo.

"Todas las unidades," Rommel transmitió. "¡Viren! ¡Viren! ¡No les den un blanco fácil!"

Ehelechner dio viró bruscamente hacia la derecha. Después de unos cinco segundos, giró a la izquierda. Los demás AAP fueron en zigzag también. Por una fracción de segundo, la imagen entretuvo a Rommel. Parecía como si todos los pilotos hubiesen pasado demasiado tiempo en el bar antes de tomar los controles.

¿Qué importaba que causara gracia si la táctica les mantenía vivos?

Los AAP viraron y giraron. Los rayos de calor golpeaban el suelo a su alrededor. Rommel sonrió brevemente, preguntándose si los marcianos comenzaban a frustrarse.

Dos AAP a su derecha chocaron entre sí. Uno de ellos siguió, con la defensa delantera desfigurada.

El otro no se movía.

¡Muévanse! ¡Muévanse! Rommel les instaba.

Un rayo incineró el AAP frenado.

Rommel volteó la mirada, manteniendo las muertes de la tripulación del AAP fuera de sus pensamientos. Miró las colinas. Parecían tan lejanas.

Otro AAP a su izquierda explotó.

Rommel apretó los brazos de su silla, mientras veía las colinas acercándose. *Schnell!*

Otro rayo sacudió el suelo cerca del AAP.

SCHNELL!

Las colinas se elevaban frente a él. Los AAP comenzaron a escalar las empinadas. Estallaron pedazos de suelo alrededor de ellos.

El AAP de Rommel llegó a la cima. Rebotó y se inclinó en su asiento al tiempo que el vehículo comenzó a bajar con la empinada al otro lado. Más AAP les seguía, ocultos de la visión de los marcianos.

Pero no por mucho tiempo.

Rommel analizó el terreno, con el ceño fruncido. Deseaba que la 'maleza roja' de Marte estuviese a la vista. Les habría proporcionado una excelente cubierta. No tenía sentido desear algo que no podía tener.

Sólo había una cosa que hacer. Luchar.

Rommel ordenó a siete de los otros AAP voltear hacia la cima. Seis más estarían posicionados en la base de la colina. Los demás se alejarían aun más.

Rezo porque esto funcione.

Purgó su mente de toda duda. Funcionaría. Finalmente, podía utilizar la movilidad de los AAP como siempre lo había querido.

El domo superior del primer trípode se asomó por el borde de la colina.

"¡Noventa grados a la derecha!"

Ehelechner giró el AAP. Los demás le siguieron. El soldado Frosch estaba listo para abrir fuego.

Rommel vio el primer trípode avanzando. Volteó a ver el cañón. Apuntaba directamente a la cabina de control.

"¡Fuego!"

El cañón hizo erupción. Los demás AAP abrieron fuego. Tres geiseres de fuego brotaron del trípode.

"¡Retrocedan!"

Los AAP se apresuraron a bajar la empinada. Los demás al pie de la colina abrieron fuego. Una munición explotó contra la pierna delantera del trípode. La maquina flaqueó. Fuego y humo seguían saliendo del domo.

Rommel ordenó a Kopitz cargar una de las dos municiones que les quedaban. La de metralla. No haría el mismo tipo de daño que una ronda explosiva, pero era mejor que nada.

El trípode en llamas cayó. El segundo le rodeó y disparó. No dio con ningún blanco.

"Rodeen. Fuego a discreción y después retírense."

Los AAP hicieron giros bruscos. La tensión se apoderó de Rommel al momento en que su AAP frenó para disparar. Qué no daría para que estos vehículos pudiesen disparar en movimiento.

Los AAP se agitaban de izquierda a derecha, tratando de

apuntar establemente contra los trípodes. Un rayo de calor hizo explotar otro AAP. Tres más dispararon contra un trípode y emprendieron retirada temporal. Todas las rondas detonaban lejos de sus objetivos.

"¡Blanco en la mira!" gritó Frosch.

"¡Fuego!" ordenó Rommel.

El culatazo del cañón sacudió en AAP. La ronda explotó sobre el suelo, un kilómetro detrás del segundo trípode.

"Maldita sea," Rommel siseó.

Los demás AAP abrieron fuego. Una munición golpeó el trípode en llamas en una de las portillas verdes que parecían ojos. El segundo trípode avanzó y disparó, destruyendo otro AAP.

Rommel ordenó la retirada a los demás AAP. Revisó a su izquierda. El resto de su regimiento se acercaba a los trípodes. Con suerte, podrían --

"¡Jets!" Frosch apuntó a la izquierda.

Rommel miró arriba. Cuatro Fokker 15s se dirigían hacia los trípodes. Las llamas parpadeaban en sus alas y narices. Desataron una tormenta de cohetes y rondas de cañón sobre las maquinas alienígenas. Chispas y llamas salían los domos y las piernas, así como el suelo a su alrededor. El segundo trípode disparó hacia los Fokkers. Falló.

Los jets descargaron bombas.

"Todas la unidades," Rommel transmitió al regimiento. "Fuego a discreción. No les dejen ni respirar."

"*Ja*," dijo Kopitz. "¿Por qué dejarles toda la diversión a las moscas?"

El cargador introdujo la última ronda de metralla en la recamara. Frosch disparó. La ronda explotó cerca del costado del segundo trípode. Municiones de los demás AAP hicieron el suelo estallar. Una de estas impactó el pie del segundo trípode.

Los Fokkers volvieron para un segundo ataque. Rayas amarillas y rojas salían disparadas de las naves. Una bola de fuego destruyó el domo del primer trípode. Una de las piernas del segundo explotó en pedazos, haciendo que la máquina caiga sobre la roja arena. Los AAP vaciaron el resto de sus municiones sobre el trípode caído.

"*¡JA!*" Kopitz alzó los brazos triunfalmente. Frosch le siguió. Ehelechner sólo se quedó en su asiento, respirando detenidamente y cerrando los ojos, con alivio en el rostro.

Uno de los Fokkers cruzó las alturas.

"Fox Uno, aquí Blue Dragon Tres. Cambio."

"Aquí Fox Uno," Rommel respondió al piloto.

"Fox Uno, todos los trípodes en su área han sido neutralizados."

"Reconocido, Blue Dragon. *Danke*."

El Fokker viró a la izquierda y se fue.

Rommel examinó el mapa topográfico, eligió un punto de reunión, y ordenó a su regimiento a agruparse ahí. Después contactó al Cuartel General y pidió municiones. Le dijeron que tardaría un momento, pues la seguridad de sus líneas de provisión estaba en duda.

"Sólo recuerden," Rommel contestó. "La artillería no sirve de mucho sin municiones."

Lideró a sus AAP alrededor de los trípodes en llamas. Quería sentirse satisfecho a la imagen de las ruinas. Eran prueba de que los AAP no sólo podían ser usados como apoyo, sino también como fuerza de ofensa móvil.

Las muertes de tantos de sus hombres moderaron su triunfo personal.

13

El soldado junto al Capitán Georgy Zhukov cayó lentamente al suelo, con tres agujeros atrás de su traje espacial.

Zhukov movió las piernas tan rápido como pudo. En la gravedad de Marte, sintió como si estuviese moviéndose a través de melaza.

Escuchó zumbidos a su alrededor. Polvaredas rojas salían expulsadas de la berma frente a él. Impactos de balas marcianas.

Zhukov gruñó y se propulsó del suelo. Sintió como si estuviese suspendido en mitad del aire, un blanco perfecto para los marcianos. Apretó los dientes, esperando sentir las balas destruyendo su traje espacial.

La gravedad finalmente ejerció efecto. Zhukov cayó detrás de la berma. Giró, con su rifle Mosin-Nagant en manos. Otros soldados de su compañía también se ocultaron detrás de la berma. Dos de ellos cayeron fuertemente en el suelo y no se levantaron otra vez.

Zhukov miró por el borde. Docenas de marcianos salieron

del agujero en el suelo, cada uno llevando tubos delgados con cajas adheridas a la parte inferior.

Además portaban marrón de cuerpo completo con una placa frontal a la altura de la cara y un tanque cilíndrico en la espalda. Supuso que era su versión de un traje espacial.

Tal vez traje de sobrevivencia sea un mejor término. Imaginó que los marcianos querrían tomar precauciones para no exponerse a las mismas bacterias humanas que acabaron con sus camaradas al invadir la Tierra.

Zhukov vio al enemigo más próximo y disparó, haciendo que un chorro de líquido rojo saliese de su cabeza. El cuerpo del extraterrestre cayó al suelo, y ya no se movía.

Recargó el rifle y volvió a disparar. Una y otra vez. Varios otros soldados se le unieron. Varios marcianos dejaron de moverse. Otros se resguardaron detrás de rocas o en zanjas. Metódicamente ambos lados disparaban desde sus posiciones defensivas. Las balas iban y venían. Un soldado cercano cayó hacia atrás. La mitad de su visor había sido destruida. Yacía sobre su espalda, con las manos sobre su casco. El soldado comenzó a sufrir espasmos, esforzándose por absorber el poco oxígeno que podía tomar del aire de Marte.

Zhukov hizo una mueca al ver cómo los espasmos del soldado se hacían más violentos. Con el frío aire filtrándose en su traje espacial, no tardarían mucho para que se congelase hasta morir.

No hay nada que puedas hacer por él.

Zhukov quitó la mirada del soldado agonizante y disparó, matando otro marciano. Miró a su compañía, y lo que vio le asustaba y el enfurecía.

Dos de sus artilleros con ametralladoras oscilaban sus armas de lado a lado, sin soltar el gatillo. ¿Cuántas de esas rondas fallaban? Otros soldados disparaban una vez y miraban para ver si le habían dado a algo. Dos de ellos fueron muertos por balas marcianas. Otros soldados solamente se resguardaban, sin ningún intento de reciprocar el fuego.

Más de una docena ni siquiera se resguardó en la berma. Se esparcieron a todas las direcciones, tratando de escapar. Algunos dejaron caer sus rifles al huir.

Era inexcusable.

Varios de los soldados en fuga cayeron al suelo, quedándose inmóviles. Un soldado volteó y levantó los brazos sobre su cabeza. Un marciano le dio el tiro de gracia.

¡Imbéciles! ¡Inútiles! Zhukov frunció el ceño, maldiciendo a sus superiores. Le habían dado los despojos del Ejército Rojo. Cuando se lo mencionó al coronel a cargo de su regimiento, éste le dijo, "No podemos mandar a nuestras mejores tropas a Marte, no cuando hay enemigos de la Revolución aquí en la Tierra."

¡Si no iban a darme buenos soldados, nunca debieron de habernos enviado a este montículo de mierda!

Pero aquí estaba él, y si deseaba volver a ver la Tierra y la Madre Rusia, debía lograr que estos hombres luchasen con verdaderos soldados.

Zhukov recargó su rifle, se agachó y caminó a lo largo de la línea.

"¡Luchen!" Zhukov pateó a uno de los soldados temerosos. "¡Luchen, malditos sean!"

Fue hacia uno de los soldados con ametralladora y le golpeó en la espalda. "¡Deja de rociar el aire con balas! Estás desperdiciando municiones, y sobrecalentarás la recámara. Apunta y dispara en ráfagas cortas."

Zhukov vio un grupo de soldados acurrucados, agachados tan bajo como les era posible. Ninguno se atrevía a levantarse un centímetro para disparar.

"¡Arriba! ¡Levántense y disparen!" Apuntó a los marcianos.

Un joven soldado le miró, se llamaba Isakovsky. "P-pero nos matarán."

"¡Claro que quieren matarte, idiota! Son el enemigo. Es tu deber combatirlos."

Isakovsky temblaba. "¡N-no puedo! ¡No quiero morir!"

El joven soldado dejó caer su rifle y se alejó tan rápidamente como se lo permitía la gravedad de Marte.

Zhukov mostró los dientes. Vio sin parpadear cómo Isakovsky huía, desertando su posición y a sus camaradas.

A su país.

Zhukov tomó su rifle, apuntó a la espalda de Isakovsky y disparó. La ronda de 7.62 mm perforó el traje espacial. Isakovsky se quedó quieto, y después se colapsó.

Zhukov miro a los demás soldados. Algunos se estremecían.

"¡Si los marcianos no los matan, yo lo haré! Lucharán y vivirán, o lucharán y morirán. ¡Pero lucharán! ¿Entendido?"

Los soldados asintieron, con los ojos llenos de temor.

Zhukov les dirigió alrededor de la berma, asegurándose que tuviesen campo de fuego alternante. Disparó a los marcianos un par de veces. No le dio a ninguna, pero en cierto modo, no importaba. Las tropas estaban más dispuestas a seguir a un oficial que luchara lado a lado con ellos.

Uno de sus tenientes, un hombre de cabello castaño y cara angosta llamado Morgunov estaba de rodillas junto a media docena de soldados.

"Morgunov. Llévese a diez soldados, incluyendo un artillero." Zhukov apuntó a la izquierda. "Rodeen la berma. Hay algunos peñascos ahí. Úsenlos como posición defensiva, y ataquen el flanco de los marcianos."

Morgunov sólo le miró.

Con rostro severo, Zhukov apuntó el rifle a centímetros del casco de Morgunov. ¿Es necesario que repita la instrucción, Teniente?"

"N-No, Señor."

Bajo la mirada furiosa de Zhukov, Morgunov y su escuadrón hicieron marcha. Zhukov asignó otro escuadrón para atacar el otro flanco, éste liderado por un sargento llamado Zinchenko. El hombre había sido disciplinado en varias ocasiones por peleas y ebriedad, pero era entusiasta en el combate. Zhukov podía trabajar con ello.

Su compañía mantuvo una ofensiva constante, deteniendo el avance marciano a pesar de su armamento de fuego rápido. Zhukov disparó a un marciano asomándose por el borde de una zanja. La ronda hizo estallar un pico de tierra. Se agachó al momento en que múltiples y pequeños géiseres de tierra hicieron erupción a lo largo de la berma. Zhukov miró a ambos lados. Los escuadrones de Morgunov y de Zinchenko se acercaban a los bordes de la berma.

Hizo mano de una granada cilíndrica de su cinturón. "¡Granadas!" La sostuvo en el aire y la agitó. "¡Granadas! ¡Artilleros, sigan disparando!"

Las ametralladoras Lewis mantuvieron el fuego constante mientras el resto de los soldados de Zhukov tomaron sus granadas.

"¡Quiten los pernos!" Ordenó Zhukov.

Los soldados le obedecieron.

"¡Ahora!"

Zhukov tomó impulso y lanzó su granada. Docenas de cilindros de acero viajaban por el aire, con demasiada lentitud para gusto de Zhukov. Maldijo la gravedad de Marte. Se agachó debajo de la berma, al igual que la mayoría de los soldados. Algunos se quedaron viendo las granadas.

"¡Abajo!"

Los soldados le miraron y después bajaron la cabeza.

Gruñidos bajos llenaron el aire. Zhukov frunció el ceño. Le tomó unos segundos darse cuenta que era el sonido de las granadas detonando.

Zhukov miró sobre la berma. La frustración se acumulaba en su interior. Las granadas no parecieron siquiera dañar a los marcianos. Probablemente explotaron todas antes de llegar a sus objetivos.

Zhukov tomó su rifle y disparó hasta vaciar el cartucho. Recargó el Mosin-Nagant y buscó otro blanco.

Entonces notó movimiento por la mirilla del ojo. Sonrió.

El escuadrón de Morgunov estaba en posición. Uno de los artilleros instaló el bípode de la ametralladora Lewis sobre una roca y abrió fuego. Los demás soldados a sus lados se le unieron.

Algunos de los marcianos escondiéndose detrás de rocas cayeron. Otros voltearon hacia el escuadrón de Morgunov y abrieron fuego. Dos soldados cayeron.

Después el escuadrón del Sargento Zinchenko abrió fuego sobre el flanco derecho.

"¡Sigan disparando!" ordenó Zhukov.

No cesaron los disparos. La tierra alrededor de las posiciones marcianas saltó. Pedazos de roca salieron disparados de las rocas. El volumen del fuego enemigo; los marcianos decidieron tomar cubierta total.

Zhukov podía sentirlo. Estaban tomando la ventaja.

Al diablo con tener la ventaja. Es hora de tomar la iniciativa.

"¡Bayonetas!"

Los soldados tomaron sus bayonetas y las unieron debajo de los cañones de los rifles. Zhukov dejó que los artilleros destaran una ráfaga más antes de gritar. "¡A la carga!"

Saltó sobre la berma sin un instante de duda. Un grito de guerra salió de su boca al cruzar la roja arena.

Algunos de los marcianos dispararon. Dos de sus hombres cayeron al suelo. Los demás extraterrestres giraron y emprendieron una torpe retirada. Algunos blandían los tentáculos, disparando con sus rifles. Las balas zumbaban a través del aire pero no le dieron a nadie.

Zhukov apretó el gatillo, sin romper marcha por un instante. Los marcianos siguieron retirándose, moviéndose con mayor agilidad de la que parecía posible con esos cuerpos.

Zhukov siguió moviéndose y gritando con una mezcla de frustración y sed de sangre. No importaba que tanto moviera las piernas, no parecía lograr acercarse lo suficiente a los marcianos.

Los alienígenas dispararon un par de veces más antes de escurrirse al agujero del que habían salido hace unos minutos. Al llegar al agujero, Zhukov metió su rifle en las obscuras fauces y disparó hasta vaciar el cartucho. Otros soldados también dispararon en el agujero. Después lanzaron granadas. Si alguno de los marcianos hubiese estado cerca de la entrada, ahora no sería más un bulto de carne en pedazos.

Zhukov vio al escuadrón de Morgunov acercándose. "Buen trabajo, Teniente. Bueno trabajo todos ustedes."

"Gracias, Señor." Morgunov asintió a Zhukov.

"Quiero que su escuadrón establezca un perímetro alrededor de este agujero. Si algún marciano deja ver siquiera un tentáculo, mátenlo."

"Sí, Señor."

"¿Cómo puede permitirles escapar?"

Zhukov contuvo un gruñido al oír la voz nasal. Volteó a ver a un hombre de labios delgados, ojos gélidos y rostro similar a una comadreja acercándose a él.

"Son enemigos de la Revolución. Usarán su ciencia y bienes para destruir a la gente y explotar nuestros recursos. No puede permitirles vivir."

Zhukov respiró detenidamente, tratando de controlar la ira que el sujeto siempre le provocaba, incluso con su sola presencia.

"Camarada *Politruk*," dijo a Lavrentiy Beria, comisario político de la compañía. "Ciertamente puede ver que los túneles son demasiado apretados para que un hombre los navegue eficientemente. Los marcianos poseen una constitución muy diferente, por lo que no necesitan demasiado espacio para viajar por espacios de tales dimensiones. La medida más práctica es llamar a nuestros ingenieros para que excaven en los techos de los túneles para después usar granadas o lanzallamas. Podrá tomar tiempo, pero el resultado será el mismo: su exterminación. Además no nos costará más vidas, lo cual es crucial al no tener muchos soldados del Ejército Rojo en Marte." No pudo evitar lanzar un sutil insulto a sus superiores.

Beria arrugó la nariz, haciéndole parecer más a una comadreja. Finalmente, el *politruk* bufó y murmuró, "Muy bien."

Zhukov se esforzó por no sonreir triunfalmente. Comisarios políticos. ¿Podía existir un puesto más inútil? Raramente había visto a alguno en batalla. En realidad, siempre se ocultaban cuando empezaba el fuego, y después salía para parlotear filosofías de Marx y Lenin, y para asegurarse de la lealtad de cada soldado al Partido.

No sólo era inútil esta posición, Zhukov la tomaba como un insulto personal. Le había dado la espalda al Zar y se había unido a los Bolcheviques. Había luchado distinguidamente a lo largo de la Guerra Civil. ¿Cómo se atrevía un oficial gubernamental cuestionar su lealtad al Partido y a la Revolución?

Puso estos amargos pensamientos de lado. Había cosas más importantes que hacer.

Zhukov envió exploradores en búsqueda de otros túneles marcianos. Lo último que quería era ver más calamares saliendo de algún otro lado para atacarles.

Fue hacia uno de los marcianos muertos y tomó su rifle. El Sargento Zinchenko se le unió, al igual que Beria, para gran disgusto suyo.

"No recuerdo haber visto tales armas en los marcianos muertos en la Tierra," dijo Zinchenko.

"Tampoco yo." Zhukov alzó el arma y la observó con detenimiento. "Tal vez no pensaban que las necesitarían, dado que lo hacían todo desde su trípodes. Aún así, es un buen diseño. Es más ligero que nuestros Nagants, pero dispara como una ametralladora."

"Tal vez las naciones imperialistas sí encontraron estas armas tras la invasión." Beria asintió. "Eso significa que las están conservando para usarlas contra la Unión Soviética una vez que hayamos terminado con Marte."

Zhukov frunció el ceño. A pesar de no confiar en los británicos, los norteamericanos, los franceses, y los alemanes, dudaba que mantuvieran un rifle marciano en secreto cuando habían compartido la tecnología de los trípodes y las naves espaciales con el resto del mundo.

"Recolecten estos rifles." Beria apuntó a los marcianos muertos. "Cuando regresemos a la Tierra, nuestros investigadores podrán examinarlos."

Zhukov no se movió. Tenía los ojos fijos sobre Beria. Detestaba cuando, en toda su arrogancia, comenzaba a dar órdenes. Desafortunadamente, no había mucho que Zhukov podía hacer. Los oficiales políticos tenían tanta autoridad como el comandante de la compañía. En realidad, tenía más autoridad aún. Zhukov no podía darle ninguna orden a Beria, pero el roedor podía ordenarle asistir a un sermón sobre las virtudes del Marxismo o anular una orden hecha en medio de la batalla.

O en este caso, ordenarle recolectar rifles marcianos.

Lo cual habría hecho de todos modos. No soy un idiota.

Zhukov ordenó a tres escuadrones recoger los rifles, y después contactó al cuartel general para que enviaran un vehículo para transportarlos de vuelta a la base. Zhukov y el resto de su compañía volvió a la berma. Cuando Zhukov llegó a la cima, se detuvo. Sus ojos se abrieron ampliamente.

Cinco soldados estaban de rodillas en el suelo. Uno de los

artilleros les cubría, sosteniendo su arma a la altura de la cadera.

"¿Qué está pasando?"

El artillero, Cabo Colubev, volteó ligeramente, con un ojo sobre Zhukov y el otro sobre los soldados. "Capitán. Estos soldados se quedaron atrás durante el ataque. Les detuve para ser castigados por su cobardía."

Zhukov miró severamente a los hombres. Sintió un sangre pulsar con furia.

"Buen trabajo, Cabo." Zhukov dijo en un tono deliberadamente bajo. Se acercó a los soldados. Ninguno se atrevió a mirarle.

"Entonces. Ustedes cinco han decidido quedarse aquí, ocultos detrás de un montón de tierra, mientras sus camaradas se arriesgaron para combatir a los enemigos de la Madre Rusia, enemigos dispuestos a matarles, a nuestras familias, y a todos nuestros ciudadanos allá en la Tierra con la misma indiferencia con la que un hombre pisa una hormiga. ¿No sienten lealtad alguna hacia su país? ¿No tienen honra?"

Un soldado levantó la cabeza. "P-Por favor, Señor. Estaba asustado."

"¡No valen nada!" Zhukov rugió. "Son una desgracia a su uniforme. Necesito soldados dispuestos a luchar, dispuestos a hacer lo que sea necesario para proteger a nuestra nación. Si no son capaces de hacer eso, no me sirven de nada."

Sacó su revólver M1895 Nagant y apuntó a centímetros del casco del suplicante.

"¡No, Capitán! ¡Por favor! ¡Le imploro!"

El dedo de Zhukov apretaba lentamente el gatillo. Los segundos pasaron lentamente. El soldado sollozaba más fuerte.

Zhukov movió la pistola al siguiente soldado en la línea. Éste se quedó boquiabierto, sintiendo sobresalto y horror.

¡Crack!

El visor de su casco explotó. Un obscuro agujero rojo

apareció sobre el puente de la nariz del soldado. Cayó a un lado, junto al soldado al que Zhukov había dejado vivir en el último segundo. El joven gritó y quiso huir.

"Esta es la segunda vez que le disparo a un hombre por cobardía." Zhukov guardó su revólver, y miró a los cuatro soldados restantes. "¿Necesitan otra lección sobre las consecuencias de la cobardía?"

"No, Señor," todos dijeron al unísono.

"La próxima vez que dé una orden, la seguirán con-- "

Beria se acercó, con pistola en mano, y apuntó al soldado al que Zhukov había dejado vivir.

El joven levantó las manos y gritó. "¡No!"

Beria le disparó en el casco. Llevó la pistola a lo largo de la línea e hizo lo mismo con los tres soldados restantes.

"¡Camarada Beria!" Los ojos de Zhukov iban y venían, del *politruk* a los cinco soldados muertos. "¿Cuál es el significado de esto?"

"Yo le debería hacer esa pregunta, Capitán. ¿Realmente iba a perdonarle la vida a estos hombres?"

"Ya había dado un castigo ejemplar para la cobardía. No había necesidad de ejecutar a los demás."

"¡Son cobardes! Se negaron a luchar por su país, por el Partido. Tenían que ser castigados."

"No tenemos muchos hombres. Debemos de ser selectivos si decidimos hacer ejecuciones."

"¿Defiende a esta escoria?" Beria caminó decidido hacia Zhukov. Su voz era baja y amenazadora. "No hay lugar para la cobardía en el ejército. Es su deber castigar a cualquier soldado que no esté dispuesto a luchar. Si es incapaz de hacer esto, se lo informaré al Partido, y ellos le remplazarán con alguien que sí sea capaz."

Beria giró y se alejó.

Los ojos de Zhukov permanecieron sobre la espalda del *politruk*, como si fuesen balas. Después miró a sus hombres. Muchos se movían nerviosos al ver el acontecimiento.

"Maldita sea," maldijo entre dientes. Zhukov sintió que, gracias a esta victoria, podía comenzar a convertir a estos hombres en verdaderos soldados. Individuos que seguirían sus órdenes sin duda.

Beria había destruido ese progreso.

Zhukov se preguntó cómo podía lograr ser un líder eficiente con ese estorbo saboteándole.

14

Commandant de Gaulle contuvo el aliento a medida que su caminante de batalla se tambaleaba a la derecha. Casi esperaba que cayera sobre su costado.

Sólo un poco más. Miró por el parabrisas. Había media docena de naves rectangulares de soporte a poco más de un kilómetro de distancia. Varias formas grises y oblongas rodeaban las naves. Hábitats móviles.

De Gaulle se tensó al sentir el caminante inclinándose a la derecha. Exhaló aliviado cuando el conductor, Bosquier, logró mantenerlo en pie. El *Caporal-chef* tomó los controles con tanta fuerza que sus nudillos se pusieron blancos. Desaceleró la marcha del caminante, tratando de cuidar la pierna derecha dañada.

De Gaulle se encontraba empapado de sudor, deseando que Bosquier y el caminante se mantuvieran contantes. Los cuarteles del Tercer Ejército Francés ahora estaban a 500 metros. ¿Empeoraba el temblor de la pierna derecha?

No te caigas.

El caminante logró llegar al perímetro de la base, tambaleándose, pero aún en pie. Un soldado blandió una bandera verde en cada mano, dirigiéndoles a la nave de reparaciones *Rochebrune Peak*.

Con cuidado... con cuidado. El caminante cojeó a través de la base. Los ojos del comandante se fijaron en la entrada abierta de la bodega de la nave. Había varios caminantes más, la mayoría en peor estado.

Bosquier condujo el caminante sobre la rampa. Se inclinó peligrosamente a la derecha. De Gaulle apretó su consola y tragó saliva. *¡Mantente de pie!*

El caminante logró mantener el equilibrio. Un soldado en el Rochebrune Peak les dirigió a un espacio en la bodega. Bosquier estacionó el vehículo en el modo apropiado.

De Gaulle sintió cómo sus músculos se relajaban, y se dejó caer en su asiento. Bosquier y Ponge exhalaron con alivio.

"Bien hecho, Bosquier," dijo de Gaulle.

"*Merci, Mon Commandant*," respondió el conductor, casi sin aliento.

"Deberíamos de dar gracias al Señor por habernos traído aquí a salvo, y a Renault por construir un caminante tan resistente."

"*Oui, Mon Commandant*," dijo Bosquier mientras Ponge y asentía y hacía la señal de la cruz.

De Gaulle presionó un botón en su consola para bajar la escalera en la parte trasera de la cabina. El trío bajo a la cubierta, donde un robusto suboficial comenzó a revisar su caminante. Éste frunció el ceño y agitó la cabeza.

"¡Miren esta pierna! ¡Arruinada! Tendremos que reemplazarla completamente. Como si no tuviésemos suficiente trabajo ya."

De Gaulle gruñó en su dirección. "Mi tripulación y yo estamos bien, gracias por preguntar.

El suboficial le miró con expresión neutral. "Oui, Mon Commandant."

Se alejó del comandante y examinó otro caminante dañado.

La Guerra de los Mundos: Revancha

"¿Ahora qué, Señor?" preguntó Ponge.

"¿No hay mucho que podamos hacer sin nuestro caminante, no? Aséense, coman algo, y descansen por un momento. Díganle esto al resto del regimiento."

"*Oui, Mon Commandant*," ambos respondieron.

El trío salió de la nave. De Gaulle se dirigía a su hábitat. Estaba moderadamente equipado. Una pequeña cama, un escritorio, un baúl, y un pequeño baño que compartía con otro comandante regimental que vivía en el otro lado. Al menos el hábitat venía equipado con un generador que le proporcionaba una atmósfera similar a la de la Tierra. Podía quitarse el traje espacial sin tener que preocuparse por la falta de aire o por una temperatura más fría que la muerte.

Para su alivio, logró quitarse el traje espacial pronto. Apestaba a sudor y gases de un día. De Gaulle respiró profundamente el oxígeno mecánicamente generado del hábitat.

Caminó hacia el baño, feliz de poder orinar en un excusado de verdad y de lavarse el sudor y el hedor en la apretada ducha. Después de ponerse un uniforme limpio, se sentó en el escritorio y encendió el CCE. Empezó a redactar un reporte; sus dedos tecleaban con mayor lentitud a medida que recordaba las memorias de la batalla. Aún le parecía increíble, ver esos trípodes salir del subsuelo. Máquinas de ambos lados disparándose a quema ropa. De Gaulle incluso logro usar uno de los brazos del caminante para derribar a un trípode. Su tripulación y él había dado buena cuenta de su habilidad al destruir tres máquinas marcianas.

No se podía decir lo mismo sobre el resto de su regimiento, no obstante. Habían perdido once caminante, y muchos más acabaron dañados. Su avance sobre Ciudad Tharsis acabó estancado, por lo que el Cuartel General ordenó una retirada.

¿Retirada? Huimos.

Los dedos del comandante apuñalaban las teclas. Líneas de

ira se marcaban sobre su angosta cara. Los franceses habían sufrido demasiadas derrotas a lo largo de los último cincuenta y cuatro años. La guerra franco-prusiana que llevó a la derrota de Napoleón III y el final del Segundo Imperio Francés. La segunda guerra mandinga en África Occidental. Incluso consideró la Crisis de Fachoda una derrota, pues Francia no proporcionó suficientes fuerzas narvales para evitar que los británicos tomasen control de la región. Ambos imperios estaban tratando de remediar la situación cuando ocurrió la invasión marciana. Después de que esos monstruos hubiesen sucumbido a las bacterias terrestres, el gobierno francés eligió ceder Fachoda a los británicos como muestra de cooperación internacional.

Y ahora nos lidera un maldito inglés. Pensar en el comandante supremo de la FEAE enfurecía a de Gaulle.

Le tomó casi cuarenta minutos finalizar su reporte, el cual transmitió al comandante de su división. No queriendo volver a un traje espacial para ir a comer, de Gaulle tomó una ración de su baúl. Se arrepintió de su decisión con el primer bocado.

Al menos es mejor que la pasta que tengo que succionar a través de un tubo.

Hizo una mueca al masticar la carne, y después mordió una galleta seca.

No por mucho, desafortunadamente.

Al terminar su horrenda cena, de Gaulle se recostó sobre su cama y cerró los ojos. Antes de ceder al cansancio, rezó por que los mecánicos reparasen su caminante, todos los caminantes rápidamente. Estaba ansioso por volver al frente de batalla y restaurar el honor del Ejército Francés.

Pasaron dos días y los caminantes de batalla aún no habían sido reparados en su totalidad, incluyendo el suyo. De Gaulle había ido al teniente a cargo de la sección de mantenimiento del Rochebrune Peak y exigió mayor velocidad en las reparaciones.

"Tenemos más caminantes deñados de los que esperábamos," explicó el teniente. "Necesitamos más partes antes de poder completar las reparaciones."

De Gaulle le miró furiosamente. "Será de gran utilidad si los marcianos nos atacan."

Otra de sus preocupaciones estaba relacionada a sus hombres. No quería que se quedaran inactivos por demasiado tiempo, pues corrían el riesgo de perder el filo. De Gaulle les ordenaba ejercitarse. La falta de esfuerzo físico en esta atmósfera les provocaría atrofia muscular. Incluso les asignó lecturas, mayormente sobre la invasión de 1898. De Gaulle quería que recordaran por qué estaban en Marte, y lo que podía ocurrir si llegasen a fracasar.

Pasó otro día, y después otro. De Gaulle se ponía más tenso a cada hora. Finalmente fue a la tienda del Comandante de la División 41, el General Couturier.

"*Mon General*. ¿Cuánto tiempo tenemos que quedarnos aquí sin hacer nada? Cada día que dejamos pasar, los marcianos fortifican sus posiciones alrededor de Ciudad Tharsis. Esto significará más pérdidas para nosotros, y ya hemos sufrido suficientes después de la emboscada en la Planicies Amazonis."

El barrigón oficial de grueso bigote le miró con fastidio. "Tenemos jets bombardeándoles para debilitar sus defensas."

"Mucho nos servirá eso."

Couturier estrechó los ojos. "Está siendo insubordinado, *Commandant*."

De Gaulle evitó contestar violentamente. Respiró detenidamente antes de seguir. "Lo que trato de decir, *Mon General*, es que los marcianos probablemente tendrán la mayor parte de sus fuerzas ocultas en el subsuelo. Nuestras bombas no les afectarán. Debemos entrar con caminantes e infantería y obligarlos a salir, para así destruirlos."

"La última vez que los marcianos salieron del subsuelo, casi nos destruyeron. La mayoría de las ofensivas terrestres de la

FEAE han acabado estancadas por ello. Los únicos ejércitos que están logrando avanzar son los británicos en la Planicies Isadis, y los norteamericanos en la Región Aeolis."

De Gaulle frunció el ceño. "En la Tierra, ellos serán los héroes, y todos los demás pensarán que la milicia francesa no sirve para nada... otra vez. ¿Por cuánto más debemos ceder nuestro honor a los británicos y sus primos? Debemos volver a la lucha."

Couturier se inclinó hacia enfrente. "Lo que usted debe de hacer es recordar su lugar como *Commandant*. Tal vez piense que sus acciones en el Agadez lo hacen especial, que tiene derecho a exigirles cosas a los oficiales superiores. Le aseguro que no es así. Su estupidez puso en riesgo a toda la nave. Tuvo suerte al derribar los transbordadores marcianos, y ésa es la única razón por la que no ha sufrido por cargos de negligencia."

La expresión del general se hizo más brusca. "Luchará cuando yo se lo ordene. ¿Entendido, *Commandant*?"

"*Oui, Mon General*," de Gaulle respondió entre dientes apretados.

"Puede retirarse."

De Gaulle saludó y salió furioso del hábitat. Murmuró un torrente de expletivos, muchos de los cuales ponían la inteligencia, masculinidad, y preferencias sexuales del General Couturier.

Desquitó sus frustraciones sobre sus hombres, haciéndoles trabajar sin misericordia. Probablemente le odiaban por ello, pero no importaba. A veces los comandantes más eficientes eran también los más odiados.

Seis días después de la emboscada en las Planicies Amazonis, el General Couturier llamó a todos los comandantes regimentales a su hábitat para una junta.

"¿Cree que haya un nuevo plan para combatir a los marcianos?" *Commandant* Alphonse Juin preguntó a de Gaulle.

"Eso o nos harán volver a la Tierra para que los demás imperios se queden con Marte."

Juin le lanzó una mirada extraña. De Gaulle simplemente miró abajo, de mal humor.

Cuando él y los demás comandantes entraron al hábitat, alcanzó a ver montado un mapa de Ciudad Tharsis. Había símbolos y flechas trazados sobre su superficie.

¿Acaso será verdad?

"Caballeros, sé que la espera les ha sido intolerables, a algunos más que a otros." Los ojos de Couturier permanecieron sobre de Gaulle. Éste no se encogió frente a la mirada de su superior.

Couturier siguió, "Pero esta espera ha sido necesaria. Nuestros exploradores e ingenieros han analizado el área en búsqueda de más túneles que los marcianos pudiesen utilizar en nuestra contra. Todos los túneles encontrados han sido destruidos. Ahora ya tenemos caminos claros hacia nuestro objetivo, Ciudad Tharsis."

De Gaulle sonrió al anuncio. Sería un ataque en tres frentes, con el Tercer Ejército incursionando desde el sur, mientras que el Quinto Ejército entraría por el occidente. El oriente había sido asignado a un grupo combinado de belgas, holandeses, daneses, y noruegos. De Gaulle sintió algo de disgusto frente a esta medida. Habría preferido que otra unidad francesa tomase el Este.

Couturier informó a cada uno sus objetivos. Algunos regimientos de caminantes darían apoyo directo a la infantería. Otros tomarían las instalaciones de manufactura en el Oeste. Los regimientos de De Gaulle y de Juin irían al norte para tomar el puerto espacial. Esto alegró a de Gaulle. Ciudad Tharsis tenía uno de los puertos mayores de Marte. Capturarlo sería vital para continuar operaciones en el hemisferio norte del planeta.

Además esto se vería bien en su historial.

Desafortunadamente, de Gaulle tendría que esperar un poco más antes de llevar a su regimiento a Ciudad Tharsis. Este plan requería un bombardeo orbital de doce horas a cargo de naves de la FEAE, seguido de una serie de bombardeos locales y ráfagas de artillería.

No obstante, sabiendo que sus hombres y él serían parte clave del ataque, de Gaulle sintió que podía ser paciente.

15

De Gaulle se sintió como si estuviese caminando hacia el mismo infierno al mirar por el parabrisas de su caminante. El fuego brotaba a lo largo de la ciudad. Un denso humo negro se elevaba al cielo. El amanecer en Marte parecía noche, hasta el punto de necesitar los faros de los caminantes para ver adelante.

"Estén alerta," dijo a su tripulación. "En esta obscuridad, le sería fácil a un trípode tomarnos por sorpresa."

"*Oui, Mon Commandant,*" respondió Bosquier. "Parece que nuestro bombardeo fue un poco demasiado exitoso, ¿no cree?"

"Ciertamente. Empiezo a preguntarme si queda algún marciano."

De Gaulle no estaba muy complacido. Su sed de venganza no estaba saciada. Por el contario. A cada metro que se acercaban a Ciudad Tharsis, pensaba más en el fuego que extinguió Lille cuando llegaron los marcianos a la Tierra. Como nota personal, pensó en la gran biblioteca de su padre. Cuando niño, adoraba leer esos libros. Los poemas y ensayos de Charles Pegut. La filosofía de Platón. La historia de la Guerra de los Cien Años.

Perdidos. Todos esos libros. De Gaulle recordó cómo había llorado cuando su familia regresó a los restos calcinados de su hogar, cómo había ido a pararse en las cenizas de lo que había sido esa biblioteca.

La ira se acumulaba en su interior. Miró el gatillo del rayo de calor.

Más vale que todavía haya marcianos para mí.

Su regimiento marchó sobre Ciudad Tharsis, lo que ahora eran las ruinas humeantes de una de las mayores ciudades del planeta Marte. El humo consumió secciones enteras de la ciudad. Aquí y allá quedaban edificios que milagrosamente habían sobrevivido el bombardeo. De Gaulle apuntó el rayo a uno de estos edificios y disparó. La estructura explotó en llamas.

Tal vez destruí una preciada biblioteca marciana. Sonrío al pensamiento y transmitió un mensaje al resto del regimiento. "Red Wolf Uno a todos los caminantes. Destruyan cualquier edificio que siga aún en pie. Quiero que toda esta ciudad esté acabada."

Los demás comandantes reconocieron la orden.

De Gaulle siguió liderando al regimiento a través de la ciudad en llamas. Tuvo que utilizar su brújula para asegurarse de que estuviesen avanzando al norte. Con todo el humo, era imposible ver a cualquier distancia.

Los caminantes marcharon sobre las ruinas, aplastando restos bajo sus pies. De Gaulle esperó estar pisando algunos marcianos también. Siguió observando en la periferia.

En la calle justo en frente de él vio un grupo de cuerpos en forma de patatas con tentáculos. Estuvo a punto de ordenar a Ponge abrir fuego, pero se detuvo. Ninguno de estos extraterrestres parecía moverse.

De Gaulle activó el periscopio desde su consola y presionó los ojos contra el visor mientras giraba las perillas al lado para ajustar el aumento. Manchas grises cubrían las pieles café verdoso de los alienígenas. Le recordaban a las viejas fotografías que había visto de los marcianos muertos. ¿Habían sido afectados por gérmenes humanos? ¿Tal vez algún soldado cuyo traje hubiese sido dañado?

Entonces recordó. Las unidades de artillería utilizaban rondas especiales que contenían cultivos de ántrax y placa bubónica. Tenía sentido utilizar estas enfermedades en Marte.

De Gaulle se apartó de la pantalla, agradecido por esas municiones biológicas. No obstante, el pensamiento de que los humanos pudiesen utilizar estas municiones unos contra otros le perturbó en gran manera.

El regimiento avanzó un kilómetro. Dos kilómetros. A veces algún caminante hacía volar algún edificio intacto. ¿Habían muerto ya todos los marcianos? Posiblemente algunos lograr escapar de este infierno.

"¡Red Wolf Doce!" exclamó uno de los comandantes en la radio. "¡Contacto visual con un trípode, coordenadas 0-0-6, 600 metros!"

De Gaulle miró a la izquierda. Un trípode se levantó, blandiendo los tentáculos, detrás de una columna de llamas. El rayo de calor en su cabina apuntaba alto.

De Gaulle giró la cabina de su caminante hacia el trípode. La mira apenas pasó sobre la máquina cuando tres rayos blancos dispararon. La cabina desapareció en una bola de fuego.

Gruñó con fastidio. *Será la próxima.*

"¡Otro trípode!" dijo Ponge. "Coordenadas 0-2-0, 800 metros."

Después le siguieron más anuncios alarmados en la radio. Habían encontrado tres trípodes más.

De Gaulle giró la cabina hacia la derecha, apuntando al trípode que Ponge anunció. El marciano disparó hacia uno de los demás caminantes. Falló.

La mira aterrizó sobre el trípode. De Gaulle contuvo el aliento y presionó el gatillo.

El rayo golpeó a la máquina en los ojos "verdes". Las llamas brotaron de la parte frontal. El trípode se estremeció y se inclinó hacia adelante, estrellándose contra el suelo y vomitando una nube de humo gris.

"¡Disparen hacia el humo!" Ordenó de Gaulle.

Docenas de rayos blancos cortaron la obscuridad elevándose. Escaneó el humo, buscando cualquier mancha anaranjada que pudiese indicar un golpe directo.

Ninguno de sus rayos dio en el blanco.

El regimiento disparó otra vez. Otra vez. Aún no había señal alguna de contacto.

"Síganme hacia el humo," ordenó de Gaulle.

Los caminantes avanzaron. El humo los tragó. Lo único que las luces lograban era reflejar la obscuridad a su alrededor. Los nervios se acumularon en la boca del estómago de de Gaulle. Un trípode podría estar justo en frente de ellos, y no lo sabría sino hasta el último segundo.

Su dedo levitó sobre el gatillo mientras sus ojos miraban adelante, listo para disparar.

"Parece que se está despejando el humo," dijo Ponge.

Ciertamente era el caso. De Gaulle vio más restos adelante. A cien metros de distancia, otra densa nube negra se elevaba. No veía señal alguna de los dos trípodes. Debían de haber caído. Sonrió momentáneamente. Era agradable ver a los marcianos huyendo.

"Todos los caminantes. Disparen hacia el humo."

Una ráfaga de rayos fue a dar hacia la nube. De Gaulle vislumbró un destello por la mirilla del ojo.

"¿Hubo una explosión en el humo? ¿Alguien vio algo?"

"Red Wolf Siete. Yo vi algo. Parece que—"

Salieron rayos de calor del humo.

"¡Mierda!" Exclamó Ponge.

De Gaulle sintió su pecho comprimirse cuando su caminante esquivó un rayo por apenas unos metros.

"¡Red Wolf Diez ha sufrido daños!" Alguien anunció. "Repito, ¡Red Wolf Diez ha sufrido daños!"

"¡Espárzanse!" Ordenó De Gaulle. "No se queden quietos. ¡Fuego a discreción!"

De Gaulle disparó dos veces hacia el humo. Reciprocaron el fuego. Ningún rayo alcanzó un objetivo.

"*¡Mon Commandant!*" Bosquier apuntó al parabrisas.

De Gaulle abrió ampliamente los ojos, pues veinte trípodes marcianos emergieron del humo.

16

De Gaulle sintió que el estómago se le subía hasta su garganta. La cabina del caminante cayó al suelo. Los rayos de luz destellaban a su alrededor. Alcanzó a ver fuego brotando del costado de un caminante en la cercanía. ¿Cuántos otros habían sufrido daños?

Su caminante ahora se posicionaba como si fuese un cangrejo. Bosquier maniobró hacia la izquierda. Quedarse quietos sólo aseguraría un fin prematuro. De Gaulle vio otro caminante volcándose, con humo saliéndole de la cabina.

Miró hacia los trípodes avanzando hacia ellos. Siguieron disparando. Un rayo pasó justo sobre su caminante. La radio captó varias voces llenas de pánico. El miedo comenzó a apoderarse de él. De Gaulle sentía la iniciativa resbalándose de sus manos. Dentro de unos segundos, su regimiento rompería filas y emprendería retirada.

Sólo había una sola cosa que podía hacer para evitarlo.

"¡Aquí Red Wolf Uno! ¡Todos los caminantes, embistan contra el enemigo! ¡Enfréntelos a mínima proximidad!"

Bosquier volteó a verle. "¿*Mon Com*--"

"¡Es una orden!"

Bosquier volvió los ojos hacia adelante. La cabina se alzó rápidamente, y el caminante embistió. La imagen de un trípode marciano acaparó el parabrisas. De Gaulle estuvo a punto de disparar, pero se contuvo. A esta distancia, la explosión afectaría a su caminante.

Sólo había una cosa por hacer.

De Gaulle extendió los brazos-tenaza del vehículo. Retrocedió uno de los brazos, listo para asestar un golpe.

Los tentáculos del trípode se extendieron hacia adelante. Uno envolvió el brazo derecho, y otro envolvió el izquierdo. Los otros dos tentáculos golpearon la cabina. La totalidad del caminante se estremeció. Ponge perdió el aliento. De Gaulle miró hacia arriba. Una parte del casco había cedido.

De Gaulle y Bosquier lucharon con los controles, tratando de liberar los brazos.

El caminante volvió a agitarse. Dos de los tentáculos retrocedieron, preparados para un tercer golpe.

Piensa. ¡Piensa!

Los brazos eran ahora inútiles. Disparar el rayo sería un suicidio.

No obstante...

"¡Bosquier! La pierna delantera. Patea a ese maldito marciano."

El conductor volteó brevemente hacia el comandante, "*Oui, Mon Commandant.*"

De Gaulle sintió la pierna delantera del vehículo retroceder. Después golpeó hacia el frente. En esta atmósfera, el impacto del metal contra el metal se oía casi como una palmada. El caminante tembló.

"¡Otra vez!" de Gaulle golpeó la consola.

El caminante pateó una segunda vez. Una tercera. De Gaulle sintió el agarre de los tentáculos aflojándose. Con dientes apretados y nudillos blancos, tomó la consola.

El trípode golpeó al caminante con sus tentáculos. El casco

de la cabina cedió aún más. El caminante pateó una cuarta vez. De Gaulle gimió, aún luchando con los controles de los brazos.

El vehículo logró liberar los brazos. De Gaulle controló el brazo derecho para introducir las pinzas en los "ojos" del trípode.

"¡Reversa!"

Bosquier siguió la orden. El trípode se quedó en su lugar por unos segundos, y después cayó hacia adelante. Bosquier giró el caminante a la izquierda. El trípode terminó de estrellarse sobre restos ardientes en el suelo a unos metros del caminante.

De Gaulle rotó la cabina, observando la batalla a su alrededor. No habían sido los únicos en batirse cuerpo a cuerpo con un trípode. Un caminante usó las tenazas para abrir la cabina de un trípode. Otro arrancó los tentáculos a un trípode.

A su izquierda, de Gaulle vio un trípode pisando sobre el caminante. Éste disparó el rayo de calor, destruyendo la cabina del trípode. Apenas veía la máquina caer derrotada, pues la mayoría de su atención se enfocaba en el caminante caído. La ira y el pesar hacían remolinos en su interior. La cabina estaba completamente aplastada. Ninguno de los tripulantes podía haber sobrevivido.

Controló sus emociones. La batalla no era lugar para estar de luto. Ya habría mucho tiempo para ello.

Si sigo con vida entonces.

De Gaulle buscó más objetivos. Quedaban muy pocos caminantes en pie, y éstos ya se veían atacados por caminantes. Uno por uno, los trípodes cayeron. Como precaución, los caminantes les ultimaban con rayos de calor.

De Gaulle ordenó a los comandantes reportarse. Todos se reportaron, salvo once, incluyendo al oficial ejecutivo de su regimiento, *Capitaine* Lhenry.

Cerró los ojos y oró una plegaria rápida por los muertos. No había tiempo para mucho más.

"Todos los caminantes, avancen. No hemos acabado aquí."

El regimiento caminó sobre los trípodes caídos y siguió en dirección norte a través de las ruinas de Ciudad Tharsis. De Gaulle alcanzó a ver una torre-obelisco a 500 metros de distancia que parecía haber sobrevivido el bombardeo de la FEAE. La derribó con el rayo de calor.

"No quiero que quede un pie ningún edificio en esta maldita ciudad," gruñó.

Así, avanzaron y destruyeron cada edificio intacto que veían.

"Black Wolf Uno," transmitió el *Commandant* Juin. "Nos enfrentamos con dos unidades de trípodes y estamos sufriendo pérdidas. Sector Siete; coordenadas 1-1-5. Requerimos apoyo."

"Black Wolf Uno, aquí Red Wolf Uno. Envío dos de mis compañías a su posición."

"*Merci*, Red Wolf Uno."

De Gaulle mandó la orden y vio varios de sus caminantes partiendo al oeste en auxilio del regimiento de Juin. Después de las pérdidas del enfrentamiento anterior, su regimiento se veía severamente mermado. No obstante, no pensaba en pausar la marcha. Tenían avance y debían de aprovecharlo.

Los caminantes que quedaban marcharon al norte. En un momento, cuatro trípodes les atacaron, y destruyeron uno de los caminantes. Los demás acabaron con estos trípodes fácilmente.

De Gaulle revisó la brújula, y después el mapa de Ciudad Tharsis, adherida a la izquierda de la consola. De acuerdo a su estimación, el puerto espacial debía de estar a seis kilómetros de distancia.

Monitoreó las bandas de radio regimental y divisional a medida que avanzaban. Las dos compañías que había enviado atacaron a los trípodes por la retaguardia. La infantería se enfrascó en combate y avanzaban lentamente a lo largo del sur y oeste de la ciudad. El grupo combinado europeo al este había encontrado resistencia. De Gaulle maldijo su falta de agresividad.

Varias llamadas salieron, muchas requiriendo apoyo aéreo. Desafortunadamente, el denso humo sobre la ciudad descartaba la posibilidad de un bombardeo eficiente. Las unidades de artillería tuvieron el mismo problema, pues el entorno afectaba su precisión y alcance.

Dependerá de nosotros tomar esta ciudad.

De Gaulle no tenía problema alguno con ello.

Los caminantes marcharon sobre ruinas y a través de nubes de humo. Vio otra torre marciana en pie y la hizo ruinas con un disparo.

Alcanzo a ver en receso entre el humo. De Gaulle se inclinó hacia adelante para ver a través de la cortina negra. Vio una expansión frente a él, grande y relativamente plana. Una sonrisa se formaba en su rostro. Habían llegado al puerto espacial.

La sonrisa se desvaneció al ver cuarenta trípodes a lo largo del perímetro.

"¡Todos los caminantes! ¡Fuego a discreción!"

Los rayos blancos cortaron la obscuridad del aire humeante por doquier. Tres máquinas marcianas explotaron en llamas, así como la cabina de un caminante.

"¡Todos los caminantes!" de Gaulle transmitió. "Disparen cohetes. Usen el humo como cubierta. Traten de acercarse a los marcianos."

Estelas de luz hicieron arco sobre las ruinas humeantes con cada cohete disparado. De Gaulle esperó los sonidos característicos de la parte trasera del vehículo.

No oía nada.

"¡Ponge! Dispare los cohetes."

"No puedo. Los lanzacohetes debieron haber sido dañados cuando nos golpeó el trípode."

"¡Mierda!" de Gaulle frunció el ceño. Columnas de fuego y

humo se dilataban alrededor de los trípodes. Algunos cayeron, cubiertos de llamas.

De Gaulle apretó el gatillo del rayo de calor y disparó, rotando la cabina de izquierda a derecha. Docenas de rayos cortaron a través del humo y el fuego. La mayoría falló. Aquí y allá vio destellos de explosiones. Dos en el lado marciano y uno en el suyo.

Ordenó a un pelotón de caminantes de batalla seguir con el ataque frontal, mientras él llevaba la mitad del regimiento hacia el flanco izquierdo. *Capitaine* Giraudeau, ahora el oficial de mayor rango después de de Gaulle, lideró el resto hacia el flanco derecho. Se ocultaron en el humo a cada oportunidad, y dispararon constantemente. De Gaulle vio a uno de sus caminantes lisiar a un trípode, cortándole los tentáculos.

Un par de trípodes se desplazaron a lo largo del perímetro, siguiendo a la fuerza del comandante. Este disparó. Falló. Disparó otra vez. Falló. Otro caminante disparó contra un trípode. Segundos después, un caminante estalló en llamas.

Sus ojos parpadeaban entre los trípodes siguiéndoles y los que estaban aún posicionados frente al puerto espacial. Se concentró sobre el hueco creciente entre ambas fuerzas.

"Red Wolf Doce," transmitió.

"Aquí Doce," respondió el Teniente Simenon.

"Tome su pelotón y el de Red Wolf Trece. Penetren ese hueco a la derecha y ataquen a los marcianos por la retaguardia."

"*Oui*, Red Wolf Uno."

"Les daremos fuego de cubierta a mi señal. Tres... Dos... Uno... ¡Fuego!"

De Gaulle apretó el gatillo tan rápido como podía. Los caminantes a su alrededor también desataron rayo tras rayo en sucesión rápida. Le preocupaba sobrecalentar el rayo de calor. Trató de ignorar esta preocupación. Necesitaba que los marcianos se enfocasen en él para que los caminantes de Simenon pudiesen entrar al puerto.

El número de trípodes enfrentando a las fuerzas del comandante comenzaron a disminuir. Dos rayos convergieron en la cabina de un trípode, haciéndole explotar en un remolino de manchas negras y anaranjadas. De Gaulle apuntó al último trípode y disparó. Falló. Otro caminante dio en el blanco con su rayo de calor. El trípode explotó.

De Gaulle respiró profundamente y avanzó. Los caminantes de Simenon incursionaron en el puerto espacial, y la totalidad del perímetro occidental estaba completamente abierta. Podía introducir la mitad del regimiento con facilidad. Uno de los objetivos principales en Ciudad Tharsis podía lograrse.

Él podía lograrlo.

"¡Adelante!"

El caminante líder avanzó. Su pecho se dilataba con orgullo. La amarga derrota en las Planicies Amazonis sería vengada.

Los caminantes de batalla estaban a unos cincuenta metros del borde del puerto.

"Red Palace a todas las unidades."

Una conmoción se apoderó de de Gaulle al escuchar la voz del General Couturier en la radio.

"Red Palace a todas las unidades. Cesen el ataque y retírense inmediatamente. Repito, todas las unidades, retírense."

De Gaulle se sentía entumecido. Sus oídos debían de estar engañándole. Su regimiento debía de tomar el puerto espacial. No podían retirarse ahora.

"Red Palace, aquí Red Wolf Uno. Repita."

"He dicho que se retiren, maldita sea," Couturier explotó.

"Estamos por tomar el objetivo. La resistencia enemiga ha caído. No podemos retirarnos."

"Nuestro grupo oriental está perdiendo terreno, y nuestros

demás grupos han sufrido pérdidas de gravedad. Tenemos reportes de refuerzos marcianos llegando del norte y el oeste."

"Estamos en la ciudad," De Gaulle dijo. "Podemos establecer defensas y repelerles hasta que lleguen refuerzos."

"Suficiente, *Commandant*. Tiene sus órdenes. Obedézcalas."

La ira explotó dentro del comandante. Su cuerpo se estremeció. "¡Esto es asnal! ¿Estamos por obtener el mayor triunfo de esta guerra y nos ordena retirarnos? ¡Francia ha huido demasiado a lo largo de los últimos cincuenta años! ¡Es hora de pararnos y dar lucha!"

Couturier se quedó callado por varios segundos. Finalmente, habló con tono deliberado. "*Capitaine* Lhenry. *Capitaine* Lhenry, responda."

"¡Lhenry está muerto!" Declaró de Gaulle.

"*Capitaine* Giraudeau."

"*Oui, Mon General*."

"*Commandant* de Gaulle ha sido relevado de su posición de comando por insubordinación, efectivo inmediatamente. Está ahora usted a cargo del Regimiento 45 de Caminantes de Batalla. Retírense inmediatamente."

"Ah, *Oui, Mon General*."

"De Gaulle cerró los ojos a la radio. La ira le paralizaba. ¿Relevado de posición de comando? ¿Realmente le había relevado el General Couturier? ¿Simplemente porque tenía más arrestos que un débil e inútil?

Giraudeau se aclaró la garganta en la radio. Su voz tomó un tono de mayor confianza. "Regimiento 45, retírense y reagrúpense en las afueras de Ciudad Tharsis, coordenadas 3-0-7." Una pausa. "Lo siento, *Mon Commandant*."

De Gaulle sólo gruñó.

"¿Señor?"

Levantó la cabeza para ver a Bosquier mirándole con expresión expectante.

"Haga lo que ordenó el *Capitaine* Giraudeau." de Gaulle frunció el ceño.

"*Oui, Mon Commandant.*"

De Gaulle rechinaba los dientes al tiempo que el caminante giraba hacia el sur. Miró por sobre su hombro, imaginando la ciudad detrás de él, y el puerto espacial, la gran victoria, todo casi a su alcance.

Ahora él, y la totalidad de la milicia francesa tenía que aguantar otra deshonrosa derrota.

17

"Carajo." El Almirante Beatty lanzó un puño contra la ventana de observación del King Edward VII. Vio un destello rojo formándose sobre Marte, haciéndose más brillante a cada segundo. Era la caída del acorazado *USSS Robert Morris*, ardiendo en la atmósfera.

Cuatro naves. Había perdido cuatro naves en la última hora frente a las defensas planetarias de Marte. Justo cuando pensó que había encontrado todas, aparecen más. Mismo caso con respecto a sus transbordadores. Beatty se preguntó si los calamares poseían un suministro ilimitado de ellos.

Poco a poco, nos están acabando.

La FEAE aun tenía una flota numerosa, pero si continuaban estos ataques, seguirían perdiendo fuerza. Había enviado ya varias solicitudes de refuerzos al Consejo Supremo. Desgraciadamente, la mayoría de las fuerzas espaciales terrestres ya estaban aquí en Marte. Como lo había reiterado el presidente francés Maginot, "No podemos chasquear los dedos e instantáneamente crear más naves."

"No, pero pueden presionar a los rusos y a los japoneses para dar más naves," él había respondido.

Hasta donde sabía, representativos de la FEAE seguían negociando con Stalin y con el Emperador Taisho. Stalin todavía temía que enemigos, real e imaginarios, tratasen de derrocarle. En cuanto a Taisho, los japoneses parecían ser misteriosos y aislados. Nadie sabía qué ocurría en sus cabezas.

Beatty siguió caminando a lo largo de la ventana de observación. A su izquierda, varias naves disparaban sus rayos de calor contra la superficie de Marte. A su derecha, misiles salían disparados de la pequeña luna Fobos, la cual fue tomada por la FEAE en las primeras etapas de la invasión.

No obstante, las defensas marcianas reciprocaban el fuego. Otra nave FEAE destruida.

Beatty frunció el ceño y apretó el puño. Su mente regresaba a la junta con el Consejo Supremo hace casi dos meses cuando mencionó el impacto de la renuncia de Stalin de Operación: Jefe Supremo. El Primer Ministro Lloyd George le había dicho, "Estoy seguro de que encontrará un modo de hacerlo funcionar."

Será difícil encontrar un modo si los marcianos siguen destruyendo nuestras naves y matando a nuestros soldados.

Frotó las manos sobre su rostro y respiró detenidamente. Su atención regresó al espacio alrededor de Marte. Los rayos de calor de la FEAE y los misiles llovían sobre el planeta rojo. Los marcianos en la superficie respondían de igual manera. Otra nave perdida.

Beatty cruzó los brazos y miró la cubierta. Si la Tierra mandaba refuerzos, dudaba que fuese una cantidad significativa. En su interior, sabía que si iba a hacerlo funcionar, tendría que ser con los hombres y naves que tenía disponibles.

Le dio la espalda a la ventana y comenzó a flotar a lo largo de los corredores. Los hombres le saludaban al pasar. Se propulsó tres cubiertas hacia arriba hasta llegar a una escotilla que decía COMPARTIMENTO DE PERSONAL DE COMANDO. SOLO PERSONAL AUTORIZADO. El marine a cargo saludó a Beatty y abrió la escotilla. El Almirante tomó el borde de la entrada y se propulsó hacia el interior.

El personal de comando de la FEAE flotaba alrededor de una mesa de roble finamente pulida. Se pusieron en atención mientras Beatty maniobraba hasta llegar a la mesa.

"Bueno." Miró al hombre regordete y con calvicie a su derecha. "¿Qué noticias hay de las Planicies Arcadia?"

General francés y Jefe de Inteligencia de la FEAE, Gaston Ducreux, respondió, "Los marcianos han desplegados dos regimientos más de trípodes a esa región. Esto lleva su número estimado a dos mil."

¿Qué hay de la infantería de Marte?"

"Reconocimiento aéreo ha detectado más tropas al oeste. Al menos una división. Creemos que se han movido al subsuelo. Nadie los había visto hasta que aparecieron en las trincheras. En este momento, los marcianos tienen al menos cinco grupos armados en las Planicies Arcadia."

"Nos llegan reportes de que los marcianos están retirando trípodes y tropas de varios frentes," explicó un hombre de cabello cano y aspecto distinguido, el General Charles Summerall, Comandante de tropas terrestres de la FEAE, "Creo que es evidente que esas fuerzas están siendo dirigidas a las Planicies Arcadia."

"Esto es evidencia de que los marcianos tienen algo importante ahí," notó un robusto alemán de colosal bigote blanco, el General Hans von Seeckt, Subcomandante de la FEAE.

"Si, pero aún no sabemos qué es." Summerall lanzó una mirada acusadora a Ducreux.

"Aún tratamos de determinar qué intentan proteger." Ducreux miró intensamente a Summerall. "Hemos interceptado comunicaciones entrando y saliendo. Algunos todavía no han sido descifrados, y otros son simplemente mensajes de rutina."

"¿Al menos tienen alguna teoría sobre qué podrían estar protegiendo?" preguntó Beatty.

"Podrían ser nuevas armas. También podrían los cuarteles de su Consejo Guía. Los marcianos lo harían todo para protegerlos."

Beatty presionó las palmas sobre la mesa y observó el mapa de Marte frente a él. Memorizó todos los símbolos alrededor de la Planicies Arcadia que denotaron unidades marcianas. Había muchos.

¿Qué diablos les resulta tan importante, plagas?

Observó las demás áreas del planeta rojo. Las fuerzas británicas y norteamericanas estaban a punto de tomar las Planicies Isadis y la Región Aeolis, respectivamente. Otras fuerzas de la FEAE habían logrado avances significativos en la Región Thyle, las Planicies Hellas, Sinus Meridiani, y Tierra Cassini. Beatty imaginó que esto tenía algo que ver con el flujo de tropas de esos lugares a las Planicies Arcadia.

Sus ojos volvieron a aquel sitio en el mapa. Las ideas tomaron forma dentro de su cabeza. *¿Qué elección tienes, David?*

"Sólo hay un modo der saber qué planean. Tenemos que tomar las Planicies Arcadia."

Las venas saltaron en el cuello del General Summerall. "Va a tomar muchas tropas y caminantes de batalla. Todavía hay muchas otras regiones en Marte que tenemos que asegurar antes de lanzar una ofensiva ahí."

"No." Beatty agitó la cabeza. "No creo que podamos esperar tanto. ¿Qué tal si los marcianos están construyendo nuevas armas ahí? Armas que no podemos siquiera comenzar a imaginar. Podrían derrotarnos y forzarnos a emprender la retirada a la Tierra. Nos tomará años recuperar nuestras fuerzas. Para entonces, los marcianos podrían utilizar esas armas en la Tierra misma. No. Debemos de tomar las Planicies Arcadia tan pronto como sea posible."

"Almirante," comenzó Summerall. "Hay más de millón y

medio de marcianos ahí. No tenemos suficientes fuerzas en la región para enfrentarlos."

"Entonces tendremos que hacer lo que los marcianos están haciendo. Tomemos unidades de otros sitios y mandémoslas a las Planicies Arcadia."

Summerall le miró con sobresalto. "Eso significaría descartar la mayoría de nuestros avances sobre el planeta. ¿Qué le impide a esos calamares volver a tomarlos?"

"No tendrán los suficientes números para hacer eso," dijo Beatty. "Ya hemos mermado sus capacidades militares. Lo más que tienen está concentrándose en las Planicies Arcadia. Estaríamos contemplando *la* batalla decisiva de Operación: Jefe Supremo justo ahí." Extendió su mano hacia el mapa.

"Una ofensiva de tal magnitud requiere muchas provisiones." El General von Seeckt volteó a un alto norteamericano de cabello castaño. "Almirante Thurman, ¿tenemos suficientes recursos?"

El Jefe de Logística de la FEAE exhaló lentamente. "No sé si puedo responder afirmativamente. Hemos estado usando municiones más rápido de lo que había anticipado. También se nos están acabando los misiles balísticos, al igual que las baterías para los rayos de calor."

"¿Cuánto tomaría obtener provisiones de la Tierra?" preguntó Beatty.

"Operaciones de carga para la flota de provisiones tomaría dos días. Después otros seis en el viaje a Marte, y tres o cuatro días para transferir municiones a nuestras naves."

Beatty respiró detenidamente, su rostro arrugado en frustración. *¡Casi dos semanas! ¿Quién diablos sabía qué podía ocurrir en dos semanas?* Los marcianos podían usar lo que sea que estuviesen ocultando.

Cerró los ojos, recuperó la compostura, y miró al personal de comando. "Comiencen a elaborar planes para una ofensiva contra las Planicies Arcadia. Todas las unidades de la FEAE estarán a su disposición. Mientras tanto, General Summerall, quiero que ordene un alto a todas las operaciones de tierra."

Summerall le miró boquiabierto. "¿Un alto, Señor? ¿Quiere que dejemos de combatir a los marcianos?"

"Efectivamente. Quiero que todas las fuerzas de tierra mantengan posición hasta mayores instrucciones."

"Si hacemos eso, estaremos invitando un ataque de los marcianos. Tenemos la ventaja en varios frentes. Tenemos que ganar territorio."

"Esto nos costará más vidas, caminantes, artillería y jets," dijo Beatty. "No podemos contar con refuerzos de la Tierra, por lo tanto, debemos de conservar lo que tenemos aquí en Marte. Ciertamente no podemos llevar a cabo un ataque de esta escala sin suficientes provisiones. Por lo tanto, tenemos que restringir a la FEAE a posiciones defensivas sólo hasta que lleguen las provisiones."

"Y eso le da a los marcianos dos semanas para recuperarse y restablecer defensas," dijo Summerall. "O lanzar una ofensiva. ¿Cuántas de nuestras fuerzas perderemos entonces?"

Beatty miró estrictamente al General norteamericano. Le había permitido algo de libertad para establecer su punto, pero ahora se arriesgaba a cruzar la línea.

Estaba por decir algo al respecto cuando Von Seeckt habló. "Almirante, creo que el General Summerall tiene razón."

Beatty giró rápidamente a verle. Comenzaba a enojarse. El General alemán continuó antes de que Beatty pudiese decir algo.

"Estoy de acuerdo, debemos de esperar a tener más provisiones antes de comenzar esta ofensiva. Pero no debemos darle espacio para respirar a los marcianos. Debemos de atacarles de algún modo. Redadas, sondas, acosarles con fuego."

Beatty reflexionó. Tales modos de ataque significarían usar municiones. No obstante, no le gustaba la idea de darles un respiro a sus enemigos. "Muy bien. Tienen autorización para dirigir operaciones a pequeña escala contra los marcianos hasta la ofensiva sobre las Planicies Arcadia. Debemos de recordarles que no nos hemos olvidado de ellos."

Un par de risas discretas salieron del personal de comando. El General Summerall mostró una media sonrisa y asintió ligeramente con la cabeza. Esta orden le satisfacía hasta cierto grado.

"También debemos de mantener el bombardeo con nuestras bombas químicas," dijo Summerall. "Esto deberá de sabotear operaciones marcianas durante nuestro... descanso."

"Eso tal vez no haga mucho bien," Ducreux señaló. "La mayoría de la infantería marciana está equipada con trajes de protección."

"Muchos de los civiles no lo están."

Beatty volteó a Summerall. "Tenemos reportes de varios brotes en Ciudad Tharsis y las Planicies Hellas gracias a las bombas químicas. Mayores brotes podría obligarles a concentrar fuerzas para detener la transmisión de enfermedades en vez de concentrar ofensivas contra nosotros. Encárguese de ello, General."

"Sí, Señor."

"Una vez que tengamos más provisiones," dijo Beatty, "comenzaremos a reposicionar nuestra fuerzas."

"Estamos arriesgando mucho, Almirante," dijo Summerall.

"Ciertamente, General, pero en la guerra, uno toma riesgos."

"Por supuesto. Pero si no logramos tomar las Planicies Arcadia, vamos a pagar un precio muy alto. Tal vez no será la batalla lo que perdamos, sino la guerra."

Beatty miró fijamente a Summerall, sintiendo su cara poniéndose rígida de determinación. "Entonces, General, más nos vale no fracasar."

18

No deberíamos hacer esto.

Las preocupaciones del Guardián Supremo Hashzh crecían a cada momento que miraba las pantallas en su habitación. Las imágenes generadas por computadora mostraban trípodes, baterías automatizadas, transbordadores armados y Guardianes extendidos a lo largo del norte de Shoh.

Tantos de ellos, todos visibles a los ojos de los Brohv'ii.

Sus tentáculos temblaban. Se lo había advertido al Consejo Guía, les había dicho que posicionar grandes números de Guardianes alrededor del Proyecto Final alertaría a los Brohv'ii sobre algo de gran importancia ubicado en esa área. Seguramente atacarían ahí.

Pero una vez más, el miedo usurpaba la razón. El Consejo ordenó a gran parte de la Fuerza de Guardia vigilar el Proyecto Final. Incluso con la red de túneles, no podían ocultar tan magna fuerza de los Brohv'ii. Vendrían, con todos los soldados y maquinas que tuviesen. Sólo esperaba tener suficientes Shoh'hau para derrotarles.

Debemos de derrotarlos. Las consecuencias son impensables.

Esa última palabra le hizo llevar la visión a una pantalla a la derecha. Una fila de trípodes bloqueaba a un grupo de más de 500 Shoh'hau escapando de la batalla en la Región Toivi, una región donde la enfermedad de los Brohv'ii había matado a miles. Esto era lo que temía, él y tantos otros, que la bacteria que había destruido a la Fuerza de Limpieza pudiese contaminar este mundo. Y ahora que había ocurrido...

Sus ojos permanecieron fijos sobre la pantalla. Detestaba lo que estaba por ocurrir, pero era necesario.

Los trípodes dispararon. Las llamas y el humo barrieron sobre los Shoh'hau. La incredulidad y la ira surgían dentro de Hashzh. Estaban matando a su propia gente. Era necesario para contener las enfermedades de los Brohv'ii, pero... *¿Shoh'hau matando Shoh'hau?* Tales actos no habían ocurrido a tal escala desde hace decenas de miles de ciclos.

Los Brohv'ii. Son ellos quienes nos hacen matarnos entre nosotros. Era mayor razón para borrar esta raza del universo.

Un zumbido bajo llenó su habitación. Palabras alumbraron la pantalla. El Consejo Guía quería audiencia con él.

Hashzh viajó a través de los corredores, preguntándose qué otras órdenes tontas podían darle. Al entrar a las habitaciones del Consejo, se detuvo y levantó sus tentáculos sobre su cuerpo.

"Es mi honor estar en presencia del Consejo Guía."

"Saludos, Guardián Supremo Hashzh," contestó el Consejero Supremo Frtun. "Es bienvenido en nuestra presencia."

Hashzh se acercó a los líderes de la raza Shoh'hau. "¿Necesitaban verme, Consejeros?"

"Ciertamente," dijo Frtun. "Se ha decidido, frente a la situación actual, que aprobaremos sus solicitudes para más armamento."

El asombro se apoderó de Hashzh. La sensación no duró

mucho, al pensar en todo el territorio y las ciudades que los Brohv'ii habían capturado y destruido.

De haber aprobado mis solicitudes, los Brohv'ii no estarían en nuestro planeta. Pero ahondar en esos pensamientos era inútil.

"Gracias, Consejeros. ¿Cuántas armas puedo esperar, y cuándo?"

El Consejero Yrvul respondió, "Dentro de catorce rotaciones, tendrá cincuenta trípodes, veinte transbordadores armados, y cinco baterías de defensa planetaria."

"¿Eso es todo?"

"Varias de nuestras fabricas han sido destruidas o capturadas, y la mayoría de nuestros recursos deben seguir dirigidos al Proyecto Final. Hemos cedido tanto como hemos podido."

"Necesitaremos muchos más trípodes, transbordadores y baterías para repeler a los Brohv'ii," explicó Hashzh.

"Encuentro sus comentarios inesperados, Guardián Supremo," notó Rezdv. "Ha solicitado más armamento en numerosas ocasiones. Ahora que se lo hemos proporcionado, usted protesta."

"No estoy protestando, Consejero Rezdv. Simplemente estoy indicando un hecho. Nuestras pérdidas han sido graves. Estas nuevas armas apenas podrán compensar las que hemos perdido contra los Brohv'ii."

"Es suficiente. Guardián Supremo," Ehjah dijo bruscamente. "Hemos visto sus reportes. Los Brohv'ii ya no están avanzando. Se han dado cuenta de que somos superiores a ellos, y que no pueden vencernos. Pronto dejarán Shoh."

Hashzh miró incrédulo a Ehjah. ¿Por qué partirían los Brohv'ii cuando ya tenían control sobre varias regiones? Probablemente reservaban sus fuerzas para un ataque a gran escala contra el Proyecto Final.

Todos los demás Consejeros miraron a Ehjah. Hashzh sintió sus preocupaciones. Tal vez ahora veían lo que él había pensado por tantas rotaciones. El cerebro de Ehjah sufría fallos.

Una parte de Hashzh se sentía complacida. Ehjah sería ejecutado. Sabía que no debía pensar tales cosas de un miembro del Consejo Guía, pero Ehjah comenzaba a ser un detrimento para la defensa de Shoh. No podían tolerar eso en tiempo de guerra.

El Consejero Supremo Frtun volteó a Hashzh. "Es todo el armamento que le podemos proporcionar. Si no puede derrotar a los Brohv'ii con las fuerzas que tiene disponibles, deberá de retrasarles hasta que completemos el Proyecto Final."

"Sí, Consejero Supremo."

Hashzh consideró las palabras de Frtun. Considerando todas las pérdidas sufridas hasta ahora, esa podría ser la única estrategia que podría emplear. Concentrar sus fuerzas aquí, fortalecer sus posiciones defensivas, y dejar que los Brohv'ii vengan a ellos. No podía haber retiradas. Tenían que resistir hasta el último Shoh'hau. Recordó algunos de los registros militares Brohv'ii que había estudiado. Cientos de ciclos atrás, cuando luchaban con espadas y flechas, asediaban fortalezas. A veces les tomaba muchas, muchas rotaciones, incluso medio ciclo, antes de que los defensores sucumbieran, ya fuese por demasiadas muertes o por falta de alimento, o una combinación de ambos.

Hashzh y su Fuerza de Guardia no tenía que aguantar tanto tiempo. Tal vez veinticinco rotaciones a lo mucho. Para entonces, la primera parte del Proyecto Final estaría lista.

Además, *su* propio proyecto final también estaría listo para entonces. Los Brohv'ii nunca amenazarían su raza otra vez.

19

"¡Usted! ¡Cabo! Multa de cinco dólares. Abotónese correctamente ese uniforme."

El Teniente Coronel Patton vio la mueca del joven soldado pelirrojo al abrocharse los dos botones superiores de su uniforme.

"Sí, Señor. Lo siento, Señor."

Patton miró severamente al cabo, y después miró a lo largo de la mesa del comedor a bordo del USSS Fossil Creek. Otros soldados evitaron su mirada y trataron de componer sus uniformes tan discretamente como les fuese posible. Los músculos en el rostro de Patton se tensaban, tratando de contener su enojo.

Falló.

"¡Multa de cinco dólares! ¡Multa de cinco dólares! ¡Multa de cinco dólares!" Exclamó, pisando alrededor de la mesa y apuntando a varios soldados. Después se detuvo. Todos dejaron de comer y le miraron con una mezcla de conmoción y temor.

"¡Al diablo! ¡Todos y cada uno de ustedes tiene una multa de cinco dólares! Estoy mirando sargentos, tenientes, y capitanes que no se molestaron en revisar si sus hombres se veían presentables antes de entrar al comedor. ¿De qué sirven, imbéciles, si no emplean su autoridad?"

Patton se retiró, refunfuñando. Sintió los ojos de sus artilleros en la espalda.

Sabía que la mayoría de los soldados le odiaban y que pensaban que estaba loco al mantener el código de vestimenta tan estrictamente.

"Estamos en trajes espaciales la mitad del tiempo," escuchó a un soldado quejándose. "¿A quién le importa si nuestras botas están pulidas, y nuestro botón superior abrochado? No estamos en un show de modas."

Idiota. Esto no se trataba de moda. Se trataba de disciplina. Se trataba de enorgullecerse de ser un soldado del ejército de los Estados Unidos. Era más importante que nunca mantener altos estándares tras estar estacionados por dos semanas. Si se relajan aquí, se relajarían en el campo de batalla. Esto llevaba a errores, y los errores llevaban a muertes.

Eso no ocurrirá conmigo a cargo.

Después del almuerzo, Patton y su Regimiento 214 de AAP marcharon fuera de la nave. Sus vehículos acorazados estaban a un kilómetro de distancia, estacionados en trincheras. Mientras más se acercaban, más se enfurecía. Miró por sobre su hombro hacia los hábitats y las naves de desembarco agrupadas juntas.

¿Por qué no ponen un gran y brillante letrero que diga, 'Marcianos ataquen aquí'?

Imbéciles.

"Mantengan sus posiciones." Esa había sido la última orden que su regimiento había recibido de los superiores de la FEAE. Cada vez que le preguntó al comandante de la División 32 de Infantería, Mayor General Willey, cuándo iban a atacar a los marcianos otra vez, le daba la misma respuesta. "En cuanto el comando de la FEAE nos lo ordene."

A este paso, no será sino hasta el día del juicio final.

Patton ordenó a sus hombres inspeccionar los AAP para asegurarse de que funcionen apropiadamente. Después de las reparaciones necesarias, ordenó mover los vehículos a otro sitio. No dejaría que los AAP se queden en el mismo lugar por demasiado tiempo. ¿Por qué facilitarle las cosas a la artillería marciana?

Pasó el día, y Patton miraba a lo largo del paisaje rojo de Marte. Le irritó el pensamiento de que los marcianos pudiesen estar fortaleciendo sus defensas mientras que sus hombres holgazaneaban. O peor aún, que esos desgraciados pudiesen pronto lanzar su propia ofensiva.

Uno no gana guerras manteniendo su posición. Se ganan atacando. Él comprendía eso, pero sus superiores no parecían comprenderlo.

Por otro lado, estas eran las mismas personas que no podían reconocer el potencial ofensivo de los AAP.

El siguiente día trajo algo de emoción. Un escuadrón de robustos jets Wright F3F Panther se dirigió al norte. Quince minutos después, columnas de fuego aparecieron en el horizonte.

"Parece que las moscas se están divirtiendo," dijo el Cabo Fuller, encargado de comunicaciones en el AAP de Patton.

"Si," el artillero, soldado raso Simpson, asintió. "¿Has oído de ese piloto, de Rickenbacker?" Dicen que derribó cuatro transbordadores en un día."

"¿En serio?" Dijo Fuller. "Espero que le den una medalla."

"Al diablo con Rickenbacker y con las demás moscas," Patton explotó. "¿Creen que son verdaderos guerreros? Vuelan por un par de horas, dejan caer unas cuantas bombas y luego regresan a base, se emborrachan y actúan como celebridades. No están en el campo cada minuto de cada maldito día. No sienten las balas rozándoles. No duermen en zanjas. No son los que tienen que plantar una bandera en el suelo para conquistar terreno. ¡Nosotros sí! Recuerden todo eso la próxima vez que se desmayen por un maldito piloto como si fuese un rompecorazones hollywoodense."

"Sí, Señor." Fuller y Simpson bajaron la cabeza. Le recordaban a Patton a hijas, Bea y Ruth cada vez que las regañaba.

Su mal humor siguió hasta el día siguiente, y se desquitó sobre sus hombres. Les hizo correr alrededor del campamento veinte veces, seguido de intensas series de ejercicios. Después, hicieron rutinas de carga y de puntería en los AAP. Se encontraba ocupado gritándole a una tripulación por demorarse demasiado al operar su vehículo cuando un sargento, le llamó tímidamente y apuntó detrás de Patton.

Patton giró para ver una figura en traje espacial acercándoseles. Rápidamente reconoció al hombre de grueso bigote negro y frente prominente.

Brigadier General John F. O'Ryan, subcomandante de la División 32 de Infantería.

"¡Atención!" Patton llamó. Sus hombres obedecieron su comando.

"Descanso." O'Ryan miró los AAP y a sus tripulaciones. "¿Cómo está su regimiento, Coronel?"

"Están bien, Señor, a pesar de que no estemos atacando al enemigo."

O'Ryan no le respondió. Sus ojos se cerraron ligeramente, y su boca se estiró. Esta reacción no le sorprendió. No se había agraciado con los mandos de la división a lo largo de las últimas semanas. No podía contar cuántas veces le había preguntado al General Willey o al General O'Ryan, o a los oficiales de inteligencia cuándo regresarían al enfrentamiento. No le importaba. A veces necesitaba agitar algunas jaulas para lograr resultados.

Los hombros de O'Ryan se levantaron y cayeron con un lento y audible aliento. La ira en su rostro se desvaneció. "Las ordenes salieron del comando de la FEAE. Tenemos que alistarnos para salir dentro de las próximas veinticuatro horas."

El pecho de Patton se expandió. "¿A dónde?"

"No lo sabemos aún."

"¿Esto significa que estamos de vuelta en la lucha?"

"No lo sé, Coronel." O'Ryan no trató de disimular su fastidio. "Las ordenes indican que estemos listos a salir dentro de veinticuatro horas, así que deje de perder el tiempo y prepárense."

"Sí, Señor." Patton saludó vigorosamente.

O'Ryan regresó el saludo, gruño y se alejó.

Una sonrisa se asomó por el rostro de Patton. Se acercaba la hora de atacar a los marcianos. Podía sentirlo. No más de estas tonterías de "mantener sus posiciones". Era hora de hacer lo que un soldado hacía mejor.

Luchar.

A menos que quieran que mantengamos posiciones en otro lado.

Patton gruño. ¿No eran así las cosas en la armada?

20

Veinticuatro horas habían pasado desde que el General O'Ryan había transmitido la orden a Patton. Sus equipos estaban preparados, y todos los AAP estaban en óptima condición.

Aún así, permanecían en su sitio. Por veinticinco horas. Veintiséis. Veintisiete.

Patton miró en todas las direcciones de la posiciones de combate del regimiento, listo para estallar. Observó a las tripulaciones de los AAP, buscando la más mínima infracción. Quería desquitar sus frustraciones sobre alguien. Desgraciadamente, no podía hacerlo contra aquellos que realmente lo merecían. Los malditos generales.

Otra preocupación se apoderó de Patton. ¿Habría mentido O'Ryan sobre la redistribución de las tropas? ¿Qué tal si lo dijo para apaciguarlo? Peor aún, ¿qué tal si otras unidades recibieron la orden mientras que el Regimiento 214 debía seguir ahí? Tal vez este era su castigo por ser un fastidio. No le sorprendería. La armada tenía bastantes oficiales mezquinos y vengativos.

Habían pasado treinta horas. Patton volvió al Fossil Creek

para dormir. En realidad, sólo esperaba recostarse y mirar al techo. Estaba demasiado furioso como para dormir.

Llevó los ojos a la rampa cuando un teniente que reconoció como uno de los ayudantes del General Willey se acercó a él.

"Coronel Patton."

"¿Qué?"

"El General Willey ha llamado a todos los comandantes regimentales para una junta en el hábitat de comando a las 2300."

Patton sonrió y asintió. *Finalmente*.

Entró al hábitat de comando veintitrés minutos antes que todos los demás. Se quitó el casco, inhalando el aire mecánicamente generado. Después se quitó los guantes y limpió el sudor de su rostro. Tomó otra bocanada de aire.

"¿Se siente bien quitarse esa pecera, no?"

Patton volteó a ver a un robusto hombre de cabello obscuro entrando a la tienda, con su casco bajo el brazo.

"Ha llegado al punto en que siento como si tuviese una toalla caliente alrededor de mi cara, por horas," dijo al Teniente Coronel Brad Jones, comandante del Regimiento 167 de Caminantes de batalla.

"Dígamelo a mí." Jones se acercó y se sentó junto a Patton. "¿Piensa que nos van a dejar salir a combatir a los malditos calamares?"

"Si son inteligentes, lo harán. Los calamares no se van a exterminar solos."

"Escuchen, escuchen." Jones asintió.

Los demás comandantes regimentales entraron al hábitat. Precisamente a las 2300, el General Willey y el General O'Ryan entraron al lugar. Patton y los demás comandantes se pusieron en atención.

"Descansen." Willey les indicó que se sentaran. Algunos hombres enlistados entraron con mapas y fotografías, montados sobre pizarrones con ruedas.

"Caballeros, sé que no les ha sido fácil, estar encerrados en el campamento todo este tiempo." La mirada de Willey descansó sobre Patton. Este lo tomó como un recordatorio no muy sutil de que le había fastidiado mucho durante las últimas semanas.

Patton sostuvo la mirada sobre la de Willey, sin parpadear ni mostrar señal alguna de intimidación.

Willey dio un gruñido apenas audible y continuó. "Pues eso está por terminar. Las órdenes acaban de llegar del comando de la FEAE. Vamos a lanzar a una nueva ofensiva en contra de los marcianos."

Varios de los coroneles asintieron o murmuraron, "Si."

"¡No lo puedo creer!" exclamó Patton, sonriendo.

El General Willey le lanzó una mirada de fastidio. Antes de poder reprenderle, Patton preguntó, "¿A dónde vamos a ir, Señor?"

Willey respiró lentamente. "Las Planicies Arcadia. Debemos de asegurar Ciudad Tharsis y las ciudades pequeñas en la periferia, y después ir al norte hacia las planicies. Inteligencia de la FEAE cree que hay una base subterránea en esa región alojando algo de vital importancia para los marcianos."

"¿Sabemos qué es, Señor?" Jones preguntó.

"No. Podría ser algún tipo de arma secreta, o el alojamiento del Consejo Guía. Lo que sea que haya ahí, debe de tener suficiente importancia como para migrar tantas de sus fuerzas de otros lugares a ese sitio."

Las comisuras de la boca de Patton se ondulaban. Le parecía que la gente de inteligencia estaba mirando en bolas de cristal o leyendo hojas de té en vez de obtener legítima información. No obstante, tenían la mayor parte de la milicia marciana concentrado en un lugar. Era el perfecto prólogo a una batalla decisiva.

Tal vez eso sea lo que los calamares buscan. La posibilidad de deleitaba. Si los bastardos querían tanto una batalla, gustosamente se las daría.

A PESAR DE APENAS PODER DORMIR EN LA NOCHE, LA ENERGÍA del ansia surgía a través de Patton. Enlazó las manos sobre sus rodillas y se inclinó hacia adelante sobre su silla, tanto como las correas se lo permitían. Sus ojos no parpadeaban frente al reloj digital montado sobre el mamparo de cuarteles. 0360. Dio una risa breve por la extraña hora. Como un día en Marte duraba treinta y nueve minutos más que en la Tierra, esos minutos extra tenían que ir a algún lado.

Vamos, vamos. Instaba mentalmente al tiempo a avanzar más rápidamente. No podía tolerar estar inactivo, no sabiendo que pronto, muy pronto estaría disparando contra los marcianos.

El reloj parpadeo. 0361. El aparato intercomunicador exclamó, "Un minuto para el despegue. Todo el personal, prepárense para el despegue."

El corazón de Patton latía intensamente. Apretó los dientes, imaginando municiones de su AAP explotando entre las criaturas con tentáculos, haciéndoles pedazos.

No quería esperar ni un segundo más. Quería acabar con todos ellos ya.

Un temblor agitó el Fossil Creek.

"Diez segundos para el despegue... cinco... cuatro... tres... dos... uno."

Un gemido bajo llenó los oídos de Patton. Una mano invisible presionaba sobre él a medida que la nave se elevaba. Miró por la escotilla hacia la noche teñida de azul-lavanda.

Venimos por ustedes, calamares hijos de perra.

Diez minutos pasaron antes de que Fossil Creek alcanzase el borde de la atmósfera y se estabilizara. Patton se desabrochó del asiento y flotó hacia la bodega, junto con el resto de su regimiento. Subió a su AAP, se abrochó los cinturones al ponerse en el asiento del comandante, y esperó.

Detestaba esperar.

Sintió la nave descender. Patton tomó un respiro rápido y miró a su tripulación. "Aquí estamos, chicos. De vuelta en la lucha."

"Sí, Señor," respondieron, no con el entusiasmo que él esperaba.

Un temblor sacudió al Fossil Creek al aterrizar. El personal de la nave se apresuró a desencadenar los AAP. Patton se desabrochó de su asiento y fue al frente del vehículo. Contuvo el aliento, mirando intensamente la puerta de carga.

Sintió cosquillas sobre su piel cuando la puerta-escotilla comenzó a descender, abriéndose. La superficie de Marte se extendía frente a él.

"¡Adelante!" Su brazo golpeó hacia adelante.

Los AAP rodaron a lo largo de la rampa. Destellos distantes llamaron la atención de Patton.

¿Relámpagos?

Volteó a la izquierda. No eran relámpagos. Eran rayos de calor de las naves de la FEAE en la órbita del planeta. Columnas de humo se elevaban sobre Ciudad Tharsis cuarenta y ocho kilómetros al oeste. Más rayos golpearon Oceanus, una ciudad pequeña a casi veinte kilómetros al norte de la posición de Patton.

Usando el barril de su arma para mantener el balance, Patton tomó sus binoculares. A pesar de sus mejores esfuerzos, estos se resbalaban sobre la superficie de vidrio del casco.

"¡Mierda! Los cerebritos podían construir naves espaciales, pero no conseguían ingeniar binoculares compatibles con trajes espaciales."

Finalmente logró usar los binoculares para ver la barraca a kilómetro y medio de donde tenían que posicionarse para atacar. A unos kilómetros más adelante, estaba la Colina 5768, el objetivo del Regimiento 32 de Infantería. Patton imaginó a los marcianos reunidos ahí, y se preguntó qué tan aterrados estarían cuando las municiones de su regimiento comenzasen a llover a su alrededor.

¿Siquiera siente miedo los marcianos?
Patton rió para sí mismo. Lo estarán pronto.

Los AAP fueron a sus posiciones. Tres calesas llevaban a los soldados que tomarían posiciones de observación.

"Fuller." Patton extendió la mano, pidiendo el micrófono.

"Razorback, aquí Warhorse Uno. Estamos en posición."

"Comprendido, Warhorse. Esperen."

Patton gruñó. *Debes de estar bromeando.* Ya había esperado suficiente en las últimas semanas.

"Coronel." Fuller apuntó al cielo.

Docenas de jets se remontaban sobre ellos. F3F Panthers y F5F Hellcats. Fueron en picada hacia la Colina 5768. Cayeron bombas de sus vientres. Cohetes hicieron destello bajo sus alas. Las llamas y el humo saltaron de un extremo de la colina al otro.

Malditas moscas. Tenían que dar el primer golpe.

"Warhorse, aquí Razorback," transmitió el cuartel general.

"Aquí Warhorse."

"Comiencen el bombardeo."

"Ya era hora, Razorback. Comenzando bombardeo."

Transmitió al resto del Regimiento 214. "Todas las armas, prepárense a abrir fuego a mi señal."

Los comandantes de batería reconocieron la orden.

Patton miró a su artillero. "Simpson. ¿Listo para arrancarles un pedazo del trasero?"

"Sí, Señor."

Sonrió. Esa era una respuesta mucho más entusiasta que la que había escuchado antes de que aterrizase el Fossil Creek.

"Todas las armas... ¡Fuego!"

Explosiones sordas llenaron el aire. Patton miró por los

binoculares hacia la Colina 5768. Bocanadas de fuego y humo estallaban sobre la superficie.

"Esto es solo el principio, hijos de perra," murmuró para sí mismo antes de comunicarse con el resto del regimiento. "Fuego a discreción. ¡Nada de piedad con estos bastardos!"

Las armas golpeaban como latidos. El regimiento mezcló las rondas de fragmentación con las rondas biológicas. Patton esperó que los marcianos no tuviesen suficientes trajes de protección. Esperaba que se ahogaran con plagas y ántrax, o que los no protegidos fuesen destruidos por su propia raza. Había escuchado reportes de que los extraterrestres estaban matando a los suyos para evitar la propagación de las enfermedades.

Es bueno cuando el enemigo hace tu trabajo por ti. Sonrió.

Los observadores en la vanguardia constantemente se reportaban con nuevas coordenadas. Cada par de minutos, Patton ordenaba a sus AAP a dirigirse a las nuevas posiciones. Les había salvado en un par de ocasiones cuando la batería marciana disparó sobre la barranca. Un par de vehículos AAP sufrieron fuego de metralla. Ninguno había sido incapacitado.

Dentro de unos minutos, una nube de humo y polvo se asentó sobre la Colina 5768. La batería de contraataque vaciló. El Regimiento 214 nunca cesó. Patton planeaba seguir atacando hasta que los cuarteles generales le ordenasen cesar, lo cual ocurrió media hora después.

Los caminantes de batalla avanzaron junto con la infantería. Patton frunció el ceño al verles avanzar hacia la Colina 5768.

Deberíamos ir con ellos. Pero no. La gente al mando estaba satisfecha dejándoles quedarse ahí, desperdiciando el potencial de los AAP. ¿Qué se necesitaba para hacerles entender cómo la movilidad y potencia ofensiva de los AAP podía ser útil en combate a corto rango?

Poseer un cerebro sería un comienzo. Parece que esas estrellas adheridas al collar de chupan toda la inteligencia. A veces Patton se preguntaba si realmente quería llegar a ser general algún día.

Los cargadores de municiones llegaron justo cuando los caminantes e infantería comenzaron su ataque. Patton dejó a su segundo-al-mando encargarse de las provisiones mientras él veía el desarrollo de la batalla. Rayos de calor destellaron en el cielo. Fuentes de polvo estallaron por doquier. Nubes de humo se formaron por el fuego de cientos de rifles y máquinas flotaban sobre terrestres y marcianos. Después de varios minutos, logró ver los trípodes marchando sobre la colina.

Entonces sí los tenían ocultos.

La batalla duró por más de una hora. El fuego enemigo evitó el avance del Regimiento 32. Hicieron varias llamadas, solicitando apoyo de artillería. Las municiones recién cargadas del Regimiento 214 aterrizaron sobre posiciones marcianas.

Desafortunadamente, no fue de mucha ayuda. Los norteamericanos emprendieron la retirada.

"¡Maldita sea!" Rugió Patton. "¿Cómo diablos podemos dejar que los marcianos nos derroten así?"

Fuller, Simpson, y el resto de la tripulación de los AAP le miraban con silencio e incertidumbre.

Patton les gruñó. Comenzó a pensar en cómo ejecutar el ataque cuando recibió la llamada del cuartel general. Ordenaron otro bombardeo sobre la Colina 5768.

Los AAP dispararon una vez más sobre la colina. Para este momento, el humo y la polvareda hicieron imposible apuntar precisamente sobre las posiciones del enemigo. Lo único que podían hacer era esperar que tuviesen suerte al disparar y matar suficientes marcianos para darle espacio a la infantería.

Al menos la falta de visión también afectaba a los marcianos. El fuego de la batería no llegó a ninguna distancia peligrosa de las posiciones del Regimiento 214.

Después de media hora, el cuartel general ordenó un alto al

bombardeo. Patton y los demás vieron más jets bombardeando la colina mientras esperaban más municiones.

El segundo ataque sobre la Colina 5768 resultó ser tan ineficaz como el primero. Nuevamente, el Regimiento 214 envió más solicitudes de apoyo de artillería. Otra vez, no hizo ninguna diferencia. La infantería no podía cruzar las líneas enemigas.

"Esto es una estupidez," Patton fue hacia Fuller. "¡Dame eso!"

El operador le miró con temor. Le entregó el micrófono a Patton, quien se lo arrebató.

"Razorback, aquí Warhorse Uno. ¿Qué diablos está pasando?"

Un pausa. "Repita, Warhorse."

"¿Por qué diablos no pueden avanzar nuestros chicos sobre la colina? Hemos gastado suficientes municiones como para volar Urano."

"Ah, Warhorse. El enemigo está bien oculto. No hay mucha cubierta para nuestras tropas. Trataron de avanzar junto con los caminantes, pero no está funcionando."

"Pues claro que no está funcionando," Patton exclamó. "Sólo un idiota intentaría algo así. Esas cosas abarcan demasiado campo. La infantería no puede seguirle el paso. Diablos, algunos probablemente acabaron pisados por accidente."

El soldado no dio respuesta. Patton tomó su silencio como una confirmación de que tenía la razón.

"Mira, pásame a alguien quien pueda tomar decisiones. Tengo una idea para cruzar las líneas enemigas."

"No lo sé, Warhorse. El personal de comando está-"

"¡Si quieren ganar esta maldita batalla, pásame a alguien con estrellas en el collar! ¡AHORA!"

"S-Sí, Señor."

Pasó un minuto entero antes de que Patton escuchase la familiar voz del General Willey a través del parlante.

"¿Warhorse, qué pasa? Estamos ocupados."

"También estamos ocupados aquí, Señor, tratando de tomar esa colina. Tengo un plan para lograr eso."

"¿Qué?" Willey explotó.

"La infantería necesita cubierta. Manden a mis AAP adelante. Nuestros soldados pueden permanecer detrás de ellos mientras avanzamos. Los AAP pueden aguantar el fuego de los rifles, y los soldados pueden seguirles el paso con mayor facilidad que con un caminante. Diablos, podemos usar nuestras armas a rango corto y hacer volar a esos calamares."

Patton se quedó mirando a los parlantes, esperando la respuesta de Willey. Los segundos pasaron sin una palabra de su superior. Patton se puso tenso. ¿Es esto algo bueno o algo malo? Tenía que ser bueno. Willey lo estaba considerando. Ciertamente vería la lógica en su plan.

"Warhorse, la artillería es para apoyo, no para ataque. No puedo apostar nuestro apoyo en algún plan mediocre."

"¡No es un plan mediocre! ¡Si quieren esa colina-"

"¡Manténganse en su posición, Warhorse!" Willey interrumpió. "Esa es una orden. Den apoyo a la infantería cuando se lo indique. Razorback fuera."

Patton miraba furiosamente el aparato de radio. Rechinó los dientes y azotó el micrófono.

"¡Estúpido, terco hijo de puta!" Lanzó los brazos al aire. "¡Vamos a perder más de nuestros muchachos, y no tendría que ser asó si Willey sacara la cabeza de su propio trasero y me escuchara!"

La tripulación se le quedó mirando, con terror en los ojos. Simpson tragó saliva y tartamudeó. "S-S-Sí, Señor."

Patton gruñó y volvió a monitorear los eventos.

Los marcianos repelieron el segundo ataque. La artillería seguía bombardeando la Colina 5768 por el resto de la tarde hasta anochecer. A la mañana siguiente, el Regimiento 32 trajo sus reservas, junto con un batallón de Marines y una brigada de soldados australianos que estaban cerca del lugar.

El tercer ataque sobre la Colina 5768 comenzó a las horas tardías de la mañana. Después de horas de lucha, la Fuerza Aliada finalmente cruzó líneas enemigas, tomando la colina.

El sol comenzó a ponerse cuando el Regimiento 214 recibió la orden de posicionarse en la Colina 5768 para apoyar el avance sobre Oceanus.

"Dios mío," Fuller dijo, con apenas un susurro, al tiempo que los AAP subieron la colina.

Patton miró alrededor, con la quijada apretada. Un bulto se le formó en la garganta.

Una masa de cuerpos y partes humanas cubría el suelo con una especie de macabra alfombra. Caminantes y trípodes incinerados estaban esparcidos a lo largo del campo de batalla. Se preguntó si el caminante del Coronel Jones estaba entre estos.

Patton bajó la cabeza. ¿Cuántos muchachos norteamericanos y australianos habían muerto en esa colina? Tenían que numerar entre los miles.

No sintió más que odio hacia el General Willey y toda su clase. Tan enraizados en su doctrina que se negaban a aceptar ideas nuevas.

Su arrogancia y estupidez había costado miles de vidas.

Patton se preguntó cuántos jóvenes más iban a morir antes de que los generales se diesen cuenta de que estaban equivocados.

21

Rommel escuchó un golpe sordo a su derecha. Una fuente de humo y arena roja estalló al aire. Las explosione siguieron a los AAP en retirada.

Schnell. Schnell! Instó a su vehículo, y a todos en el Doceavo Regimiento de AAP Schaumburg-Lippe a ir más rápido.

Captó un destello anaranjado a su izquierda. Un AAP se volcó, arrastrando una lengua de llamas. La tripulación cayó del compartimento, y el vehículo les rodó encima.

Rommel apretó los dientes. Otro AAP perdido. ¿Cuántos llevaban? ¿Nueve?

Más cohetes marcianos explotaban por doquier. Rommel sintió un escalofrío. ¿Alguno de ellos se estrellaría contra su AAP? Peor aún, no había nada que podría hacer para evitarlo. No tenía modo de disparar contra cohetes enemigos. Sólo podía rezar y esperar sobrevivir, él y cada miembro de su regimiento. A veces esas plegarias eran respondidas. En otras ocasiones...

Suprimió el deseo de gritarle al conductor, al Cabo Ehelechner, para que fuese más rápido. El joven soldado ya conducía el AAP a su máxima velocidad, al igual que todos los demás conductores al dejar Icarium a sus espaldas.

La ira venció a su miedo. Detestaba emprender retirada. Debían de avanzar, especialmente después de medio día de acosar y bombardear la ciudad marciana. Sin embargo, los alienígenas repelieron a la infantería y a los caminantes y ahuyentó a los sobrevivientes.

Algo zumbó sobre su cabeza. Rommel sintió gélido terror.

"¡Abajo!"

Se lanzó sobre la cubierta del AAP, al igual que los soldados Frosch y Kopitz. Ehelechner se agachó en el asiento del conductor tanto como le fue posible.

El zumbido se hacía más sonoro, como si fuese un enjambre colgando sobre sus cabezas. Rommel contuvo el aliento. *Fallen, fallen.*

Un temblor sacudió el AAP. Le pareció escuchar a alguien gritar. ¿Kopitz?

Algo colmaba la parte trasera del traje de Rommel. Éste se estremeció. ¿Metralla?

Largos segundos pasaron antes de darse cuenta de que su traje espacial no estaba dañado y que no él no estaba sangrando. Debía haber sido tierra.

Sus músculos se relajaban a medida que viajaban por el desierto. Se puso sobre su espalda y miró el cielo de Marte. Incluso con el cinturón de armadura alrededor del compartimento, se sentía expuesto. *¿Era mucho pedir algún tipo de techo acorazado sobre éstas cosas?*

Pasó un minuto sin explosiones.

"Pararon," Kopitz dijo con voz insegura. "Gracias a Dios." Hizo la señal de la cruz.

"Eso no es necesariamente algo bueno."

Rommel ignoró la mirada confundida y escaneó la superficie del desierto rojo. El fin del bombardeo no implicaba un fin a los peligros.

"Iron Horse Tres," un comandante de AAP gritó en la radio. "¡Tres trípodes al este!"

Rommel vio las máquinas a casi tres kilómetros de distancia. Tomó el micrófono. "¡Todas las unidades! ¡Al oeste ya!"

El AAP se alejó estrepitosamente de los trípodes. Los rayos de calor fueron a dar contra el suelo, lejos del regimiento.

El segundo ataque fue más cercano. El tercero convirtió un AAP en una masa de fuego.

"Hermod." Rommel cambió a frecuencia de comando. "Fox Uno. Somos perseguidos por tres trípodes. Solicitamos fuego de apoyo." Dio las coordenadas.

"Entendido. Fox Uno. Apoyo en camino."

Más rayos de calor rayaron sobre el desierto. Otro AAP estalló.

"Más vale que llegue pronto."

Rommel miró hacia adelante, buscando algún tipo de cubierta. Vio una fila de pequeñas colinas, a unos ocho kilómetros. Se preguntó cuántos de sus AAP lograrían llegar hasta allá.

Un trueno amarillento pasó a unos metros del AAP de Rommel. Contuvo el aliento, experimentando una sensación frígida a lo largo de su espina. Tres o cuatros metros más cerca y estarían muertos.

Tomó el micrófono. "Elementos de la retaguardia. Giren y enfrenten a los trípodes. No más de tres rondas por cañón. Retrásenlos."

Rommel vio a los AAP cambiar de dirección. Un hueco se le formó en el estómago. Rezó por no haber condenado a esas tripulaciones a morir.

Si no damos batalla, muchos más morirán.

Los cañones de 15cm de los AAP eructaron humo. Penachos de tierra saltaron alrededor de los trípodes.

Los AAP dispararon por segunda vez. Más geiseres de

tierra alrededor de las maquinas enemigas. Una flaqueó, pero pronto recuperó el equilibrio. Contraatacaron, haciendo explotar tres AAP.

Un tercer ataque contra los trípodes. Un destello naranja salió el domo de uno de los trípodes. Rommel contuvo el aliento, esperando que cayese.

El trípode se tambaleó hacia atrás y después hacia adelante, con humo saliéndole del costado.

Los AAP giraron y se apresuraron a unirse al resto del regimiento. Los trípodes dispararon. Dos vehículos fueron envueltos en llamas.

Rommel apretó la quijada. ¿Había tirado sus vidas por nada?

Un gemido sordo vino del cielo. Rommel miró hacia arriba. Sus esperanzas se elevaron a la vista de una docena de jets Fokker 15 en picada. Los cohetes volaron de sus alas. Una llamarada salió del domo del trípode dañado. Otro explotó. El trípode que quedaba disparó, logrando desaparecer a uno de los Fokkers.

Los demás jets rodearon a la máquina. Más de una docena de estelas se extendieron hacia el último trípode. Éste disparó y falló.

Cinco cohetes le dieron al trípode. Una bola de fuego consumió su parte superior. Tres piernas humeantes cayeron sobre la arena.

Un largo aliento escapó de la boca de Rommel. Sus hombros cayeron. Estaban a salvo, o tanto como se podía estar en una zona de guerra.

Detuvo el regimiento detrás de las colinas y llamó a una junta de su batallón y comandantes. Lo primero que pidió fue un reporte de pérdidas. Habían perdido diecisiete AAP y siete vehículos más. Su estómago se hundió hasta el suelo al contar el equivalente en pérdidas humanas. Casi cien muertos.

Debí de haberles ordenado separarse. O tal vez debimos de resistir y luchar contra los trípodes. Rommel se preguntó si preguntó si eso habría resultado en más muertes.

Cerró los ojos. La culpa podía esperar.

Rommel ordenó a dos compañías de AAP formar un laager alrededor de su posición, con el batallón de ingenieros cavando trincheras y bermas para mayor protección. Encargó a su oficial de operaciones establecer un centinela y mandó exploradores a buscar más posiciones en caso de necesitar otra retirada.

"Además tenemos diez heridos, dos de gravedad," reportó su oficial ejecutivo, Mayor Ault. "Los cuarteles generales han mandado ambulancias."

"Hagan lo que puedan por ellos." Rommel rechinó los dientes. El grosor de sus trajes espaciales dificultaba tratar heridas en el campo de batalla. Cortar a través del material para aplicar presión en la herida dejaría escapar más aire, lo cual mataría al paciente. Lo único que podían hacer era sellar el agujero en el traje espacial y esperar que sobreviviesen hasta llegar a un hospital.

Las ambulancias llegaron brevemente después de la junta. Rommel vio cómo los heridos fueron llevados hacia los transportes convertidos de tropas, con grandes cruces rojas en el casco. En una guerra humana, ese símbolo tradicionalmente garantizaba paso seguro al vehículo y sus ocupantes a través del campo de batalla. Sin embargo, los marcianos demostraron no tener tales reservas al atacar hospitales o ambulancias, tanto en la invasión de 1898 como aquí en Marte.

¿Por qué se molestarían, cuando su objetivo es exterminarnos?

Las ambulancias partieron. Rommel rogó porque llegaran a su destino a salvo.

Rommel caminó a lo largo del perímetro, inspeccionando las posiciones de sus AAP, y dando palabras alentadoras a sus soldados. Más jets aparecieron en el cielo. Algunos rodeaban sus posiciones, dando apoyo aéreo. Otros partieron, probablemente para bombardear Icarium. Era una lástima que ninguno de los transportadores de aviones espaciales pudiese llevar bombarderos pesados como el Dornier 107. Lograrían más daño que el ligero Fokker.

Otra omisión de los generales.

Regresó a su AAP, donde el soldado Frosch sacó un tubo de plástico de su equipaje. "Hora de cenar."

Esas palabras hicieron que gruñera el estómago de Rommel. No había comido desde la mañana.

Frosch levantó el tubo a su casco de pecera. "Mm. Sabor a naranja."

Ehelechner bufó. "Naranja, durazno, fresas. Como si hiciese alguna diferencia. Todo sabe a mierda."

"No diría tanto, Cabo." Rommel tomó un tubo de su equipaje. "Polvo de hornear sería más preciso."

"En cualquier caso, Señor, es horrible."

"Cierto, pero es mejor que pasar hambre."

"No estoy tan seguro de ello," Frosch dijo.

Ehelechner y Kopitz rieron, al igual que Rommel. En muchas unidades, tales conversaciones nunca ocurrirían entre hombres enlistados y un oficial. Pero comandante regimental o no, estos tres eran su tripulación. Tenían que depender el uno del otro y edificar confianza. Esto resultaba en un vínculo más significativo que el que tenían ordinariamente los tenientes coroneles con los cabos y rasos.

Rommel insertó el tubo, con la etiqueta de durazno, en una abertura específica en el compartimento de su pecho. Oprimió un botón sobre el panel de su pecho, y una pajilla ascendió desde el collar del traje espacial hasta su boca. Chupó un bocado de una pasta granosa que no sabía nada a durazno, y tragó. Sintió cómo esta substancia descendió a lo largo de su garganta, y sintió ganas de vomitar. Se forzó a terminar su "cena", y después activó la pajilla para el agua.

Qué no daría por algo de Sauerbraten *en éste momento.*

Anocheció unas horas después. Rommel y su tripulación descansaban en la cubierta. Las siluetas de jets gemían en el cielo. Estaba agradecido por la menor presión atmosférica de Marte. Sería difícil dormir con el continuo y estruendoso rugido de los motores de los jets como se oirían en la Tierra. Miró más allá de la nave, vislumbrando pequeños puntos de luz blanca en el cielo.

"*¿Herr Oberstleutnant?*" dijo Kopitz.

"¿Sí, soldado?"

"¿Sabe dónde queda la Tierra desde aquí?"

Rommel levantó el brazo derecho y apuntó. "Un cuarto de camino desde el horizonte, a la izquierda."

Incluso con su tripulación y su regimiento cerca, sintió una gran soledad posándosele encima. Siempre le ocurriría al mirar el cielo de Marte durante estos descansos de la guerra, al ver ese pequeño punto que representaba a la Tierra. Le hacía sentir cada metro desde Marte a su hogar. Añoraba ver los árboles, los ríos, y los campos, cualquier paisaje que no fuese un desierto rojo. Quería comida de verdad, hecha por su esposa, y una cerveza. Muchas cervezas, después de lo que ha sobrevivido. Quería salir de su traje espacial y respirar aire de verdad.

"Me pregunto qué está haciendo mi familia," murmuró Kopitz.

"Preocupándose por ti, como todas las familias se preocupan cuando sus hijos van a la guerra." Rommel pensó el su propia familia, pensó en Ilda. ¿Se quedaba despierta, preguntándose si estaba vivo o muerto? Qué no daría no hacerle saber a su esposa que seguía con vida.

Qué no daría por estar con ella en este momento.

"¿Qué piensa que le estén diciendo a la gente sobre lo que hacemos aquí?" Preguntó Frosch.

"Conociendo al gobierno," dijo Rommel, "que estamos avanzando en todos los frentes y que los marcianos tiemblan de miedo frente al poder el Ejército Imperial Alemán."

"Si tan sólo supiesen la verdad," gruñó Ehelechner.

"Las cosas serán diferentes la próxima vez," Rommel dijo con seguridad. "Iremos adelante, tomaremos Icarium, y estaremos un paso más cerca a terminar esta guerra y regresar a casa."

"A menos que los generales decidan que nos retiremos otra vez," dijo Ehelechner.

Rommel no dijo nada. ¿Qué podía decir? Si dependiese de él, no emprenderían la retirada. Golpearían a los marcianos fuerte y rápido, sin darles ninguna oportunidad para reagruparse, y no se detendrían sino hasta que Icarium cayese.

Desgraciadamente, no dependía de él.

22

"Realmente los estamos masacrando."

Rommel asintió al comentario del Cabo Ehelechner. Él y su tripulación observaban Icarium desde una trinchera sobre una de las colinas. No podía ver mucho de la ciudad marciana. Una masa de humo negro borraba lo que quedaba de las edificaciones. Los rayos de calor de las naves FEAE en la órbita caían del cielo como una tormenta, junto con los mísiles balísticos.

"No imagino que algo pudiese sobrevivir eso," dijo Kopitz.

"Imagino que muchos dijeron lo mismo del bombardeo antes de nuestro primer ataque." Rommel giró al soldado. "Y aún así, suficientes marcianos sobrevivieron para repelernos."

Kopitz frunció el ceño y bajó la cabeza.

"Estoy seguro de que quedarán muchos vivos, incluso después de esto," Rommel continuó. "Probablemente se están ocultando en túneles a lo largo de la ciudad." Pausó, con la cara arrugada en su meditación. "Lo que necesitamos son misiles que puedan penetrar el subsuelo antes de explotar."

"Otra idea que podría mandar a los generales, Señor," dijo Ehelechner.

"*Ja*, para que puedan ignorarla al igual que todas las demás."

Rommel y su tripulación dejaron la trinchera y fueron cuesta abajo. El Doceavo Regimiento de AAP Schaumburg-Lippe ya no era la única unidad en el lugar. Vehículos, tropas, y hábitats del grupo del Duque Albrecht de Württemberg se extendían a lo largo de la planicie, ahora el área de preparaciones para el siguiente ataque sobre Icarium.

La imagen de una fuerza tan grande reunida en un solo lugar no le reconfortaba. Sólo podía pensar en qué tan tentador sería este blanco para los marcianos.

Pero no llegó ningún enemigo. Dos días de bombardeo aéreo y orbital probablemente les dificultaba hacer una ofensiva.

Ordenó a sus tripulaciones AAP inspeccionar y limpiar sus vehículos y armas. Había sido un día ventoso, y la arena de Marte tendía a meterse en los aparatos.

Rommel no se perdonó esta tarea. También su AAP estaría sujeto a mantenimiento. Además, ¿cómo se vería si el cañón del comandante regimental no disparara durante una batalla?

Barrió la arena del compartimento de municiones, ahora completamente cargado. Los dos días del bombardeo le permitieron a su regimiento reemplazar provisiones. Además obtuvo nuevas tripulaciones y vehículos, incrementando su unidad a casi tres cuartos de su fuerza original. Habría pedido más, pero el cuartel general le informó que no había más recursos disponibles. Otras unidades de artillería habían sufrido peores pérdidas que el doceavo regimiento, y necesitaban remplazos para al menos llegar a la mitad de sus números originales.

Rommel miró al cielo, al único lugar de donde podría sacar más vehículos AAP. La Tierra, a casi 113 millones de kilómetros de distancia.

Una vez que los AAP fueron limpiados e inspeccionados, ordenó a sus hombres a entrar a los hábitats para el almuerzo.

La Guerra de los Mundos: Revancha

Al menos esta vez podían consumir comida de verdad, o lo que los cocineros del ejército hacían pasar por comida. Era mejor que chupar esa horrenda pasta. También podían quitarse los trajes espaciales, aunque eso tenía sus desventajas. Operar en el campo por cualquier periodo de tiempo hacía imposible asearse. Dentro de poco, los hábitats comenzaron a apestar.

Rommel aun estaba en mitad de la fila para comer, con charola en mano, cuando escuchó la noticia. Todas las unidades debían de partir hacia Icarium inmediatamente.

"Al menos podrían haber esperado hasta después del almuerzo," un joven teniente se quejó mientras los hombres salían presurosos del comedor.

"La guerra no espera a nadie, *Leutnant*." Rommel le dijo. "Ni a su estómago." De todos modos, habría sido agradable comer algo caliente, o al menos tibio, antes de salir al campo de batalla.

Nuestras naves no podían seguir bombardeando la ciudad por otros diez minutos.

Se puso su traje espacial y se reunió con su tripulación en el AAP. El motor zumbó al encenderse, y el vehículo partió hacia el desierto, seguido del resto del regimiento. Mientras revisaba la formación y observaba posibles amenazas en la periferia, Rommel tragaba unos bocados de pasta de mora que no sabía nada a mora.

El regimiento pronto llegó a sus posiciones, excavadas por los ingenieros, a tres kilómetros de las afueras de Icarium. Las tripulaciones cubrieron los AAP con camuflaje marrón y rojo mientras los transportadores de tropas y caminantes de batalla avanzaban sobre la ciudad.

Rommel convino con los comandantes del batallón para asegurarse de que todas las armas estuviesen listas, y que cada batería tuviese un centinela. No quería que soldados marcianos emergiesen del suelo para tomarles por sorpresa. Después, contacto al Arado 45, apuntador aéreo de artillería. La pequeña nave estaba a diez minutos de distancia de Icarium.

Todo estaba en posición, o casi. Nada había más que hacer que esperar las solicitudes de apoyo aéreo.

Y ciertamente llegaron. Todas las bombas, los misiles, y rayos de de calor podrían haber convertido a Icarium en una masa de despojos calcinados, pero esa masa le proporcionaba una cubierta eficaz a las tropas marcianas. Una unidad alemana de infantería tras otra se vio atrapada por la resistencia de los extraterrestres. Los cañones de Rommel lanzaron rondas explosivas a la ciudad cada par de minutos.

"¿Cuántos calamares pueden quedar vivos ahí?" Kopitz empujó otra ronda en la recamara, seguida de la carga propulsora.

"Cada ronda que disparemos significa un par de marcianos menos entre los vivos," dijo Rommel. "Si seguimos así, tarde o temprano no quedará uno solo vivo en Icarium."

"Me agrada su lógica, Señor." Frosch sonrió al hacer los ajustes finales al cañón. Jaló el acollador. El cañón dio un golpe. "Y ahí lo tienen. Un par de marcianos menos."

Rommel dio una risa discreta.

Los cañones dispararon hasta anochecer. Rommel se mantuvo en contacto con el Mayor Baxmann, oficial regimental de provisiones, para asegurarse de tener suficientes municiones. No sentía deseo alguno de decirles a los soldados luchando por sus vidas en Icarium, "Lo siento, ya no tenemos balas."

El Doceavo Regimiento de AAP Schaumburg-Lippe siguió enviando solicitudes de apoyo aéreo a lo largo del día siguiente y el día después.

"Detestaría estar en la infantería en este momento." Ehelechner agitó la cabeza, mirando el humoso horizonte. "Deben de estar en el infierno allá."

"No ha sido fácil para nosotros tampoco," dijo Kopitz. "Perseguidos por trípodes."

Los ojos de Rommel parpadeaban entre el conductor y el cargador. Las batallas en contra de esas máquinas alienígenas habrían sido más fáciles si los AAP fuesen diseñados como un verdadero vehículo de ofensiva en vez de una simple plataforma móvil con un cañón encima. Incluso podrían dar apoyo directo a la infantería dentro de la ciudad. Ciertamente mejor que cualquier caminante de batalla. Al menos los AAP podían operar entre las tropas, no como los caminantes de batalla que se elevaban a veinticuatro metros sobre los demás. Era tan posible aplastarlos como ayudarles.

Tal vez los generales se darían cuenta de esto algún día. Dada su resistencia ante nuevas ideas, Rommel no albergaba muchas esperanzas.

Las solicitudes de apoyo aéreo disminuyeron en el cuarto y quinto días. La resistencia marciana finalmente pareció marchitarse.

En la mañana del sexto día, el cuartel general de la división mandó nuevas órdenes.

"Rompan mallas," ordenó a su tripulación. "Partimos."

"¿A dónde, Señor?" preguntó Ehelechner.

"Hacia Icarium, o lo que queda de ella. Una parte de la porción del sur está sobre una empinada. División quiere que demos apoyo a la infantería mientras ésta penetra en la ciudad."

La quijada de Ehelechner se tensó. "¿Podremos llegar allá? Las calles deben de estar llenas de escombros."

"Me sorprendería si quedaran calles en absoluto," dijo Frosch.

"Se me dijo que los ingenieros nos habían hecho un camino." *Al menos espero que lo hayan hecho*. "Ahora muévanse."

Su tripulación y todas las demás del regimiento cortaron las mallas de camuflaje. Dentro de diez minutos, los AAP estaban en camino.

"*Mein Gott*," Kopitz susurró al tiempo que se acercaban a Icarium.

Rommel apretó el panel lateral, con los ojos fijos adelante. Un mar de escombros chamuscados se extendía frente a él. Las pocas estructuras que quedaban en pie parecían estar a punto de colapsarse. Columnas de humo se elevaban de las ruinas y se unían en una enorme nube negra que flotaba sobre la ciudad. Un escalofrío le estremeció al recordar vistas similares de su niñez, cuando los marcianos incineraron ciudad tras ciudad en su nativa Württemberg. El terror que había sentido en aquel entonces se fermentaba en su alma. Escuchó los sollozos de su madre tan claramente ahora como en esos días, escapando de los trípodes, hace veintiséis años. Cerró los ojos, sintiendo los brazos de su padre a su alrededor mientras éste le cargaba.

"¿Vamos a morir?" preguntó una y otra vez con voz temblorosa y lágrimas corriéndole a lo largo de la cara.

Su padre le abrazó fuertemente y le aseguró de que morirían.

Y no morimos.

Rommel forzó las memorias a dejar su mente. Ya no era un chiquillo aterrado de seis años. Era un oficial del Ejército Imperial Alemán. Ahora visitaba a la muerte y la destrucción en el planeta rojo.

"Señor." Ehelechner apuntó hacia el frente. Dos hombres estaban de pie junto a una calesa aparcada cerca de una pila de despojos, saludándoles.

El AAP se paró junto al pequeño vehículo. Rommel se inclinó sobre el costado y se presentó. "Asumo que ustedes serán nuestros guías a través de Icarium."

"*Jawohl, Mein Herr*," respondió el más robusto de los dos. "Cabo Ginger, Batallón Veinte de Pioneros."

Rommel asintió, y extendió la mano hacia la ciudad

marciana. "Llévennos. Estamos ansiosos por escupir más fuego sobre el enemigo."

Una sonrisa se estiró a lo largo de la redonda cara de Ginger. "*Jawohl.*"

El ingeniero se apresuró a volver a la calesa. Una vez que su compañero se hubo sentado en el asiento del pasajero, el pequeño vehículo emprendió marcha hacia la ciudad. Rommel y el resto de sus AAP le siguieron.

Dio crédito a los ingenieros. Habían hecho un buen trabajo despejando un camino para su regimiento. Los escombros que no habían sido empujados a un lado habían sido usados para llenar cráteres en el camino.

El bombardeó hizo muchos cráteres.

El viaje no fue nada tranquilo. El AAP de Rommel saltaba y caía. Dudaba que los demás vehículos estuviesen pasándola mejor. No le preocupaba demasiado, pues estos vehículos habían sido diseñados para lidiar con terreno difícil.

Miró todo a su alrededor. Escombros metálicos, deformados y calcinados por todos lados. Manchas obscuras por doquier. Sangre humana y marciana.

La calesa viró en una esquina. El AAP le siguió.

"*Mein Gott,*" Kopitz murmuró.

Rommel siguió la mirada del joven cargador. Tragó saliva, la nausea quemaba su estómago.

Una línea de formas humanas cubiertas con lonas yacía al lado del camino. Al menos ochenta. El registro todavía no daba nombre a los cuerpos. Al menos sus camaradas habían sido amortajados con algo de respeto.

No se podía decir lo mismo de las pérdidas marcianas. Muchos seguían donde murieron o volados en pedazos. Otros habían sido barridos fuera del camino junto con el resto de los escombros. De ser un enemigo humano, Rommel habría exigido algo de respeto.

No tenía interés alguno en mostrar la misma consideración

a los marcianos. No eran hombres. Eran monstruos que nunca tuvieron interés e comprender o comunicarse con la raza humana. Todo lo que buscaron fue su exterminio. Se negó a desperdiciar simpatía en ellos.

"¡Alguien! ¡Cualquier unidad!" Una voz llena de pánico explotó en la radio. "Aquí Pionero Siete Cinco Cuatro. Hemos sido emboscados." Leyó las coordenadas.

¿Marcianos? Entonces esta área no resultó ser tan segura. Rommel reviso su mapa. "Apenas cien metros de aquí," dijo en voz alta. En la Tierra, podría haber escuchado el fuego, pero no aquí.

"Pionero Siete Cinco Cuatro, aquí Fox Uno, regimiento AAP," transmitió al soldado. "Necesito referencias."

Dio coordenadas de los marcianos y su propia posición relativa al enemigo. Rommel frunció el ceño al revisar el mapa.

"Maldita sea." Apenas veinte metros de distancia. "¿Pueden alejarse de los marcianos?"

"¡No!" gritó el soldado. "Nos acabarán."

Rommel tomó el micrófono. Cualquier ataque de artillería podía arriesgar tanto a alemanes como a marcianos.

Clavó la vista sobre el cañón, y después sobre los AAP detrás de él. "Pionero Siete Cinco Cuatro, resistan. Vamos hacia ustedes." Cambió a frecuencia regimental y miró los dos AAP detrás de él. "Fox Cinco, Fox Quince. Síganme a la referencia uno dos cuatro. Vamos a asistir a esos soldados. El resto de ustedes, sigan hasta llegar a nuestra nueva posición."

Rommel ordenó a Ehelechner tomar la siguiente derecha, seguido de los otros dos AAP. Este camino no había sido despejado o reparado por los ingenieros. Ehelechner hizo todo lo que pudo para evitar grandes huecos y masas de escombros. En una ocasión cuando el conductor evitó un bulto, Rommel se aferró a los lados de la silla de comando, con la garganta cerrándosele, temiendo que el vehículo se volcase.

Eso no ocurrió.

Ehelechner llegó al borde de un campo de escombros.

Rommel se inclinó hacia adelante. Vio tres marcianos detrás de los restos de un muro, disparando sobre ingenieros resguardados en un cráter. A unos cinco metros estaban los restos de un edificio, la fachada estaba completamente destruida.

Rommel tomó el micrófono. "Fox Cinco, en mi flanco izquierdo. Fox Quince, cuiden la retaguardia."

"*Jawohl*," respondieron ambos comandantes.

Los AAP se desplazaron hacia la posición marciana. Uno de los ingenieros se asomó, disparó con su rifle Mauser, y volvió a resguardarse. La ronda no pareció darle a ningún blanco.

Uno de ellos volteó hacia su dirección, después otro.

"¡Alto!" Rommel gritó. "Artillero. Explosivo sobre posición marciana."

Kopitz metió la ronda en la recámara, seguida de una carga de pólvora.

Los barriles de los rifles marcianos parpadearon. Las balas dieron contra el cañón y el casco.

"¡Mierda!" Kopitz y Frosch exclamaron al agacharse. Rommel se arrastró hacia uno de los compartimentos sobre la cubierta, del cual sacó una achaparrada ametralladora MP-18. Disparó hacia los marcianos. No pensó haber dado en el blanco. Mientras les forzase a tomar cubierta, Frosch tendría oportunidad de ajustar el cañón.

Rommel disparó ráfaga tras ráfaga. Los marcianos se resbalaron detrás del muro. Frosch bajó el cañón de 15cm, e indicó a Ehelechner girar siete grados a la izquierda.

"¡Fuego!" Gritó Frosch. Tiró del acollador. Un temblor estremeció el vehículo con el disparo del cañón. Un segundo después, el cañón del Fox Cinco disparó.

El muro explotó. Uno de los marcianos voló en espiral por el aire, con dos tentáculos desprendidos, y el rifle resbalándosele de las puntas.

"*¡Ja!*" Frosch dio una palmada al costado del cañón.

"Buen disparo, soldado." Rommel le reconoció.

"*Danke, Mein Herr*. Es como dice usted, hay más usos para los AAP que disparar al enemigo a kilómetros de distancia."

"Recuerde eso si algún día le promueven a General."

"¡Ha! Creo que tengo más posibilidades de casarme con la Princesa Victoria Luisa que volverme--"

Golpes sordos contra el AAP.

"¡Abajo!" Rommel se agachó sobre la cubierta. Insertó un cartucho fresco en la MP-18 y se deslizó hacia la orilla. Otra ráfaga de impactos de bala. Se asomó por el borde.

Un par de marcianos en el tercer piso del edificio dañado disparaba sobre el AAP.

Algo jaló de su pierna izquierda. Se tensó y se palpó la pierna bajo la rodilla. Su mano enguantada pasó sobre una ligera ruptura. Debió de ser el rebote de una bala. Afortunadamente no era algo peor.

Tomaba el aerosol de sellamiento cuando un arma disparó en la cercanía. Un sordo retumbar le siguió.

Rommel se asomó por el costado. El tercer piso se colapsó, llevándose a los dos marcianos consigo. Jirones de humo salieron del Fox Quince.

"Maldita sea." Rommel se puso de cuclillas. "Por esto le dije a los generales que necesitamos un vehículo con techo. Somos demasiado vulnerables a un ataque por arriba. Tal vez ahora–"

Se quedó boquiabierto al ver a Kopitz de rodillas, con lágrimas en las mejillas. Rommel tragó saliva y miró abajo.

Frosch yacía en la cubierta, inmóvil, con dos agujeros en el pecho.

23

Lo primero que el Guardián Supremo Hashzh notó al entrar a la cámara del Consejo Guía fue que había ocho miembros, en vez de nueve. Después del saludo tradicional, preguntó, "¿Dónde está el Consejero Ehjah?"

"Se ha de terminado que sufría un fallo cerebral," respondió el Consejero Supremo Frtun. "Por lo tanto, el Consejero Ehjah ha sido removido."

Una sensación de satisfacción llenó a Hashzh. El retiro de Ehjah era algo que debía haber ocurrido hace mucho tiempo. El inútil montón de carne se había ido. Eso era lo que importaba.

"¿Cuándo se remplazará su puesto?"

"Eso podrá no ser posible hasta resolver la crisis actual," Frtun le informó.

Hashzh contempló sus palabras. *Esto asumiendo que la guerra se resuelva en nuestro favor.*

"Díganos, Guardián Supremo," habló el Consejero Yrvul. "¿Qué está haciendo para resolver esta crisis?"

"Estamos estableciendo perímetros defensivos alrededor

del Proyecto Final. También hemos armado tantos transbordadores como nos fue posible. Desafortunadamente, la mayoría de nuestros transbordadores han sido destruidos por los Brohv'ii. Más de la mitad de nuestras máquinas de combate están destruidas o dañadas."

"Tendrá más a su disposición." Las palabras volaron de boca de Yrvul. "Nuestras fábricas están construyendo más vehículos."

"Cierto, Consejero, pero no serán suficientes para remplazar las que hemos perdido."

Yrvul llevó sus tentáculos hacia su cuerpo. "¿Está sugiriendo la posibilidad de que los Brohv'ii puedan derrotarnos?"

Hashzh hizo una pausa. "Es una posibilidad."

Algunos de los consejeros voltearon a verse los unos a los otros. Yrvul, con los tentáculos estremeciéndose, mantuvo sus grandes ojos sobre Hashzh.

"Eso no puede ocurrir. ¡No debe ocurrir! Su deber es proteger a la raza Shoh'hau. Pero los Brohv'ii se han esparcido a lo largo de nuestro mundo. Han destruido nuestras ciudades, matado a millones de nuestra raza, y esparcido sus enfermedades en el aire. Usted ha fracasado."

"Estoy de acuerdo con el Consejero Yrvul," dijo el Consejero Rezdv.

"Con todo respeto, Consejeros, sólo he fallado si los Brohv'ii destruyen el Proyecto Final. Eso no ha ocurrido, y haré todo lo que pueda para evitar que llegar a ocurrir."

Hashzh miró a todos los Consejeros antes de posar la mirada sobre Frtun. "La verdad es que debimos de haber tenido más máquinas de combate y naves de guerra en anticipación de un contraataque de los Brohv'ii. Muchos ciudadanos se han ofrecido como voluntarios para luchar contra los Brohv'ii, pero no les hemos entrenado para fungir como Guardianes. En nuestra situación actual, la Fuerza de

Guardia ya no es capaz de llevar a cabo operaciones ofensivas. Toda nuestra fuerza debe ser orientada a la defensa del territorio que nos queda, especialmente el área del Proyecto Final. Nuestra única esperanza es prolongar el conflicto."

"¿Prolongarlo?" Yrvul exclamó. "Necesita *terminar* este conflicto."

"Esa es mi intención, Consejero, pero eso podrá tomar un gran número de rotaciones. Debemos de matar tantos Brohv'ii como podamos cuando ataquen nuestros perímetros, y no podemos cederles ningún terreno. Si sus pérdidas resultan demasiado grandes, tendrán que dejar Shoh y regresar a Brohv."

"¿Y qué evitar que reúnan fuerzas para volver dentro de muchos ciclos?" preguntó Rezdv.

"La primera parte del Proyecto Final esta a al menos nueve rotaciones de ser completado," Frtun explicó. "Mientras la Fuerza de Guardia resista contra los Brohv'ii hasta entonces, lo que hagan después no tendrá ninguna importancia."

Posó los ojos sobre Hashzh. "Defienda esta región, Guardián Supremo. Defiéndala con toda la ferocidad que tengan usted y sus Guardianes. Les enviaremos tantas maquinas de batalla, baterías, y transbordadores como nos sea posible."

"Gracias, Consejero Supremo. ¿Me permite una solicitud?"

"Adelante."

"Las máquinas de combate que han asignado al Proyecto Final. Necesito la mitad para la defensa de esta región."

"Eso no posible," dijo Yrvul. "Son vitales para el futuro del Proyecto Final."

Hashzh sintió un irritación creciendo. "El Proyecto Final podría estar condenado si no tenemos esas máquinas de combate."

"Son necesarias para proteger el futuro de los Shoh'hau."

"Si los Brohv'ii atraviesan nuestras defensas, no habrá futuro para los Shoh'hau."

"Es un argumento válido," dijo Frtun. "Sin embargo, una vez que el Proyecto Final haya sido completado, nuestra raza podría quedar vulnerable sin esas máquinas." Pausó. "El Consejo Guía discutirá esto y le informará sobre nuestra decisión."

Frtun permitió a Hashzh retirarse poco después. Éste volvió a sus habitaciones, incapaz de liberarse de su frustración.

"Lo discutirán. ¿Cuánto podría tomar esa discusión? ¿Seguirían discutiéndolo cuando los Brohv'ii haya penetrado en la cámara del Proyecto Final?

Me piden hacer todo lo que pueda para preservar el futuro de nuestra raza, y después se niegan a darme las armas necesarias para esa tarea. Nunca habría esperado tal comportamiento ilógico de un Shoh'hau, y menos de un miembro del Consejo Guía.

Tal vez Ehjah no debía de ser el único miembro removido.

Al regresar a sus habitaciones, Hashzh estudió la imagen computarizada de sus defensas en la región del norte. Al menos esas áreas seguían bajo control Shoh'hau. La mayoría de sus ciudades habían caído. En realidad, habían sido reducidas a escombros humeantes.

Miró sus perímetros y las posiciones de los ejércitos Brohv'ii. Algunas áreas al oeste y al norte del Proyecto Final serían fortalecidas. Pero eso significaría desplazar fuerzas de otras zonas, debilitándolas.

Pero si no hacemos eso, los Brohv'ii podrían penetrar esos perímetros.

Tener esas máquinas del Proyecto Final resolvería ese dilema, pero no sabía cuándo, o si acaso el Consejo Guía las cedería.

Por ahora, sólo podía tratar de repeler el ataque de los Brohv'ii con los recursos que tenía disponibles.

Hashzh meditó. Tenía que haber otros modos de detener a los invasores, especialmente a sus máquinas de guerra. No eran tan avanzadas como las máquinas Shoh'hau, pero aun así resultaron formidables. Si las máquinas Shoh'hau no conseguían detenerles, ¿qué oportunidad tenían los Guardianes a pie?

Sin embargo, los guardianes a pie Brohv'ii destruyeron algunas de nuestras máquinas durante la Misión de Limpieza, a pesar de las primitivas armas que poseían en aquel entonces.

¿Podía esa ser la respuesta? Hashzh pensó en estudiar los registros de esa misión, para revisar algunas de las tácticas que los Brohv'ii utilizaron en contra de la Fuerza de Limpieza.

Gorgoteó con repulsión. ¿Acaso las cosas estaban tan desesperados que realmente estaba considerando utilizar ideas del enemigo? A pesar de sus avances a lo largo de los últimos trece ciclos, seguían siendo una raza primitiva. No valoraban la inteligencia y la razón como los Shoh'hau. Incluso tras la Misión de Limpieza, seguían luchando entre sí. Los Shoh'hau vivían unidos por miles de ciclos, mientras que los Brohv'ii siguieron dividiéndose en tribus, robando y matándose entre sí. Incluso miembros de las mismas tribus cometían actos de violencia unos contra otros.

Los Brohv'ii no merecían vivir. Su mente era superior a la de cualquier Brohv'ii. No necesitaba sus ideas para vencerles. Podía idear las suyas por sí solo.

Hashzh reposó sobre su alfombra y pensó, ingeniando una variedad de tácticas, descartando la mayoría de ellas. Consideraba modos para destruir las piernas de las máquinas de combate Brohv'ii cuando una luz violeta parpadeó en su panel.

Hashzh se quedó mirando el panel, estático por la sorpresa. *Givrht*. Pensó en el Comandante de la Tercera Orden que había partido a supervisar *su* proyecto final antes de que los Brohv'ii invadiesen. Sus ojos se desviaron a una de las pantallas en la pared. El mensaje sólo consistía de dos palabras.

Está finalizado.

Por primera vez en muchos ciclos, Hashzh experimentaba alegría. Su proyecto final había sido terminado, mucho antes de lo que había esperado.

Dentro de unas pocas rotaciones, Brohv no sería más.

24

Parecería que lo estoy haciendo funcionar.

El Almirante Beatty recordó las palabras del Primer Ministro Lloyd George al leer el último reporte de Marte. La ciudad de Arcadius Seis había caído hace una hora. Las fuerzas de la FEAE siguieron reuniéndose en lo que quedaba de Ciudad Tharsis, preparándose para el empuje final hacia la Planicie Arcadia. Para el día de mañana, tendría más tropas y naves para lanzar a la batalla. Como tiburones detectando sangre en el agua, las naciones de la FEAE dieron casi todas las tropas y naves que les quedaban para lo que parecía ser la última batalla. Incluso el paranoico Stalin envió una gran porción de sus fuerzas espaciales. No era el número que su predecesor había prometido originalmente, pero era mucho mejor que la minúscula fuerza que había contribuido la primera vez.

Se permitió estar contento. La victoria estaba a la vista.

El pensar en los valientes soldados y pilotos en Marte templó su elación. El éxito de la FEAE había tenido un gran precio. Las pérdidas habían sido estremecedoras. Los extraterrestres parecían darse cuenta de que la única opción que tenían era morir luchando.

Pensó en los hombres combatiendo en la superficie. Pensó en su propia experiencia de combate contra los mahdistas en Sudán. Al menos ahí había estado en un bote bien armado. No tuvo que agacharse en el lodo de las trincheras, con las balas zumbando y explosiones por doquier.

Y yo les puse ahí.

¿Pero qué otra opción tenía? Ninguna, si quería asegurarse de que los marcianos nunca pudiesen amenazar la Tierra otra vez.

Beatty salió de sus habitaciones y flotó a través de los corredores hasta llegar al Centro de Coordinación de Batalla.

"Almirante en cubierta," anunció el Capitán Gibbons.

"Descanso," dijo Beatty. "¿Algo que reportar?"

"Todavía estamos atacando la Planicie Arcadia." Gibbons apuntó a una de las pantallas. Esta mostraba incontables naves disparando sobre la superficie del planeta.

Beatty asintió. "¿Cómo están respondiendo a ello nuestros amigos con tentáculos?"

"No lo están. De hecho, apenas si hemos tenido fuego de contraataque de la superficie por últimos días. Si me pregunta, pienso que hemos lisiado el armamento de los calamares."

Beatty quiso creer eso, pero no se entusiasmó en demasía. "Tal vez, pero no podemos estar demasiado seguros. Sólo manténgase alertas."

"Siempre, Señor."

"Capitán," el Teniente Porter llamó desde su consola. "Nave de provisiones *Loch Ness* acercándose. Están pidiendo permiso para desembarcar."

"Entonces más nos vale dárselo," Beatty respondió antes de Gibbons. "Es un tanto difícil luchar sin baterías para nuestras armas y comida para nuestros estómagos."

Gibbons sonrió, y giró hacia Porter. "Permiso otorgado. Prepárense para secuencia de acoplado."

El King Edward VII se alejó de Marte. El crucero *HMSS Gladiator* y las corbetas *HMSS Sirius* y *HMSS Minerva* tomaron posiciones defensivas alrededor del acorazado para proteger sus puntos vulnerables.

Diez minutos pasaron antes de que Beatty escuchara y sintiera el golpe sordo al momento en que el Loch Ness se conectó con el King Edward VII.

"Todas las abrazaderas de acoplado aseguradas," Porter anunció. "Listos para comenzar operaciones de transferencia."

"Comiencen operaciones de transferencia," ordenó Gibbons.

"Comenzando operaciones de transferencia."

Las baterías para los rayos de calor del King Edward VII fueron cargadas a bordo primero. Gibbons ordenó que todas las armas fuesen apagadas para remplazar las baterías.

Beatty permaneció en el Centro de Coordinación de Batalla. Tenía unos minutos libres y no tuvo oportunidad de pasar mucho tiempo en el puente, considerando sus deberes como Comandante Supremo. A veces, este trabajo le hacía sentir más como un burócrata que un marinero. Estar aquí le permitía calmar esa sensación. Sin embargo, deseaba poder oler la sal en el aire, como cuando sirvió en la mar.

Volvió su atención de vuelta a la pantalla principal, observando con satisfacción cómo su flota seguía bombardeando la Planicie Arcadia.

¿Será esta mi última misión?

Nvif pausó al acercarse al transbordador armado. Se había preguntado eso las últimas cuarenta veces que había volado hacia el combate. Había sobrevivo hasta ahora. La mayoría de los demás pilotos no había sobrevivido. Nvif razonó que su habilidad y destreza le había mantenido con vida. Sin embargo, no consideraba a sí mismo un piloto excepcional. ¿Cuánta habilidad se necesitaba para volar un transbordador?

Por otro lado, sus superiores le consideraban excepcional. Hace seis rotaciones le informaron que interceptaron varias comunicaciones Brohv'ii acerca de la muerte de uno de sus pilotos, quien volaba un jet rojo triangular, alguien llamado "Barón". Aparentemente, había sido un piloto de reputación.

Nvif le había derribado. Recordó el momento, al retorno de un ataque fallido contra un transportador Brohv'ii. El jet rojo cruzó en frente de él, aparentemente no estaba consciente de su presencia. Nvif disparó tres veces. El jet cayó del cielo, echando una cola de humo al caer hasta impactarse con el suelo y explotar.

En los ojos de sus superiores, matar a este "Barón Rojo" le ganó un lugar en este último ataque contra los Brohv'ii. El pensó que esta era una medida desesperada.

Nvif entró al transbordador y tomó su lugar en la nariz oblonga. Su piel se calentaba dentro del confinamiento del traje protector. Ya se había acostumbrado a la incomodidad. Era preferible a inhalar las bacterias de los Brohv'ii.

"Todos los transbordadores," anunció el controlador. "Prepárense para despegar."

Nvif activó los motores. Un gemido constante recorrió el transbordador.

¿Será ésta mi última misión?

Apartó el pensamiento de su mente, concentrándose en el plan de ataque. Giró su parte superior hacia la izquierda, mirando por la ventana de la cabina.

Humo y fuego salían de los silos cercanos. Quince misiles volaron hacia el cielo.

"Todos los transbordadores," anunció el controlador. "¡Despeguen!"

Los motores rugían al tiempo que el transbordador de Nvif se elevó. Observó el escáner. Otros nueve transbordadores se pusieron en formación detrás de él.

Giró los controles a la izquierda, alineándose detrás de los misiles, manteniendo su distancia para no ser incinerados por los escapes. Miró sus pantallas. Todos los sistemas funcionaban.

Los transbordadores se elevaron. Nvif podía ver la curva purpurea del cielo de Marte. Dentro de poco llegarían a la atmósfera superior.

Un pitido llamó su atención. Nvif miró una de las pantallas. Uno de los transbordadores salió de la formación.

"Transbordador Siete. ¿Qué ocurre?"

"Mi motores han fallado," dijo el piloto, con miedo evidente en la voz. "No puedo reactivarlos."

El transbordador perdió altitud y comenzó su caída hacia la superficie.

La frustración comenzaba a abrumar a Nvif. El Transbordador Siete había sido traído de la fábrica hace una rotación. Desafortunadamente, muchos de los nuevos transbordadores y máquinas de combate habían sido construidos tan apresuradamente que sufrían varios desperfectos. Ya había visto cuatro transbordadores estrellarse poco después de despegar.

Esto no nos ayuda contra los Brohv'ii.

No había nada que Nvif podía hacer por el Transbordador Siete o su piloto. Todo lo que podía hacer era pensar en la misión.

El cielo azul y rojo desapareció, remplazado por la negrura del espacio. Varios destellos a babor llamaron su atención. Eran disparos de las naves Brohv'ii contra su mundo, matando a más Shoh'hau. Nvif quiso gritar de ira. Se contuvo. La ira no detendría el ataque contra su mundo.

Sólo la acción podía hacer eso.

"¡Misiles marcianos!" gritó Porter.

El pulso de Beatty se aceleró. Miró la pantalla principal. Más de una docena de puntos volaban hacia la flota FEAE.

"¿Rango?" Preguntó el Capitán Gibbons.

"Cincuenta kilómetros y acercándose." Porter se relajó un poco. "Vamos a eludirlos por diez kilómetros. Parece que van contra el escuadrón noruego. Esas naves han sido alertadas."

Los ojos de Beatty fueron a otra pantalla. Vio rayos disparados de las corbetas en forma de cuchillo *Eidsvold* y *Tordenskjold,* y del crucero *Stavanger*. Varios misiles entraron y salieron de la vista. Beatty se puso tenso al ver los demás misiles acercándose a las naves noruegas.

Vamos, muchachos. Destruyan esos misiles.

Otro misil explotó. Otro. Otro. El último misil se acercó a un kilómetro del Tordenskjold antes de detonar.

"Todos los misiles han sido destruidos," anunció Porter. "No hay daño que reportar."

"Espléndido." Beatty giró a Gibbons. "Capitán, mande mis respetos a los noruegos. Buen--"

"¡Transbordadores!" Exclamó Porter. "¡Transbordadores marcianos acercándose!"

Nvif maniobró con los propulsores, girando su nave a babor y estribor. Ya había visto lo que le pasaba a los pilotos que volaban en línea recta hacia los Brohv'ii.

Morían.

Sus ojos oscilaban entre los escáneres y la ventana frontal. Una enorme forma rectangular aparecía ante él. A juzgar por las transmisiones registradas, inteligencia creía que esta era la nave de comando de los invasores. Destruirla ciertamente lisiaría sus capacidades de lucha.

Tres naves pequeñas se posicionaron entre los transbordadores y la nave de comando. Nvif viró su nave, eludiendo los disparos. Contraatacó, pero falló.

Nvif miró sus escáneres. Uno de los transbordadores desapareció.

Los demás abrieron fuego. Una luz blanca destelló enfrente de la nave escolta.

Otro transbordador eliminado.

Nvif empujó los controles hacia la izquierda. Disparó. El rayo dio contra la retaguardia de la nave escolta mayor. Un destello borró esa parte de la nave.

Dos transbordadores más estallaron.

Nvif esquivaba el fuego enemigo. Siguió maniobrando los propulsores de lado a lado, arriba a abajo. Pasó por una de las escoltas pequeñas con un gran tajo en su parte trasera. No estaba lejos de la nave de comando.

Entonces notó dos cosas. Una, la nave de comando no había disparado ninguna de sus armas. Dos, una nave estaba conectada a su costado. Una nave de provisiones.

Era una circunstancia afortunada. La nave de comando quedaba vulnerable.

Entonces, un golpe sacudió el transbordador de Nvif.

"¿D E DÓNDE DIABLOS SALIERON ESTOS CÁNCERES?" EL Capitán Gibbons miró furiosamente la pared de pantallas del Centro de Coordinación de Batalla.

"Deben de haber salido de detrás de los misiles," dijo Beatty. "Probablemente por eso no pudimos detectarlos."

A pesar de detestar tanto a los marcianos, tuvo que

reconocer el ingenio de esta táctica. Era una señal de desesperación de su parte.

"Tenemos que separarnos del Loch Ness ya," dijo Gibbons. "No podemos atacar con esa nave pegada a nosotros."

El capitán miró al oficial de operaciones de la nave de comando. "Señor Lampard. Ordene a todo el personal evacuar el túnel de acoplado, después desconecte las abrazaderas."

"Señor, todavía tenemos dos misiles Polaris en el túnel."

Beatty se tensó. Cada uno de esos misiles tenía una cabeza explosiva de 900 kilos. *Si fuesen a explorar tan cerca del King Edward VII...*

"Mejor perder un par de misiles que la nave entera," Gibbons anunció. "De la orden, Señor Lampard."

"Sí, Señor."

"Señor Porter. Reactiven todas las armas."

"Sí, Señor. Pero nos tomará un par de minutos recargar completamente."

La garganta de Beatty se secó al mirar las pantallas. El Sirius rodó a babor, hacia la atmósfera. Tres transbordadores marcianos pasaron a su lado. Gladiator y Minerva dispararon en su dirección. Un transbordador se desvaneció en un destello blanco. Después un segundo. Hubo una explosión detrás del tercer transbordador. Éste se torció a la derecha.

Beatty soltó un aliento que no se había dado cuenta que tenía sostenido. Tal vez King Edward VII sobreviviría esto.

Nvif luchó contra su miedo, esforzándose para mantener el transbordador en vuelo. Varias luces de emergencia y zumbadores se encendieron en la cabina de control. Cuatros propulsores ya no funcionaban. La fuente de poder de las armas estaba dañada. Solo podía disponer de la mitad de los motores.

No voy a sobrevivir esto. Un zumbido bajo de terror llenó su boca. No podía recordar haber estado antes tan asustado. Pronto dejaría de existir. ¿Sería dolorosa su muerte? ¿Podría hacer algo para evitarla?

Nvif miró las pantallas. Fallaba un sistema tras otro.

El zumbido en su boca incrementó.

Tal vez era mejor de este modo. No estaba entre los elegidos para el Proyecto Final. ¿Qué importaba si moría ahora, o dentro de unos momentos?

Nvif logró girar la nave a estribor. Voló hacia el hueco entre la nave de comando y la nave de provisiones. Si tan solo funcionase su arma.

Se enfocó sobre la nave de comando. Una idea se formó en su cabeza, una idea solo concebible por alguien con un fallo cerebral. Pero con su muerte inminente, parecía ser la única opción lógica.

Empujó los controles hacia la izquierda, hacia la nave de comando.

Un golpe hizo vibrar el transbordador, llevándolo más hacia estribor.

"¡No!" Nvif gritó.

Jaló los controles, pero éstos no respondían.

Nvif aulló a medida que el túnel entre ambas naves se convertía en todo lo que podía ver.

"Dios nos libre," murmuró Beatty. Se estremeció al ver el transbordador marciano chocar contra el túnel de acoplado. Un intenso destello blanco llenó la pantalla. Apenas un segundo después, la nave entera se sacudió con fuerza terrible. Un rugido taladró en los oídos de Beatty. Giro a lo largo del centro de comando y se estrelló contra la pared.

El mundo se obscureció.

25

Las balas zumbaron sobre la cabeza del Capitán Zhukov. Conteniendo el aliento, se asomó por la orilla de la roca tanto como pudo. Vislumbró a un marciano parcialmente oculto en un cráter de bomba, con dos rifles de fuego rápido. Zhukov disparó y se resguardó. Más rondas enemigas fueron a dar contra su roca.

Un soldado cayó por la empinada, con sangrientos agujeros en el traje espacial. Zhukov se preguntó si era uno de sus veteranos o alguno de los soldados de refuerzo que el Ejército Rojo *finalmente* le había enviado.

Miró alrededor de la línea. Soldados salían de sus cubiertas, disparaban, y volvían a resguardarse. Los artilleros iban de un objetivo al siguiente, disparando en ráfagas cortas.

Zhukov escaneó la línea marciana. Sus fuerzas estaban concentradas en el centro y el flanco derecho. En el flanco izquierdo podía ver alrededor de una docena de extraterrestres escondidos en cráteres o detrás de rocas.

Asintiendo con satisfacción, recorrió la línea en cuclillas. Los rifles y las ametralladoras hacían ruido por doquier. Las balas marcianas hacían salta géiseres de tierra a lo largo de la berma. Otro soldado cayó hacia atrás, con el casco destruido.

"¡Teniente Morgunov!"

"Sí, Señor."

"Ordene a su pelotón concentrarse en el flanco izquierdo. Mátenlos a todos. Ahí tendremos nuestra oportunidad para penetrar."

"Sí, Señor."

Morgunov se alejó, dando órdenes a sus sargentos. Zhukov brevemente recordó su primera batalla en Marte, cuando el joven teniente aun se veía aterrado e inseguro. Ahora el hombre era un león, alguien que un día podría ser comandante de su propia compañía, tal vez incluso un regimiento.

Si acaso llega vivo a la Tierra.

El fuego del pelotón de Morgunov se intensificó. Le recordó a Zhukov la imagen de troncos de árboles golpeados por docenas de martillos. Polvaredas saltaban alrededor del flanco izquierdo del enemigo. Un marciano en el cráter comenzó a experimentar espasmos. Otro se resbaló detrás de su roca y no se volvió a levantar. Zhukov vio a un marciano asomarse de detrás de otra roca. Jaló el gatillo. La sangre comenzó a chorrear de uno de los grandes ojos del alienígena.

Zhukov disparó las rondas que quedaban en su Mosin-Nagant. Se agachó detrás de la empinada y recargó. Miró por sobre la orilla, buscando más blancos. No había ninguno.

"¡Pelotones primer y segundo! ¡Contra el flanco izquierdo! ¡Contra el flanco izquierdo!"

Zhukov saltó sobre la empinada. Docenas de soldados corrieron cuesta abajo, algunos con gritos de batalla en la garganta.

"¡Adelante camaradas!" Alguien exclamó detrás de Zhukov. ¡Acaben con los marcianos imperialistas!"

Zhukov miró por sobre su hombro. Lavrentiy Beria les animaba sin hacer movimiento alguno para unirse al ataque.

Cobarde.

Zhukov ignoró al inútil *Politruk* y corrió sobre el suelo rojo. Algunas rondas zumbaron a su alrededor. Cayó un soldado, y después otro. El resto pasó sobre los marcianos muertos y se dirigió hacia el centro de la línea enemiga. Zhukov disparaba desde la cadera, al igual que muchos otros soldados. Algunos lanzaban granadas. Marcianos expuestos trataron torpemente de resguardarse. La mayoría fueron muertos. Dos de los artilleros de Zhukov sentaron base en cráteres y abrieron fuego. Las líneas marcianas adelgazaron, pero no se retiraban.

Algo destelló a la derecha de Zhukov. Un par de tentáculos tomó a uno de sus hombres. El soldado gritaba y forcejeaba. Zhukov fue hacia él.

Los tentáculos se metieron debajo del casco del soldado y tiraron. Los ojos del joven ruso se hincharon. Agarró los tentáculos, gritando más fuerte.

Zhukov estuvo a punto de llegar a él, cuando los tentáculos arrancaron el casco del soldado.

"¡No!" Zhukov gritó.

El soldado abrió la boca. Trató de tomar aire. La piel de su cara tomó un color azul pálido. Los vasos de sangre comenzaron a reventarse.

Algo gorgoteó. Zhukov miró a la izquierda. Un marciano saltó hacia él, blandiendo los tentáculos.

Zhukov estrelló la culata del rifle contra la cara del alienígena. Éste golpeó a Zhukov con un tentáculo. Gruñó y tropezó. Otro tentáculo tomó su pierna. La superficie y el cielo se hicieron una imagen borrosa.

De repente, Zhukov estaba de espaldas.

El marciano se acercó. Zhukov soltó el rifle y buscó su cuchillo. Un tentáculo latigueó hacia él. Zhukov trazó un arco con el cuchillo. La hoja de metal cortó a través del material plateado del traje protector y la carne debajo.

El marciano dio un alarido. Zhukov se levantó y arremetió

contra él. Hundió el cuchillo en la cara del marciano. Gritó más fuerte. Saco el cuchillo y le apuñaló una y otra vez hasta que dejó de moverse.

Zhukov exhaló fuertemente, empañando su casco. Pasaron varios segundos antes de que levantase para recoger su rifle.

El soldado sin casco yacía a unos metros, con el rostro congelado. Zhukov no le reconocía. Probablemente era uno de los soldados recientemente enviados desde la Tierra.

Desvió la mirada y se marchó. No había tiempo de lamentarse. Tenía una batalla que ganar.

Los rusos y los marcianos se dispararon entre sí a quemarropa. Algunos soldados ensartaron los cuerpos-patata con sus bayonetas. Los marcianos se defendieron con rifles y tentáculos. Uno lanzó a un soldado una distancia de varios metros. Zhukov le mató en respuesta.

El fuego comenzó a disminuir, al igual que los gritos y los chillidos. Zhukov observó el campo de batalla. La mayoría de los marcianos estaban muertos. Vio además al menos una docena de rusos que no volverían a levantarse.

Zhukov levantó la mano derecha e indicó al resto de la compañía que se reuniesen. Morgunov se le acercó.

"Parece que los marcianos luchan con más ferocidad a medida que nos acercamos a la Planicie Arcadia."

Zhukov asintió. "Me doy cuenta de ello. Parecería que hay algo de verdad detrás de los rumores."

"Debe de ser algo muy importante. Nunca imaginé que los calamares pudiesen luchar tan fanáticamente."

Antes de que Zhukov pudiese responder, escuchó a Beria gritando. "¡Bien hecho, camaradas! ¡Bien hecho! Otra victoria para la gloria de la Revolución."

El *Politruk* caminó entre los soldados, aplaudiendo y dando felicitaciones.

Zhukov gruñó, mirando estrictamente al *Cheka*.

La Guerra de los Mundos: Revancha

¿Y dónde estabas mientras nosotros luchábamos y moríamos?
El sabía la respuesta. Estaba oculto detrás de una roca. Eso era lo que Beria siempre hacía a la hora de combatir.
Y ese hijo de puta se atrevía a matar a otros por cobardía.
Zhukov miró a uno de los soldados muertos. Si tan sólo hubiese sido Beria.

AL CAER LA TARDE, ZHUKOV VIO LA GRAN NAVE EN FORMA DE caja de pan, *Karabulak*, descendiendo del cielo. Varios soldados aclamaron. Zhukov también sintió algo de alegría. Las naves de tropas no eran cómodas en ningún modo, pero al menos podían salir de los trajes espaciales dentro de ella, asearse, comer y dormir en una cama.

Al momento en que la rampa de carga bajó, los hombres casi rompieron filas. Zhukov tuvo que gritarles un par de veces para detenerles.

"¡Somos soldados, no canallas! Subiremos en esa nave como soldados."

Marcharon todos a bordo en orden. Zhukov les permitió después retirarse para asearse y cambiar de uniforme. Media hora después, se reunieron en el comedor. Se puso a un lado, permitiendo pasar a sus hombres frente a él. Esto requirió mucha disciplina de su parte. Después de chupar pasta de nutrición con sabor a cartón a través de la pajilla de su traje espacial por tanto tiempo, ansiaba comida de verdad.

Pero un buen oficial ponía a sus hombres primero. Les dejaría comer antes que él.

Beria no se imputaba a esa perspectiva. Se metió al frente de la fila. Zhukov le vio furiosamente. ¿Qué había hecho este hombre para merecer comer antes de hombres que arriesgaron la vida?

Desafortunadamente, nadie le dijo nada. Uno no podía decirle "no" a un *Cheka* y esperar vivir por mucho tiempo.

Una vez que Zhukov avanzó en la fila, recibió estofado de res con remolachas y patatas, un trozo de pan y te. El estofado era un poco acuoso, y el pan algo duro, y el te era tibio. No obstante, todo era mucho mejor que esa pasta nutritiva.

Comió un bocado de estofado y miró a lo largo de la mesa. Ninguno de sus hombres conversaba entre sí. ¿Cómo podían con Beria entre ellos, observándoles con sus pequeños ojos, una libreta y pluma a su lado, listo para anotar los nombres de cualquiera que mostrase la más mínima señal de deslealtad? Y en sus ojos, cualquier cosa podía ser interpretada de ese modo. Quejarse por la falta de municiones o la calidad de la comida, aludir a la victoria del ejército de cualquier otra nación. Dos de sus hombres ya habían sido "reasignados" por solicitud de Beria. Zhukov tenía suficiente experiencia con los *Cheka* para saber lo que "reasignar" significaba.

Sintió el temor plagando la mesa, tan denso que sofocaba. La última vez que la gente de Rusia estaba así de asustada fue en 1908, cuando el meteorito devastó una gran porción de Siberia. Casi toda la población pensó que era el primer indicio de otra invasión marciana. Incluso al determinarse que la explosión fue un meteorito, la gente criticó al Zar por no detectar y destruirlo. La duda entre los ciudadanos hacia su líder fue una razón por la cual Nicolas II emprendió su guerra contra el Imperio de Japón, resultando en una vergonzosa derrota para Rusia, con 40,000 de sus hijos muertos y más ira contra el Zar, quien fue destituido y ejecutado una década después.

Todo porque un roca del espacio había asustado a la gente por un par de semanas.

Pero el miedo generado por los *Cheka* no se desvaneció. Por el contrario, se enraizó en la sociedad soviética.

Zhukov se posó los ojos sobre el estofado, moviendo

algunos pedazos de carne con la cuchara. Se preguntó si el miedo algún día desaparecería.

Al pensar en los hombres que Beria había "reasignado", se preguntó si llegaría el día en que los *Cheka* matarían más ciudadanos soviéticos que algún enemigo extranjero.

26

Al día siguiente, la compañía de Zhukov salió del Karabulak antes del amanecer. El comandante regimental les dio la orden de buscar señales de tropas marcianas y trípodes en las cuevas ubicadas en esta parte de la Planicie Arcadia. Además, la compañía recibió orden de asegurar cualquier tecnología alienígena que encontrasen antes de que alguno de los ejércitos imperialistas cercanos la obtuviese para después usarla en contra de la Unión Soviética.

Zhukov lideró un escuadrón a la primera cueva que encontraron. Estaba vacía, al igual que la segunda. Revisaron su mapa en búsqueda de la localización de la siguiente cueva cuando su encargado de comunicaciones, Cabo Obukhov, se le acercó apresuradamente.

"Capitán. Hemos recibido un mensaje del cuartel general. Un grupo de trípodes ha sido localizado a tres kilómetros de nuestra posición. Naves de la FEAE están preparadas para bombardearles desde órbita.

Zhukov sintió una punzada nerviosa. Miró hacia el norte. Las colinas bloqueaban el horizonte, obstruyéndole ver éstas máquinas en la distancia. Después volteó hacia el cielo azul grisáceo de la mañana. Los sistemas de orientación de las naves de guerra espaciales eran bastante precisos. O al menos eso se le había dicho. No obstante, desde tal altura, un fallo en los cálculos y el ataque podría incinerarles a ellos en vez de a los marcianos.

Zhukov examinó el mapa topográfico. Notó un claro a 700 metros al oeste. Ese sería un buen lugar para esperar a que ocurriese el bombardeo.

A menos que nos caiga un misil encima.

Eso podría o no ocurrir. Pero ciertamente no quería estar expuesto cuando las naves FEAE comenzaran a disparar.

La compañía viajó sobre el suelo rojo. Al acercarse al claro, Obukhov lanzó un dedo al cielo. "¡Miren!"

Varios soldados levantaron la cabeza, incluyendo a Zhukov. Rayos de luz amarilla alumbraron el cielo. Ninguno se acercó a su posición.

Tan lejos.

"¡Muévanse! ¡Muévanse! ¡Hacia el claro!"

Los hombres aceleraron el paso. Zhukov se aseguró de que todos hubiesen saltado hacia el claro antes de unírseles. Muchos miraron por sobre el borde para ver el espectáculo de luces mortales. Brillantes esferas de luz se mezclaron con los rayos de calor. Misiles balísticos. Columnas de humo nacían en la distancia.

El bombardeo duró por diez minutos. Otros diez pasaron antes de que el Cuartel General les anunciase que todos los trípodes habían sido destruidos y que su compañía podía seguir con su misión.

"Parece que la puntería de los marineros espaciales fue buena," Zhukov dijo a sus hombres. "Seguimos aquí."

Varios de ellos rieron.

Beria no rió. El *Politruk* con cara de comadreja en realidad le vio con desprecio, como si un comentario afable de un oficial al mando con sus tropas fuese un pecado capital. Por otro lado, tener sentido del humor podría hacerle imposible a cualquiera ser un *Cheka*.

La compañía viajó a lo largo de la planicie. Escalaron una colina desde donde vieron el trabajo de las naves FEAE. Algunos hombres soltaron silbidos de asombro al ver el suelo lleno de cráteres negros. Por todos lados yacían restos de los trípodes marcianos.

Zhukov tomó un par de binoculares y los presionó contra su casco, buscando cuevas. Tuvo el presentimiento de que cualquier cueva que encontrase se hallaría colapsada por el bombardeo. Un problemático pensamiento le acosaba. ¿Les obligaría Beria a excavar en una cueva derrumbada en busca de cualquier pedazo de tecnología marciana que *posiblemente* pueda haber dentro? Ciertamente le creía capaz de ello.

Más vale movernos antes de que piense en--

"¡Capitán!" El Sargento Zinchenko le llamó.

"¿Sí?"

Zinchenko apuntó hacia el este. Zhukov dio unos pasos hacia él. Al principio, pensaba que estaba mirando un cráter. Pero no parecía tener esa forma circular. Se inclinó hacia adelante y enfocó la vista.

Parte del suelo se había colapsado.

Zhukov siguió observando el agujero, recordando esos primeros días cuando los marcianos salían del subsuelo para tomar a las fuerzas de la FEAE por sorpresa. ¿Podría estar ser otra posible emboscada?

Ordenó a los artilleros instalarse en la cresta para cubrirles mientras el resto de la compañía descendía por la empinada. Zhukov mantuvo su dedo sobre el gatillo de su Mosin-Nagant, con los ojos fijos sobre la abertura frente a ellos. La tensión se anudaba en sus músculos en expectativa de ver soldados marcianos emergiendo a la superficie. O peor, un trípode.

Los dos soldados en punto llegaron primero a la abertura.

"¿Ven algo?"

Unos de los soldados, Cabo Rybakov, volteó y asintió. "Eso creo, Señor. Debería venir a ver."

Zhukov fue hacia él, con el Sargento Zinchenko detrás. Al llegar al borde, miró hacia abajo.

El suelo colapsado formó una rampa natural hacia el fondo. Entre los restos de tierra y rocas, Zhukov notó brillos metálicos.

El suelo de la caverna era metálico.

Zhukov volteó. "¡Teniente Morgunov!"

"Sí, Señor."

"Parece que hemos encontrado una base marciana. El bombardeo debe de haber debilitado el suelo sobre ella. Formen un perímetro alrededor de la entrada. Llevaré un escuadrón a ver que hay allá abajo."

"Sí, Señor." Morgunov asintió.

Zhukov apuntó a Zinchenko, Rybakov, y al otro soldado con ellos, Vishnevski. "Ustedes tres conmigo. Mantengan los ojos abiertos."

Zhukov dio un paso hacia la inclinada, y sintió y escuchó el contacto del suelo metálico contra su bota. Frunció el ceño al sentir esta extraña vibración correr a lo largo de su pierna. Miró abajo para encontrarse parado sobre una ranura rectangular en el suelo. La pasó con un salto. La vibración paró.

Miró alrededor y vio dos ranuras más. Se agachó junto a una de ellas y puso su mano encima. Otra vez sintió la vibración.

"Señor, ¿qué es eso?" preguntó Zinchenko.

"No estoy seguro." Zhukov se puso de pie. "Estas ranuras están emanando algún tipo de... no se qué. Evítenlas, para estar seguros."

"Sí, Señor," respondieron los tres soldados.

Zhukov caminó hacia adelante, girando su cabeza de izquierda a derecha. Las ranuras se extendían profundamente hacia la caverna, la cual era ancha y de unos doce metros de altura.

"Veamos a dónde nos llevan éstas."

Los cuatro siguieron. Se hacía más obscuro a cada paso. La única iluminación venía de pequeños puntos de luz en forma esférica adheridas en las paredes. Iluminación de emergencia, pensó Zhukov. La iluminación principal probablemente se desactivó al colapsarse el techo.

Pasaron unos cuantos túneles más con las mismas ranuras en el piso. La mente de Zhukov se agitaba, tratando de descubrir su propósito. Un acueducto sería la posibilidad más verosímil, excepto por el hecho de que estaba todo seco. Tal vez los marcianos lo utilizaban como sistema de transporte, similar a las vías férreas subterráneas en Nueva York o Londres. Pero necesitarían vías para ese propósito.

Un zumbido sordo salía de la caverna.

"Capitán, ¿escucha eso?" preguntó Rybakov. "¿Qué es eso?"

Zhukov no respondió. Sostuvo una mano en alto, indicando al cabo que guardara silencio.

El zumbido se hacía más fuerte.

El pecho de Zhukov se tensó. ¿Podrían ser marcianos? ¿Cuántos?

Sólo necesitan uno para alertar a todos.

Sus ojos barrieron el túnel. A unos ocho metros a su izquierda, alcanzó a ver las fauces de otro túnel.

"Por aquí."

Los cuatro soldados dieron grandes saltos hacia la caverna. El miedo se aferraba a Zhukov a medida que incrementaba el volumen del zumbido.

¡Vamos! ¡Más rápido! Maldijo la gravedad de Marte.

Finalmente llegó hacia el túnel. Zinchenko, Rybakov, y Vishnevski se le unieron justo cuando el zumbido llenó la caverna. Presionaron la espalda contra la pared metálica. Zhukov se asomó por la esquina.

Una plataforma rectangular con seis marcianos encima flotó a su lado, sobre una de las ranuras.

Increíble. Zhukov se olvidó de su miedo al ver la plataforma seguir en dirección hacia donde sus hombres y él habían estado. La plataforma se movía sin tocar el suelo. Cualquier tipo de propulsión que fuese, los marcianos ciertamente no la habían traído consigo cuando invadieron la Tierra. La Unión Soviética podría beneficiarse de tecnología así.

Pero el problema era cómo transportarla de vuelta al Karabulak

Cuando ya no pudo oír el zumbido de la plataforma, Zhukov ordenó a sus hombres salir del escondite y seguir explorando la caverna. Se aseguró de mantenerse alerta frente al sonido de cualquier otra plataforma, y además hizo nota de otros escondites potenciales en caso de ver más marcianos.

Los cuatro tuvieron que ocultarse dos veces más. Cada vez, Zhukov miró hacia atrás, preguntándose sobre el estado del Teniente Morgunov y el resto de la compañía. Una vez que los marcianos llegasen a la abertura y les vieran, una batalla tendría lugar. Más marcianos vendrían a darles refuerzos. Cuando eso ocurriera, se preguntaba si tenían alguna posibilidad de salir de la caverna sin ser vistos y asesinados.

Zhukov consideró volver a la entrada, pero decidió no hacerlo. La FEAE creía que los marcianos albergaban algo importante en la Planicie Arcadia, y ahora puede que lo hayan encontrado. No podía irse sin descubrir qué era.

Caminaron por un kilómetro más cuando llegaron a una esquina en la caverna. Zhukov y los demás se deslizaron a lo largo de la pared. Conteniendo el aliento, miró por la esquina.

La caverna terminaba en una gran cámara. Varias plataformas flotantes de variados tamaños iban de lado a lado. Más hacia adelante había una gran puerta metálica.

Zhukov miró atrás a sus hombres y les dijo lo que había visto.

"¿Qué podría haber detrás de esa puerta?" Vishnevski se preguntó en voz alta.

"Al no tener un visor de rayos X en mi traje espacial, no puedo dar respuesta a eso, Soldado."

Con expresión avergonzada, Vishnevski bajó la cabeza.

"Vamos. Tenemos que intentar entrar."

Los hombres se veían nerviosos. Zhukov ciertamente lo estaba, pero no podía mostrarlo. No obstante, necesitaban reunir información, y eso significaba descubrir qué tenían los marcianos del otro lado de esa puerta.

Los cuatro emergieron de su cubierta, moviéndose a través de las ranuras. Zhukov estaba a unos diez metros de la puerta cuando escuchó un golpe sordo. La luz se filtraba de debajo de la puerta.

Se estaba abriendo.

"¡Pónganse debajo!" Zhukov apuntó a las plataformas a la izquierda.

Saltaron hacia las plataformas. Zhukov y Zinchenko se zambulleron bajo una plataforma, y Rybakov y Vishnevski debajo de otra. Zhukov tenía los ojos sobre la puerta, la cual se elevaba más alto a cada segundo. Una luz blanca llenó la caverna, forzándole a parpadear repetidamente. Una vez que sus ojos se ajustasen a la luz, vio a varios marcianos salir hacia la caverna. Una docena, dos docenas, tres docenas. Todos ellos con armas de fuego rápido. Muchos gorgoteaban y escupían en su extraña lengua. Zhukov no tenía idea de qué decían, pero notaba la urgencia en el tono.

Los Marcianos se subieron a varias de las plataformas grandes. Flotaron sobre las ranuras y viajaron hacia la caverna.

Hacia la abertura. Hacia el resto de su compañía.

Esperó que Morgunov y los demás pudiesen derrotarles.

Una vez que las plataformas marcianas estuviesen fuera de vista, la puerta comenzó a descender, cerrándose.

Zhukov salió de debajo de la plataforma.

"¡Señor!" Zinchenko le llamó con voz acallada.

"Tengo que ver qué hay adentro."

Zhukov gateó tan rápidamente como pudo. Su corazón latía cada vez más rápido a medida que el espacio entre la puerta y el suelo se hacía más pequeño. Temió perder su oportunidad de ver qué había adentro más que ser descubierto por los marcianos.

La puerta estaba a unos metros de cerrarse.

Giró la cabeza a su lado, tratando de absorber una buena imagen.

Se quedó boquiabierto en silencioso asombro.

Madre de la misericordia.

27

Un punto de luz apareció frente a Beatty, expandiéndose hasta hacer un borrón blanco. Se sintió gemir al parpadear, tratando de enfocar el mundo a su alrededor.

Una pared blanca apareció frente a él, junto con un accesorio extraño sobre su cabeza. Beatty movió la cabeza a su izquierda. Vio una fila de camas, cada una ocupada por un hombre. Una mujer en un traje blanco de cuerpo completo flotó hacia él. Notó una cruz roja en su brazo derecho.

"¿Almirante?" Se le acercó. "¿Almirante Beatty?"

"¿Enfermera?"

"Gracias a Dios que está despierto. Nos tenía preocupados."

"¿Qué... qué pasó?" Beatty preguntó con voz ronca.

La enfermera se mordió el labio. "Iré por el Doctor Nickerson. Él puede explicárselo todo."

Se volvió y se alejó flotando, dando la vuelta al final de la sala. Poco después, emergió un hombre delgado, de unos treinta años, con cara angosta y bigote castaño con líneas grises.

"Almirante Beatty. Es bueno verle despierto. Soy su doctor, Coronel William Nickerson."

"¿Dónde estoy?"

"Está en la nave hospital *Thomas Limacre*. Ha estado inconsciente por dos días."

"¿Dos días?" Beatty se sorprendió. Comenzó a levantarse.

"Lenta y cuidadosamente, Almirante." Nickerson posó una mano sobre el hombro de Beatty.

"No hay tiempo para ello. La guerra. Estados dando nuestro gran empuje." Contuvo el aliento, recordando un repentino estremecimiento, fuego, y dolor. Sus últimos segundos de consciencia en el compartimento de Coordinación de Batalla en el King Edward VII. "Mi nave. ¿Qué le pasó?"

"Lo siento, Almirante. El King Edward VII fue destruido."

Beatty sintió espasmos a lo largo de sus músculos. Su mente luchó para rechazar lo que el doctor le dijo. Esa batalla sólo duró un par de segundos.

Posó los ojos sobre el techo blanco de la sala, pensando en los hombres a bordo del King Edward VII, pensando en los hombres que perdió en el Sudán cuando los marcianos destruyeron sus buques de guerra.

"¿Cuántos?" Beatty preguntó llanamente.

"467 muertos, alrededor de 100 heridos. La tripulación del Loch Ness se perdió en su totalidad, me temo."

Beatty cerró los ojos y exhaló lentamente. Ahora recordaba. El Loch Ness traía provisiones al King Edward VII cuando ese transbordador marciano colisionó contra ellos.

"¿El Capitán Gibbons?" preguntó sobre el comandante de su nave.

"No sobrevivió. Lo siento."

"¿El personal de comando?"

"El General von Seeckt sobrevivió. No sufrió ni un rasguño. Dios ciertamente tenía la vista sobre él."

"¿Y los demás?"

"El General Summerall y el General Ducreux fallecieron. El Almirante Thurman resultó herido, pero sigue ejerciendo sus deberes, con un doctor cerca."

Beatty digirió las noticias. Había perdido a su comandante de fuerzas de tierra y a su jefe de inteligencia, pero al menos todavía tenía al Subcomandante de la FEAE y a su jefe de logística.

Y tú sigues vivo, muchacho.

"Bueno, si el Almirante Thurman puede seguir trabajando con un par de moretones, también yo."

"Acerca de eso..." Los hombros del doctor cayeron.

"¿Qué pasa, Doctor?"

Pasaron varios segundos en silencio. "Probablemente todavía no se haya dado cuenta. Se le llama 'dolor fantasma'."

Beatty frunció el ceño. "¿De qué está hablando?"

"Almirante, lo siento mucho. Sus heridas de la explosión fueron de gravedad. Hicimos todo lo que pudimos, pero al final, tuvimos que amputarle las piernas."

PATTON SABÍA QUE DEBÍA DE SENTIRSE MÁS COMPLACIDO. Las fuerzas de la FEAE avanzaban rápidamente sobre la Planicie Arcadia.

En realidad, la infantería avanzaba kilómetros adelante, mientras que él y su regimiento se quedaban atrás, esperando llamadas solicitando apoyo. A veces no recibían ninguna, pues el bombardeo aéreo y orbital ya había suavizado a los marcianos.

Necesito estar enfrente, Patton pensó con amargura mientras sus AAP avanzaban lentamente a lo largo de la planicie hacia sus siguientes posiciones de ataque. Tomó su mapa, lo estudió, y revisó la brújula en su consola. Todavía seguían en curso. Estimó diez minutos para su destino.

Donde probablemente nos quedaremos sentados sin hacer nada mientras los demás matan a los marcianos.

"Coronel," Fuller, su encargado de comunicaciones, le llamó.

"¿Qué ocurre, Cabo?"

"Estoy recibiendo una señal."

Patton se levantó de su asiento de comando y se agachó junto a Fuller. Palabras veloces, casi como un balbuceo, salía del parlante. Quien sea que estuviese hablando no era norteamericano, o de algún otro país de habla inglesa.

"¿Es ruso?"

"Eso creo, Señor," dijo Fuller.

"¿Sabe lo que están diciendo?" Preguntó Patton.

"Lo siento, Señor. El único otro idioma que conozco es francés. Lo estudié en la preparatoria."

"Bueno, eso no nos servirá de mucho."

"Sí, Señor." Fuller frunció el ceño.

Patton siguió escuchando. Aunque no entendía una sola palabra, podía sentir el miedo en el tono del hombre. Probablemente estaban siendo atacados. Le era difícil sentir simpatía por los rusos. Su filosofía no les permitía tener tierra o armas. No podían confiar en sus políticos por miedo de ser encarcelados o ejecutados. Dicha filosofía rechazaba a Dios. Patton sentía que cualquier nación que le diese la espalda a Dios estaba condenada a caer.

Pero los rusos eran aliados, por ahora, y eliminar la amenaza marciana usurpó su desconfianza hacia los ellos. Si estaban cerca, podían acudir a su ayuda.

"¿Puede encontrar dónde están esos rusos?" Patton preguntó a Fuller.

"No, Señor. No tenemos equipo para detectar direcciones de radio. Tal vez podamos llamar al Cuartel General. Ellos podrían saber."

"Al diablo con eso, Cabo." De hacer eso, los generales

probablemente no le dejarían ayudar a los rusos. O al menos no como tenía planeado.

"Marque a la red comando. Veamos si ya saben de estos rusos."

Fuller le miró extrañado, pero respondió, "Sí, Señor."

El encargado de comunicaciones manejó los discos de comunicación. Pronto, un torrente constante de transmisiones vino del comando de la FEAE.

"*USSS Grover Cleveland*, tenemos una orden de soporte aéreo para el Doceavo Regimiento de Marines de los E.E.U.U. en el Sector Veintisiete... División Alemana 58 encuentra resistencia en el Sector Veinticuatro. Desplieguen el Cuarto Regimiento Sueco y el Regimiento Austro-Húngaro 116 de AAP... Nos están llegando reportes de una compañía rusa de infantería enfrascados en el Sector Siete."

Cuando el soldado en el Cuartel General leyó las coordenadas exactas, Patton tomó un bolígrafo y las anotó en la esquina inferior derecha del mapa. Revisó la posición de su regimiento y la de la compañía rusa.

Estaba a trece kilómetros al oeste.

Una sonrisa apareció en su rostro.

Sostuvo el mapa para que Fuller pudiese ver. "Mire esto, Cabo. Hay una fila de colinas a unos ocho kilómetros adelante. Parece que será difícil escalarlas. Será mejor si las rodeamos."

Los ojos de Fuller fueron del rostro de Patton al mapa. Una vez más, reaccionó con expresión desconcertada. Pero se limitó a responder, "Sí, Señor."

"Contacte al resto del regimiento. Dígales que vamos al oeste."

EL TENIENTE CORONEL ROMMEL HABÍA ESTADO sintonizando la radio de su AAP a la red de la milicia cuando se encontró con alguien hablando frenéticamente en ruso. Sin poder entender el lenguaje más allá de *da* y *nyet*, contactó a uno de los comandantes de su batallón, el Mayor Benzing. Éste había pasado un año en Rusia durante la época del Zar, entrenando con sus unidades AAP, por lo que era capaz de hablar y entender el idioma.

"Están bajo ataque," reportó Benzing. "Aparentemente un gran número de marcianos emergió del subsuelo."

"Con razón se oye asustado. ¿Sabe su posición?"

"Si. Revisé el mapa. Están a nueve kilómetros al noreste."

Rommel miró en esa dirección, palpando el brazo de su silla con los dedos. Les desviaría mucho. Sabía que el Cuartel General nunca lo autorizaría, no teniendo sus propias operaciones que sobrellevar.

Pero a veces las coordenadas de un mapa son malinterpretadas. Un punto de referencia podía acabar saliendo de su curso por varios kilómetros.

Para ser más preciso, nueve kilómetros-

Rommel sonrió. No confiaba en los rusos, no con Stalin a cargo. Pero por ahora, eran aliados, y debía de ayudarles.

Y mostrarles a todos el verdadero potencial de los AAP.

"*Mon Sous Lieutenant.*"

De Gaulle se erizaba al escuchar a su conductor, Bosquier, llamándole. *Sous Lieutenant*, el menor de los oficiales en el ejército francés. Todos los años, todo el trabajo que había hecho para llegar al rango de *Commandant*, para liderar su propio regimiento de caminantes de batalla. En un instante, se le había despojado, todo porque los generales detrás de sus escritorios no tenían la valentía para perseguir la victoria durante el primer asalto sobre Ciudad Tharsis. El General Couturier le dijo que había sido afortunado de no haber sido encarcelado por insubordinación. Pero con las pérdidas sufridas por las fuerzas FEAE, y particularmente por los franceses, necesitaban a cada hombre.

Una vez que terminase la guerra y regresasen a la Tierra, podía anticipar tiempo en una celda.

Couturier, cobarde bastardo.

"*Mon Sous Lieutenant*," *Caporal-Chef* Bosquier llamó otra vez.

"*¡Oui!*" de Gaulle perdió la paciencia.

"Creo haber visto algo."

"¿Qué?" de Gaulle se inclinó hacia adelante, mirando por el parabrisas de la cabina. Su caminante de batalla, junto con dos más en su sección estaba parado sobre la punta de una colina. Valles color óxido y montañas se extendían kilómetros en la distancia.

"No estoy seguro," Bosquier respondió. "Veré si puedo ver más con el telescopio."

El paisaje se condensaba. Docenas y docenas de figuras se agachaban o saltaban sobre una porción de suelo llana de agujeros. Soldados enfrentándose a marcianos. De Gaulle no tenía idea de qué país eran estos soldados. Por el momento no importaba. Tenía la oportunidad de matar extraterrestres y salvar las vidas de esos soldados. Podía redimirse en los ojos de sus superiores, y volver a hacerse de su rango.

"¿Reportamos esto al *Commandant Giraudeau?*" Bosquier se refería al antes *Capitaine Giraudeau*, quien recibió una promoción, convirtiéndose en el nuevo comandante regimental después de la degradación de de Gaulle.

"No." de Gaulle mantuvo la mirada sobre la batalla distante. "Creo que debemos de acercarnos y determinar exactamente qué está ocurriendo allá."

28

"Warhorse Uno, aquí Labrador Cuatro. Estamos en posición."

Patton tomó el micrófono al oír la voz del Teniente Kline, el oficial de comando de su pelotón de exploración, en la radio. "¿Qué ven, Cuatro?"

"Parece ser un par de centenares de marcianos y una compañía de rusos. Los calamares les tienen acorralados. Están resguardados detrás de trípodes caídos y en cráteres."

"¿Hay algún trípode operando?" preguntó Patton.

"Negativo. Los marcianos son sólo infantería. No hay señal de armamento pesado. Esperen, Warhorse."

Kline pausó por unos segundos. "Hay un gran agujero en el suelo, a 360 metros de nuestra posición. Veo un pelotón de marcianos saliendo de ahí. Parece que tenemos otra base subterránea aquí también."

"Entendido." Patton miró el mapa. "Estamos a unos cuatro kilómetros. Manténgame informado."

"Afirmativo, Warhorse Uno."

Patton fijó la vista sobre las colinas en la distancia. Su corazón latía cada vez más rápido por la anticipación. Este era el tipo de batalla que buscaba. De cerca y personal. Ya no se preguntaría si sus municiones realmente mataban marcianos. *Veré a esos feos hijos de perra en sus gigantes ojos cuando esparza sus entrañas por todo el maldito planeta.*

Al llegar a tres kilómetros de las colinas, Patton llamó a Kline. Éste le dio las exactas posiciones de las mayores concentraciones de soldados marcianos. Patton estudió el mapa topográfico. Un plan tomó forma con rapidez, el cual transmitió al resto del regimiento.

"Pero, Señor," dijo el Mayor Flanagan, comandante de la Batería B. "Necesitamos alejarnos para dar soporte efectivo."

"No es necesario, Mayor. Ahora cumpla mi orden."

"Sí, Señor," Flanagan respondió con renuencia.

Patton se puso más ansiosa a cada paso que se acercaban a las colinas. Finalmente se acercaba la oportunidad que había estado esperando. Les mostraría a todos los generales el verdadero potencial del AAP.

Al llegar al pie de la colina, ordenó a su regimiento detenerse y cargar rondas de metralla. Los AAP escalaron la empinada. Patton se mantuvo alerta, pero no escuchó nada. Maldijo la baja presión atmosférica. En la Tierra, podía oír el crujir de los rifles y el golpe de la artillería, los cuales consideraba combustible para el alma de un guerrero.

Los AAP llegaron a la cima. Ante ellos yacía un valle, desfigurado por cráteres y trípodes caídos. Rusos y marcianos se enfrentaban en una sangrienta lucha. Los humanos se veían severamente superados en número. Docenas de marcianos salieron de los cráteres y gateaban hacia la línea rusa, disparando con armas de fuego rápido.

Patton esperó a que hubiesen bajado unos quince metros sobre la empinada antes de ordenar detenerse a su regimiento.

"Apunten a la mayor concentración de marcianos en sus áreas asignadas. Abran fuego a mi señal."

Miró un grupo de marcianos acercándose peligrosamente a

La Guerra de los Mundos: Revancha

las líneas rusas. Sus rifles escupían balas como si fuesen granizo. Un par de rusos que intentaba responder el fuego cayó muerto instantáneamente. Los más astutos se quedaron resguardados en los agujeros. Dentro de poco, todos serían acabados.

"Merloni," Patton dijo a su conductor. "Gire diez grados a la derecha." Miró a su artillero. "Simpson. Eleve trece grados."

Los hombres siguieron sus órdenes.

Patton tomó el micrófono. "Todas las baterías... ¡Fuego!"

Sonidos bajos de docenas de tambores viajaron por el aire. Géiseres de polvo y roca saltaron entre los marcianos. Varios volaron por el aire, con tentáculos desprendidos flotando hacia el suelo como grotescas serpentinas festivas.

Patton frunció el ceño al ver que el disparo de su AAP falló por catorce metros.

"¡Simpson! Eleve tres grados más... ¡Fuego!"

El gran cañón dio un golpe sordo. Una explosión surgió en el centro de la unidad marciana.

"¡Sí!" Rugió Patton. "¡Tomen eso, feos bastardos!"

El ataque continuó. Penachos de humo y fuentes de tierra saltaron a lo largo de las líneas marcianas. Patton observaba la escena a través de binoculares, esperando ver señales de retirada. En vez de ello, se resguardaron en cráteres y siguieron disparando sobre los rusos.

Exhaló exasperado. La resistencia de los alienígenas se volvía más rígida a medida que se acercaban a la Planicie Arcadia. Algunos la calificarían fanática. Por supuesto, luchaban por la sobrevivencia de su raza. Había escuchado muchas historias de tiempos de la invasión, sobre unidades que luchaban hasta el último hombre. Probablemente sabían que no tenían oportunidad alguna en contra de los trípodes, pero al enfrentar la posibilidad de la exterminación absoluta, ¿qué opción tenían si no luchar?

Patton imaginó que los marcianos pensaban del mismo modo.

Si quieren luchar hasta la muerte, no tengo objeción.

Siempre y cuando ellos sean los que mueran.

"Warhorse Uno, aquí Labrador Cuatro. Tenemos más AAP acercándose por el oeste."

"¿Quiénes son?"

"Desconocidos."

Patton miró al oeste a través de los binoculares mientras el cañón de su AAP disparaba. Vio alrededor de veinte vehículos a tracción de oruga acelerando hacia las líneas marcianas. Repentinamente, viraron al norte. Patton frunció el ceño.

¿Qué diablos están haciendo?

Los AAP siguieron poco más de un kilómetros antes de virar a la derecha y embestir contra el flanco norte de los marcianos.

Patton tomó la radio. "Todas las unidades, estén informadas, tenemos aliados acercándose a los marcianos por el norte. Desvíen el fuego de ellos."

Varios de sus AAP giraron o bajaron sus cañones para asegurarse de no disparar contra los nuevos aliados. El AAP de Patton se sacudió al disparar. La ronda explotó en un cráter. Dos marcianos salieron volando, hechos pedazos.

Patton miró a los otros AAP. Esperó a que se detuvieran a disparar. En vez de ello, mantuvieron velocidad.

¿Qué diablos están haciendo?"

Algunos de los marcianos cubriendo el flanco norte vieron a los AAP y dispararon. Las chispas de las municiones de enemigas destellaron sobre los acorazados.

Los cañones de los AAP se quedaron silenciosos. Simplemente embestían a través de las líneas marcianas. Varios alienígenas trataban de huir, sólo para acabar aplastados bajo las bandas de rodaje. Varios destellos parpadeaban desde los costados de los vehículos. Patton acercó la vista con los binoculares. Soldados se asomaban por el casco abierto, disparando con ametralladoras.

El AAP líder viró a la izquierda, aplastando a otro marciano. Entonces Patton notó una cruz negra de hierro pintada en el costado.

Eran alemanes.

Un soldado se asomó por detrás del casco y disparó una ráfaga de su ametralladora MP-18.

Un minuto. Patton mantuvo los binoculares sobre el sujeto. Sus facciones aguileñas le eran muy familiares. *¿Podrá ser...?*

El alemán disparó otra ráfaga. Un marciano cerca del AAP cayó sufriendo espasmos, y después se quedó quieto. Los demás AAP le siguieron, aplastando y matando más marcianos. Soldados rusos salieron de los agujeros y corrieron a través de la carnicería detrás del paso de los AAP, aprovechando la abertura en las líneas enemigas.

Una sonrisa creció en el rostro de Patton. "Rommel, magnífico bastardo."

La unidad de Rommel rompió el flanco norte de los marcianos, mientras que el regimiento de Patton concentró fuego en el flanco sur.

"Warhorse Uno, aquí Labrador Cuatro," transmitió Kline. "Tenemos tres caminantes de batalla acercándose."

Patton miró sobre su hombro para ver las enormes máquinas avecinándose sobre la cresta. Parte de él deseó que estas máquinas se marchasen. Esta era la hora de los AAP.

Volvió los ojos al campo de batalla. La mayoría de la fuerza marciana estaba muerta o herida. Miró otra vez a los caminantes con una sonrisa torcida.

Siempre podemos dejar a esos grandes hijos de perra limpiar los restos.

Los caminantes marcharon cuesta abajo. Los rayos de calor salían de las cabinas en forma de concha de caracol. Patton vio varios marcianos siendo vaporizados. La alegría le llenaba.

A ver qué les parece estar del otro lado de las cosas, desgraciados.

Los marcianos que sobrevivieron se retiraron al gran agujero en el suelo. Los rusos les persiguieron. El regimiento de Patton se unió a la persecución, junto a la unidad de Rommel y los caminantes. Esperaba que los marcianos entrasen de vuelta en el agujero. En vez de ello, formaron un círculo a su alrededor y dispararon.

"Todas las unidades," Patton transmitió. "Usen las armas pequeñas."

Se apresuró hacia el armario y repartió ametralladoras Thompson a su tripulación. Las rondas enemigas chocaban contra los cascos metálicos de los AAP. Patton se asomó por el costado, vio a un marciano y disparó. Falló. Disparó otra vez. El alienígena sacudió los tentáculos y cayó al suelo. No volvió a moverse.

Un rayo de calor destelló por la mirilla del ojo de Patton, incinerando a un par de marcianos. Los rusos siguieron avanzando por el paisaje destruido, disparando sus rifles desde la cadera.

Patton, Simpson, Fuller, y el cargador del AAP, Dunn, dispararon ráfaga tras ráfaga de sus Thompsons. Los AAP de Rommel siguieron aplastando marcianos.

Dentro de poco, cada marciano alrededor del agujero estaba muerto.

"Parece que realmente quieren evitar que entremos." Patton observó los restos esparcidos de los extraterrestres. "Me pregunto qué tienen ahí que sea tan importante."

Saltó por sobre el borde de su AAP, con su Thompson en mano. Algunos de los rusos decían, "*Spasiba*."

"¿George? ¿Eres tú?" Alguien dijo en inglés con acento alemán.

Patton giró hacia el hombre bajo caminando hacia él.

"Erwin. Me parece que has probado que los AAP sirven para mucho más que disparar a kilómetros de distancia."

"Igualmente." Rommel extendió la mano, y Patton la estrechó. "Es bueno verte otra vez, *mein freund*."

"Y a ti. Fue una buena idea, disparar con ametralladores por los costados."

"Si, pero creo que habríamos hecho un mejor trabajo aún si tuviésemos ametralladoras montadas sobre los AAP para situaciones así."

Patton ladeó la cabeza, meditativo. Volteó a ver su AAP, imaginando una ametralladora Browning o una Lewis montada sobre el vehículo. Armas así, en conjunto con el cañón principal y un blindado más grueso haría del AAP una máquina de guerra mucho más mortífera.

Y si algún día hiciesen baterías para rayos de calor lo suficientemente pequeñas...

Las palabras de uno de los rusos interrumpieron su tren de pensamiento. Patton volteó a un joven de cara angosta y cabello castaño. Hablaba urgentemente y apuntaba hacia el agujero.

"¡Hey! Soy norteamericano." Palpó el parche de franjas y estrellas sobre su brazo. "Nor-te-ame-ri-ca-no. No sé qué diablos estás diciendo."

El ruso habló más alto y apuntaba frenéticamente hacia el agujero.

Patton gruñó. "Si, eso es de mucha ayuda."

"No hay problema, George," dijo Rommel. "Tengo a alguien en mi regimiento que habla ruso."

Ordenó a uno de sus hombres ir por el Mayor Benzing. Mientras esperaban, un grupo de soldados franceses de los caminantes de batalla se acercaban, liderados por un hombre alto y de cabello obscuro. Su identificación decía DE GAULLE. Éste miró a Patton y a Rommel, y frunció el ceño. "¿Puedo asumir que recibieron la misma transmisión de los rusos que yo?"

Patton notó un tono ofendido en la voz del francés. Le pareció que el francés quería toda la gloria para sí.

Mala suerte, tipo.

Para cuando Benzing llegó, otro ruso se les acercó. Éste tenía cara como de comadreja. Habló al joven soldado con un tono agresivo que le hizo dar unos pasos hacia atrás. Se veía nervioso, respondiendo con tono suplicando.

"*Tovarishch, Tovarishch.*" Benzing alzó las manos en gesto de amistad. Ambos rusos giraron hacia él al momento que presentaba a Patton, a Rommel, a de Gaulle, y a sí mismo. El joven ruso se identificó como Teniente Morgunov, mientras que el extraño hombre se llamaba Beria, quien Benzing dijo que era el comisario político de la unidad. Patton sacudió la cabeza. No podía imaginar tener a un burócrata exigiendo recitar la Constitución y alabar al Presidente Wood a diario. Probablemente acabaría matándole.

Morgunov decía un par de frases. Benzing las repetía en alemán a Rommel, quien las repetía en ingles a Patton. "El Teniente Morgunov quiere agradecernos por acudir en ayuda de su unidad."

"Dile que estamos felices de matar a esos bastardos en cualquier momento, y en cualquier lugar."

Después de que eso fuese traducido, Patton dijo, "Ahora pregunta si sabe algo sobre la base marciana allá abajo." Apuntó al gran agujero.

Morgunov comenzó a hablar, y fue interrumpido por Beria. "Este es el sector de responsabilidad del Ejército Rojo. Lidiaremos con lo que haya allá abajo. Su asistencia ya no es requerida. Márchense."

Rommel gruñó."Tipo agradable, ¿eh?"

"Es un imbécil." Comentó Patton.

"Pero Camarada Beria," dijo Morgunov. "¿Qué pasará con el Capitán Zhukov y los demás? Siguen allá abajo."

"¿No vio todos los marcianos que salieron de ahí, Teniente?

La Guerra de los Mundos: Revancha

Debieron de haber visto a Zhukov y a los demás. No es posible que sigan vivos." Beria giró hacia Patton y los demás. "Por autoridad del Partido Comunista, tomo ésta área de Marte en nombre de la Unión Soviética. Deben marcharse ahora o-"

Golpes sordos interrumpieron a Beria. Patton y Rommel giraron hacia la abertura. De Gaulle también se acercó, al igual que Morgunov.

Dos hombres en trajes espaciales aparecieron al fondo de la empinada.

"¡Es el capitán!" Morgunov gritó. "¡El Capitán Zhukov está vivo!"

Los soldados rusos vitorearon. Beria, como Patton alcanzó a ver, no era uno de ellos.

Zhukov y el otro ruso retrocedieron un paso hacia la empinada, tomaron sus rifles y dispararon. Eso sólo podía significar una cosa.

Más marcianos en camino.

29

"Erwin, me parece que estamos a punto de tener más compañía."

Sin esperar respuesta, Patton saltó de vuelta a su AAP. Rommel hizo lo mismo. Ordenó a Merloni bajar hacia la empinada.

"No se preocupen," añadió al ver la preocupación en el rostro del piloto. "Debe de ser suficientemente estable para aguantar nuestro peso."

"Sí, Señor."

Con un largo suspiro, Merloni llevó el AAP hacia adelante. Giró a la izquierda y avanzó. Patton se puso tenso, rezando porque no le haya mentido a Merloni.

Al no colapsarse la empinada, sus músculos se relajaron.

Ordenó a Simpson bajar el cañón cuando otro AAP llegó a su lado. Patton giró para ver a Rommel asintiendo. Patton reciprocó el gesto, y después miró hacia la empinada. Los rusos retrocedieron, disparando con sus rifles.

"¡Vamos! ¡Muevan el trasero, rusos!"

Uno de los rusos miró por sobre su hombro, palmeando al otro en el hombro. Corrieron detrás de los AAP mientras

Patton ordenó a Dunn cargar una ronda de metralla. Una masa de cuerpos en forma de patatas y tentáculos frenéticos apareció frente a ellos.

"¡Fuego!"

El AAP se sacudió. Un destello naranja y negro explotó entre los marcianos. El cañón del AAP de Rommel dio un golpe. Otra explosión cortó en la masa de extraterrestres.

Ambos dispararon otra vez. Algunos marcianos seguían vivos. Patton apuntó con su Thompson y disparó. El resto de su tripulación y la de Rommel abrieron fuego sobre los marcianos. Varios rusos tomaron posiciones alrededor de los AAP, junto con de Gaulle y los franceses. Golpes y chasquidos de armas pequeñas llenaron el aire mientras los marcianos se estremecían, sangraban y morían.

Patton y Rommel dejaron a la infantería despejar la empinada antes de retroceder en los AAP. Cuando los dos comandantes regimentales salieron de su vehículos, otro ruso - Zhukov, imaginó Patton - se quedó mirando al AAP con ojos muy abiertos, y después a los demás alrededor del agujero.

"Bien. Bien," Zhukov asintió. "Necesitaremos éstos. Necesitaremos mucho fuego."

Patton estaba a punto de preguntar a qué se refería cuando Morgunov se dirigió a Zhukov. "Capitán. No puede creer que usted y Rybakov salieron vivos de ahí." Dio una pausa. "¿Dónde están Vishnevski y el Sargento Zinchenko?"

"Muertos, me temo. Logramos ocultarnos en unos túneles de acceso mientras los marcianos pasaban sobre estas plataformas. Supongo que era cuestión de tiempo para que se terminase nuestra suerte. Zinchenko y Vishnevski cayeron justo antes de que alcanzásemos la salida."

Zhukov volteó hacia Patton y Rommel. "Necesitaremos sus AAP. El túnel es demasiado angosto para caminantes."

De Gaulle frunció el ceño al escuchar la traducción de

Benzing. "Sus AAP podrán pasar. Tenemos que bajar ahora mismo, y detener a los marcianos."

"¿Detenerlos?" Preguntó Patton.

"Los rumores sobre la Planicie Arcadia. Son acertados. Lo vi. Están resguardando algo."

"¿Qué?" Rommel avanzó, con ansiedad irradiando de su rostro. "¿Qué están resguardando?"

Zhukov apenas logró abrir la boca cuando Beria gritó, ¡No responda, Capitán! Lo que sea que los marcianos tengan ahí es asunto del Ejército Rojo. No le concierne a los imperialistas."

"Camarada Beria, lo que vi concierne a toda la humanidad. Debemos unirnos. Es el único–"

"¿Quiere unirse con esta gente?" Beria blandió el brazo a Patton, Rommel y de Gaulle. "¿Quiere que sus modos capitalistas y decadentes corrompan al Partido y todo lo que representa?"

"¡No entiende!" Zhukov gritó. "No vio lo que yo vi. Si no hacemos algo, no habrá más partido, no habrá más Unión Soviética."

Patton miró a Zhukov. ¿Estaba exagerando? ¿Realmente sabía qué había visto? Por lo que había escuchado, muchos soldados en el ejército ruso venían de pequeños poblados en mitad de lanada. ¿Sabrían qué apariencia tendría una súper-arma?

¿Qué tal si no está exagerando?

Beria miró intensamente a Zhukov. Su rostro se enrojecía mientras el silencio entre ellos se prolongaba a cada segundo.

"Evidentemente ha cedido bajo el estrés del combate."

"Le aseguro, Camarada Beria, estoy en mis cabales."

"Pues al sugerir que permitamos a los imperialistas acompañarnos, se ha marcado como un traidor hacia el Partido y la gente de la Unión Soviética. Usted permitiría a estos hombres robar tecnología avanzada que usarán algún día contra nuestra nación. Le declaro no apto para ejercer su función, y me declaro comandante de la compañía."

Beria giró hacia Morgunov. "Teniente. Ponga al Capitán Zhukov bajo custodia. Deberá de ser ejecutado por traición al Partido y al Camarada Stalin. Después obligará a los imperialistas a marcharse. Si se niegan, dispare--"

El golpe de un rifle hizo a Patton agitarse en su sorpresa. Tomó su Thompson cuando vio a Beria tambalearse, boquiabierto.

Zhukov dio un paso hacia el oficial político, con un jirón de humo saliendo de su Mosin-Nagant. Jalo el perno del rifle y disparó otra vez. Un agujero sangriento apareció justo bajo el pecho de Beria. Éste tropezó hacia atrás, buscando su pistolera. El hombre herido nunca pudo tomar su pistola. Con un jadeo de asfixia, cayó sobre su espalda. Beria miraba el cielo azul grisáceo de Marte con ojos despojados de vida.

"Diablos," murmuró Patton.

"Una tragedia, camaradas," gritó Zhukov. "*Politruk* Beria fue muerto por balas marcianas, en defensa de la gente de la Unión Soviética."

Varios soldados rusos se miraron entre sí, y después a Zhukov. Todos asintieron. Patton juraba que algunos sonreían.

¿Qué clase de torcido ejército es este? Un oficial le dispara a otro, ¿y todos están de acuerdo? Nunca podría concebir algo similar en el ejército norteamericano.

"Mis disculpas," Zhukov dijo a Patton, Rommel y de Gaulle. "Beria no era un soldado. Sólo un cerdo de los *Cheka* enviado para espiarnos y asegurarse de que seamos leales al Partido. Un insulto para los verdaderos soldados."

Patton asintió, sin saber cómo responder.

"No hay tiempo para esas cosas. Debo mostrarles lo que vi. Necesito algo sobre qué dibujar."

"Aquí." Patton le dio unos de los mapas del bolsillo de su traje, junto con un bolígrafo.

La Guerra de los Mundos: Revancha

El pequeño grupo caminó hacia el AAP de Patton. Zhukov extendió el reverso del mapa sobre el casco. Dibujó un gran óvalo con cuatro bloques al fondo, dos en la espalda, y cuatro bultos en la parte superior. Patton frunció el ceño. El sujeto no era ningún Van Gogh.

"¿Qué se supone que es esto?" de Gaulle miró el boceto con desprecio. Los franceses tenían ojo para las artes. De Gaulle probablemente sentía que un trabajo así debía de ser ilegal.

"Creo que es una nave. Una enorme nave, del tamaño de una ciudad pequeña."

"Imposible," de Gaulle dijo. "¿Cómo puede ser una nave tan grande?"

"Es lo único que podría ser." Zhukov apuntó a los bloques. "Esos son escapes. No pueden ser otra cosa. Es una nave espacial, la más grande que yo o alguien más haya visto jamás."

Patton silbó en asombro. "Si lo que dice es verdad, imagines cuántos misiles y rayos de calor pueden cargar en esa cosa."

Los ojos de Morgunov se abrieron ampliamente. "¿Piensan que los marcianos van a invadir la Tierra otra vez?"

"Lo dudo." Rommel sacudió la cabeza. "Después de que su invasión fuese acabada por bacterias, no creo que los marcianos vayan a querer volver a poner pie, o tentáculo, en la Tierra. Pero podrían bombardear el planeta desde órbita."

"Y con la mayoría de la flota de la FEAE alrededor de Marte," dijo Patton, "esa nave podría destruir las pocas naves alrededor de la Tierra, y tener todavía suficiente poder para aniquilar la mayoría de nuestras ciudades mayores."

"¿Hay algo más que pueda decirnos sobre esta nave?" Preguntó Rommel.

Zhukov asintió. "Si, algo un poco extraño."

"¿Qué?" de Gaulle le miró con curiosidad.

"Vi que los marcianos cargaban un gran tubo de cristal en la nave. Estaba empañado, pero alcancé a ver a un marciano dentro. No se movía. Pensé que estaba muerto, ¿pero por qué pondría uno a un marciano muerto a bordo de una nave?"

Las comisuras de la boca de Patton se ondularon al meditar sus palabras. El *Ruski* tenía razón. ¿Por qué poner marcianos muertos a bordo de una nave?

Miró a Rommel. El alemán miró al suelo con expresión meditabunda.

"Parece que tienes algo en mente, Erwin. ¿Quieres compartirlo?"

Rommel levantó la mirada. "Esos tubos que el Capitán Zhukov describió. No veo la finalidad de almacenar marcianos muertos en una nave. Pero..."

"¿Pero qué?" Preguntó de Gaulle.

"Hay un artículo que leí hace unos años en una revista de ciencia, escrito por Nikola Tesla."

Los oídos de Patton se alzaron a la mención de ese nombre. Nikola Tesla había sido instrumental en el desarrollo de naves espaciales y CCE. Muchos le consideraban el hombre más inteligente del mundo.

Rommel continuó. "Escribió sobre la posibilidad de viaje interestelar con el uso de nuestra tecnología actual."

"¿Y cómo sería eso posible?" de Gaulle se preguntó en voz alta. "El sistema estelar más cercano es Alfa Centauri, a más de cuatro años luz de distancia. Incluso con motores de fusión, tomaría al menos dos siglos hacer tal viaje. La tripulación tendría muchos años de muerta antes de llegar."

"Cierto." Rommel alzó un dedo. "Pero Tesla ingenió un modo para evitar eso. Teorizó que podríamos congelar a un ser humano y mantenerlo vivo en lo que él llamó 'animación suspendida'."

"¿Animación suspendida?" Patton lanzó una mirada a su amigo.

"Tesla dijo que podríamos inyectar una solución congelante en el sistema circulatorio humano. Aunque una persona pudiese aparecer muerta, en realidad estaría viva, apenas. El pulso, la actividad cerebral, envejecimiento, todo básicamente se detendría."

Rommel añadió una teoría sobre cómo podría funcionar tal máquina. Patton no logró entender la mayoría de ésta, pero sabía que Rommel tenía aptitud para conocimientos técnicos. De no haber sido por la invasión marciana, su amigo alemán habría sido un ingeniero brillante.

"Para cuando la nave llegase a, digamos Alfa Centauri o incluso un sistema mucho más lejano como Sirius o Épsilon Indi, la tripulación podrá ser revivida por un CCE sin haber envejecido un día, incluso si hubiesen transcurrido cientos de años."

"¿Creé que los marcianos se están congelando para tal viaje?" de Gaulle preguntó.

"Por lo que describe el Capitán Zhukov, diría que sí."

"Entonces no es una nave de guerra lo que están construyendo," dijo Patton. "Esos hijos de perra se están construyendo un Arca de Noé."

"El promedio de vida de un marciano es sólo diez o veinte años más que el de un humano. Ellos también necesitarán cómo sobrevivir el viaje."

"¿Entonces los marcianos viajarán lejos?" Morgunov miró a los demás oficiales. "Eso es bueno. Se irán y nunca nos volverán a molestar."

"¿Quién dice los calamares no tienen algunos misiles a bordo?" Patton apuntó. "Tal vez planean volar a la Tierra y destruir nuestras ciudades como regalo de partida antes de largarse a Dios sabe dónde."

"Si lo que dice el Capitán Zhukov es verdad," dijo de Gaulle, "entonces hay una posibilidad aun mayor. ¿Qué tal si los marcianos encuentran un nuevo planeta donde vivir? Podrían desarrollar su tecnología hasta el punto de tener motores que puedan viajar entre sistemas solares en el mismo tiempo que nos toma viajar de la Tierra a Marte. Podrían construir armamento más poderoso de lo que podamos imaginar, armas contras las que no podremos defendernos."

"Pero por lo que dicen, eso tomará siglos," dijo Morgunov. "Ninguno de nosotros vivirá para ver eso ocurrir."

De Gaulle miró al joven ruso con ira. "Nosotros no estaremos, pero nuestros descendientes sí, y ellos los maldecirán por no haber detenido a los marcianos cuando tuvimos la oportunidad."

"Debo decir que *Monsieur* de Gaulle tiene razón." Patton asintió hacia él. "Nuestras órdenes es hacer que los marcianos estén tan extintos como los dinosaurios. Después de lo que le hicieron a nuestro planeta, el pensar que alguno de esos babosos bastardos siga con vida, sin importar qué tan lejos de la Tierra, me hace enfermar. Así que yo digo que sólo hay una cosa qué hacer."

Volteó hacia la boca del túnel, y de vuelta a los oficiales. "Bajamos y destruimos esa arca espacial."

30

Hashzh nunca había visto a un Shoh'hau arrastrarse tan rápido. Sin embargo, el Consejero Supremo Frtun y el resto del Consejo Guía se arrastraban sobre una de las rampas de la enorme nave relocalización interestelar con gran urgencia.

"¡Preparen los tubos criogénicos!" Rezdv gritó. Hashzh pensó que era poco característico de un consejero Shoh'hau. Dadas las circunstancias, podía ignorar su falta de decoro.

Los soldados Brohv'ii se acercaban al sitio de despegue.

"¡Preparen los tubos criogénicos!" Rezdv gritó una vez más. "¡Los Brohv'ii están en camino! ¡Debemos de irnos de inmediato!"

"¡Cálmese, Rezdv!" El Consejero Supremo Frtun le regañó.

Rezdv se quedó callado, pero sus tentáculos temblaban de miedo al acercarse a la gran puerta circular detrás de Hashzh. Dentro estaban los tubos que congelarían a los líderes de Shoh para su viaje hacia cualquier planeta distante que se convertiría en su nuevo hogar. Quedaban 20,000 Shoh'hau por ser congelados, muchos expertos en ingeniería, astronomía, agricultura, y seguridad; todos elementos necesarios para reconstruir su sociedad.

El miedo se acumulaba dentro e Hashzh. Todos sus cálculos mostraban que necesitarían un mínimo de 200,000 para establecer una colonia viable para proteger y sostenerse. ¿Sería ese déficit la diferencia entre la sobrevivencia y la extinción?

Tendrían que sobrevivir con sus números actuales. No tenían otra opción.

"Guardián Supremo," Frtun dijo. "Mis disculpas. Usted no podrá acompañarnos. Las circunstancia dictan que usted permanezca aquí para retrasar a los Brohv'ii. Tomará tiempo congelarnos y almacenarnos. Debe de repeler a los invasores, sin importar el costo."

"Comprendo, Consejero Supremo." Hashzh decía la verdad. No estaba feliz con ello. No tenía deseos de morir. Pero como líder de la Fuerza de Guardia, era su deber proteger a la raza Shoh'hau, especialmente a sus líderes.

"No puede fallar, Guardián Supremo," dijo Rezdv. "Es inconcebible que nuestra gran raza perezca mientras que salvajes como los Brohv'ii vivan."

Hashzh miró a los demás consejeros. Muchos parecían compartir ese miedo.

Tal vez debería decirles. No veía el punto en mantenerlo en secreto. El Consejo Guía pronto estaría en la nave de relocalización. Probablemente estaría muerto para cuando saliesen del sistema solar.

"No necesitan preocuparse por ello, consejeros. No importa qué ocurra con nuestra raza, los Brohv'ii finalmente serán exterminados. Me he asegurado de ello."

"Explíquese, Hashzh," Frtun exigió.

Les dijo sobre su propio proyecto final. Una vez hubo terminado, casi todos los consejeros gorgotearon perplejos. Voltearon a verse entre sí, blandiendo los tentáculos.

"¿Acaso ha sufrido fallos su cerebro, Hashzh?" La voz de

Frtun se alzó en ira y conmoción. "Ha engañado al Consejo Guía y utilizado recursos que podrían haber sido usados para la nave de relocalización. Podríamos haber comenzado ya nuestro viaje."

"No tuve otra opción, Consejero Supremo. *Ustedes* no me dejaron otra alternativa."

"¡Insolencia!" Balbuccó Rezdv. "¿Cómo se atreve a hablarnos en tal manera?"

"¿Cómo se atreven ustedes a no proveer a los Shoh'hau con lo necesario para defender nuestro mundo? Ciclo tras ciclo, ustedes han negado mis solicitudes para construir más naves espaciales y máquinas de guerra. Ahora vean el resultado. Hemos matado a muchos soldados Brohv'ii, pero aun lograron vencer a la Fuerza de Guardia. ¿De qué sirven armas personales contra máquinas de batalla o naves que pueden bombardearnos desde órbita? De haber aprobado mis solicitudes, podríamos haber repelido a los invasores Brohv'ii."

Hashzh sintió la totalidad de su cuerpo estremeciéndose. La incredulidad le poseía. ¿Alguna vez se había dirigido alguien de esta manera hacia el Consejo Guía?

Frtun no tenía palabras qué decir. Pasó mucho tiempo antes de que el Consejero Supremo hablara. "Lo que ha hecho es impensable. Esta rebeldía es inaceptable. Es algo bueno que usted se quede aquí a morir. Usted es el ser menos apto que los Shoh'hau jamás han producido. ¡Fuera de mi vista!"

Hashzh no dijo nada. Se alejó del Consejo Guía, sintiendo el ultraje emanando de sus ojos.

¿Cómo se atreven a sentirse ofendidos? El Consejo Guía debería de haber propuesto un plan para erradicar a los Brohv'ii tras el fracaso de la Misión de Limpieza. En vez de ello, les temieron tanto que ignoraron el resto del planeta, como si eso fuese a evitar que sus habitantes algún día amenazaran Shoh.

Ahondar en lo que el Consejo Guía debería haber hecho era un esfuerzo inútil. Nada cambiaría el hecho de que los Brohv'ii estaban cerca del sitio de lanzamiento. Todo lo que Hashzh podía hacer era retrasarles y asegurarse de que algunos de sus hermanos Shoh'hau hayan sobrevivido.

Patton miró detrás de él hacia las llamas y el humo saliendo del AAP. Frunciendo el ceño, volteó a la pila de cuerpos mutilados de los marcianos. Les habían volado en pedazos, pero no antes de que uno de ellos utilizase una especie de mortero a control remoto para ultimar uno de sus vehículos. La ronda cayo precisamente sobre el compartimento expuesto de la tripulación, matando a cada hombre en su interior y deshabilitando el cañón.

¿Cuántas veces les dije a esos imbéciles generales que los AAP necesitan una cubierta?

Gruñendo, Patton esperó a que los soldados de Zhukov subieran a bordo de los AAP antes de adentrarse en los túneles. Tomando fuertemente su Thompson, observó hacia delante, en alerta frente a cualquier señal de marcianos, al igual que los ocho soldados viajando con él. Patton sintió como si estuviese pilotando una lata de sardinas, pero no podían dejar que los soldados de infantería caminasen. Les tomaría demasiado tiempo llegar al 'arca espacial'. Patton tenía el presentimiento de que tenía llegar ahí pronto.

Se puso tenso al llegar a otro túnel de acceso. Fueron emboscados en el último túnel que pasaron. ¿Ocurriría lo mismo esta vez?

Patton levantó su Thompson, con el dedo envuelto alrededor del gatillo. Se acercaban al túnel. Cada vez más cerca.

No aparecieron más marcianos.

Los AAP siguieron avanzando. Pasaron por otro túnel de acceso, y luego otro. No hubo más emboscadas.

"Prepárense todos," La voz de Rommel venía de la radio.

La Guerra de los Mundos: Revancha

"El Capitán Zhukov dice que estamos cerca de la entrada al arca."

"Bien, ya lo oyeron." Patton miró a su tripulación y a sus pasajeros rusos. "Casi llegamos. Esperen un comité de bienvenida de los marcianos. No me importante cuántos de esos hijos de perra nos pongan en frente. Vamos a acabar con todos, y aplastarlos, y asegurarnos de que esa arca no despegue. ¿Entendieron?"

"Sí, Señor." Su tripulación respondió.

Los soldados rusos sólo le miraban. Incluso si ninguno de ellos pudiese entender una palabra que decía, aún eran guerreros, y ciertamente comprendían el sentimiento de sus palabras.

Maten a los malditos.

La luz de los faros del AAP reveló una enorme puerta de acero adelante.

Justo en frente de ella había al menos un centenar de marcianos.

El traqueteo de las armas de fuego rápido hizo eco en el túnel. Las rondas rebotaban del acorazado del AAP. El casco de un soldado ruso estalló. Una masa de sangre cubría su cabeza.

Patton disparó un par de ráfagas de su Thompson, y después tomó el micrófono del radio.

"¡Suéltenlo todo sobre los bastardos!"

La artillería abrió fuego, los golpes de sus disparos se oían un poco más alto en el túnel. Las rondas de metralla explotaban entre los marcianos, desgarrando sus cuerpos. Soldados rusos saltaban de los AAP. Se quedaron detrás de los vehículos mientras disparaban con rifles y ametralladoras. Dunn cargó otra ronda de metralla. Patton le ordenó girar cinco grados a la izquierda, y después ordenó a Simpson disparar. Una fracción de segundo después, una nube de humo y fuego borró un grupo de marcianos. Otros AAP detrás de

Patton abrieron fuego. Las explosiones hicieron llover pedazos de marcianos.

Algo zumbaba sobre ellos. Patton reconoció el sonido.

Morteros.

Dos rondas estallaron sin causar daño alguno. Otra cayó cerca de una AAP alemán. La metralla ultimó a un soldado ruso que se encontraba demasiado atrás.

Una ronda más sacudió el AAP. Fuego y humo salían del cañón estropeado.

Más balas de los marcianos llovían sobre el AAP de Patton. Una alcanzó a rebotar en el interior. Dunno gritó y se aferró a su pierna izquierda.

"¡Dunn! ¿Estás bien?"

El cargador dudó al retirar su mano. Se notaba un desgarre sobre su muslo.

"Sólo un rasguño, Coronel."

"Bien." Patton aplicó sellador de emergencia. "Ahora carga más rondas para que matemos a estos calamares."

"Con gusto, Señor."

Los marcianos eliminaron otros dos AAP. Pero al disparar casi a rango de quemarropa, los regimientos de Patton y Rommel aniquilaban grupos de marcianos. La infantería rusa acabó con otros, junto con de Gaulle y su pequeño grupo, quienes solo podían luchar con sus carabinas, pues los caminantes de batalla no cabían ahí abajo.

El raqueteo de las armas de los extraterrestres comenzó a desvanecerse. Patton trató de vislumbrar algo a través de la neblina de humo que se había asentado en el túnel. No podía detectar movimiento alguno.

"Cesen el fuego," transmitió a los demás AAP. "Cesen el fuego."

Zhukov llevó a varios de sus hombres hacia adelante para revisar a los marcianos, acompañados de de Gaulle y sus hombres. A veces, Patton llegó a escuchar el sonido de un rifle.

Algún soldado se aseguraba que un alienígena no volviese a moverse.

Diez minutos después, de Gaulle se acercó a su AAP. "Todos los marcianos están muertos. Una vez más, pelean hasta el duro final."

"Considerando lo que hay detrás de esa puerta, uno no puede culparlos."

Rommel se acercó a la neblina y comenzó a examinar la gran puerta.

"Se ve bastante gruesa, Erwin. Me pregunto si nuestras municiones tendrán algún efecto."

"No creo que funcionen directamente, pero déjame ver…"

Rommel se acercó más a la puerta. Su cabeza detrás de una pantalla de cristal se movía de lado a lado, arriba abajo. Patton veía al ingeniero que había dentro de su amigo tratando de resolver el problema.

Descífralo rápido. No vine hasta aquí solo para que me tenga una enorme puerta.

"Ahí." Rommel apuntó hacia arriba. "Sobre la parte superior. Esa debe de ser la parte más frágil. Le daremos con explosivos de alto poder, y con suerte, podremos desprenderla."

"¿Con suerte?" Patton ladeó la cabeza.

"Creo que es nuestra única opción, considerando lo que tenemos a la mano."

Patton le miró. Esperó que no tuviesen que usar demasiadas municiones sobre esta puerta. Quería tener suficientes para lo que fuese que les esperaba del otro lado.

Pero si no penetramos, esa arca espacial va a zarpar.

Incluso si lograse despegar, aun tendría que pasar por la flota de la FEAE. Seguramente la volarían en pedazos.

¿Qué tal si no pueden? El arca debía de estar armada, dado que transportaba el futuro de la raza marciana. No necesitaba posicionarse para combatir a la flota. Sólo bastaba hacer un

agujero a través de un grupo de naves, y después emprender marcha. Después podrían volver dentro de cientos de años para reanudar la guerra, como de Gaulle temía.

No podían arriesgarse a esa posibilidad.

Patton asintió a Rommel. "Hagámoslo."

Los AAP retrocedieron y elevaron los cañones. Una vez que Dunn hubiese cargado una ronda explosiva de alto poder, Patton comunicó al resto, "Abran fuego, y sigan disparando hasta que la puerta ceda."

El redoble de artillería llenó el túnel. Bolas de fuego nacieron en la parte superior de la puerta. Pedazos de rocas caían sobre cuerpos sin vida de marcianos.

Ráfaga tras ráfaga explotó en los bordes de la puerta. Patton la examinó con la mirada, buscando alguna señal de que estuviese debilitándose.

No encontró ninguna.

Patton comenzó a rechinar los dientes. Parecían que iban a agotar todas sus municiones.

Un gemido grave salió de la puerta. Patton tomó el micrófono. "¡Cesen al fuego! Cesen al fuego!"

Los cañones silenciaron. El gemido se oía más fuerte.

Vamos, maldita.

Una amplia grita de luz apareció sobre la puerta, y se hacía más grande a medida que la puerta caía hacia atrás. Patton prácticamente saltó al frente del AAP, con los dientes afuera al ver cómo se desprendía lentamente. Maldijo la gravedad de Marte.

Con un gran golpe sordo, la puerta golpeó el suelo. La entrada vertía luz brillante hacia el túnel.

Patton extendió su brazo. "¡ADELANTE!"

31

Habían llegado. Realmente habían llegado.

Hashzh se vio conmocionado al ver los vehículos de los Brohv'ii avanzar hacia el sitio de lanzamiento. Pensó en la Fuerza de Limpieza, y en las bacterias Brohv'ii que les diezmaron. La preocupación se desvaneció. Él y todos los demás Shoh'hau usaban trajes protectores.

Sin embargo, mientras eran inmunes a las enfermedades Brohv'ii, no eran inmunes a sus armas.

Retrocedió al momento que las explosiones se desataron a lo largo del sitio de lanzamiento. Guardianes y técnicos caía sobre el suelo y de rampas, con agujeros sangrientos en sus trajes.

Hashzh tomó su arma personal y abrió fuego. El raqueteo de las demás armas se desencadenó a su alrededor, al igual que el golpe de los disparos de morteros personales. Humo y llamas salían de dos de los vehículos de guerra de los Brohv'ii.

Más rondas enemigas hicieron explosión entre los guardianes. Hashzh recargó su arma y giró a la nave de relocalización. Un Shoh'hau guiaba una plataforma de transportación con un tubo criogénico hacia la nave. Este debía de contener al Consejero Supremo Frtun. Observó la rampa que daba a la cámara criogénica. Otra plataforma con un tubo criogénico se acercaba a la nave. Otro miembro del Consejo Guía.

Tenían que llegar a salvo a la nave. ¿Cómo podría funcionar una nueva civilización sin sus líderes?

Hashzh se escabulló por el suelo. Ordenó a otros cinco guardianes a seguirle.

Cuando llegaron a la puerta circular al final de las instalaciones de lanzamiento, Hashzh alzó un tentáculo y lo golpeó contra el panel de control sobre la pared. La puerta de abrió, revelando tres grandes plataformas de transportación.

Cada una equipada con un arma de energía.

Rommel hizo una mueca cuando otro AAP explotó en llamas. Vio un trío de marcianos a treinta metros de distancia. Uno portaba un mortero y estaba a punto de recargar.

"Artillero," dijo a la remplazo de Frosch, un soldado delgado llamado Dasbach. "Metralla. Tres marcianos. Treinta metros adelante. Conductor. Cinco grados a la izquierda."

Ehelechner giró el AAP a la izquierda mientras Kopitz cargaba la ronda. El marciano con el mortero giró hacia su dirección cuando Dasbach tiró del acollador. El disparó estalló justo detrás de los marcianos. La metralla seccionó sus cuerpos, convirtiéndoles en una masa sangrienta.

El AAP avanzó con unos cuantos rusos detrás de ellos. Rommel vio explosiones en el costado del arca espacial, pequeñas luces sobre la enorme nave. Era poco probable que estuviese causando daño significativo.

Tomó el micrófono. "Todas las armas. Concentren fuego sobre los motores."

Pequeñas bolas de fuego florecieron en los dos grandes

motores montados a babor. Rommel apretó la quijada. ¿Tenían efecto alguno sus disparos? Los cascos de las naves espaciales estaban diseñados y construidos para soportar cambios atmosféricos, al igual que amenazas espaciales como radiación y pequeños meteoritos.

¿Cómo podían sus municiones penetrar eso?

El pavor se acumulaba en su estómago. ¿Sería este ataque en vano?

Un rayo blanco alumbro el sitio. Rommel giró la cabeza hacia su izquierda. Uno de sus AAP fue envuelto en llamas.

"*Was ist das?*"

Miró hacia el extremo del sitio de lanzamiento. Tres plataformas pasaron rozando el suelo, cada una con un rayo de calor similar a los que usaban los trípodes marcianos.

Otro AAP fue destruido.

Hashzh miró con satisfacción la máquina de guerra en llamas. La plataforma a su derecha disparó. El rayo falló. El artillero corrigió su puntería y disparó nuevamente. Las llamas consumieron la máquina de guerra.

Hashzh disparó otro una más. Por un momento, se dio una reprimenda mental. Debió de haber mandando construir más de estas plataformas. Habrían sido de gran ayuda para los guardianes de suelo. En vez de ello, todo lo que tenía a su disposición eran estos tres prototipos.

Terminó con estos pensamientos inútiles. Ahondar en esta falta de previsión no lograría nada.

Doblando el mando hacia la derecha, Hashzh rotó el arma contra otra máquina Brohv'ii.

De Gaulle vio otro AAP explotar en llamas.

¡Mierda! Vio las plataformas con rayos de calor montados seguir continuar su avance. Qué no daría por estar pilotando su caminante de batalla ahora mismo.

Agachado sobre una rodilla, apuntó con su carabina Berthier y disparó, al igual que los miembros de su tripulación. Ninguno de sus disparos dio contra el marciano en las plataformas.

Un par de AAP dispararon con sus cañones. Nubes negras y naranjas salieron del suelo. No era lo suficientemente cerca para eliminar a las plataformas. Los marcianos reciprocaron el fuego, destruyendo dos AAP.

Varios AAP retrocedieron. La infantería rusa también se retiró. De Gaulle rechino los dientes al sentir las memorias de Ciudad Tharsis inundando su mente. No volvería a retirarse, no ahora que los marcianos estaban a punto de escapar a un nuevo planeta.

Las balas zumbaban por doquier. De Gaulle miró a la izquierda. Seis marcianos se acercaban, portando sus armas de fuego rápido.

Disparó con su Berthier. La sangre chorreó del ojo de uno de los marcianos. De Gaulle miró por sobre su hombro y vio un rampa pequeña que daba a una puerta circular.

"¡Cúbranse!" Gritó sobre los golpes sordos de las carabinas de Bosquier y Ponge.

Corrieron hacia el mapa, agachados para esquivar los disparos de los marcianos.

Un jadeo ahogado vino de Ponge. Lentamente cayó al suelo.

"¡Ponge!" Bosquier comenzó a girar hacia su compañero.

"¡No!" Gritó de Gaulle, al ver grandes agujeros sangrientos en la espalda de Ponge. "Está muerto. ¡Muévete!"

Los dos se dirigieron hacia la rampa tan rápido como podían en la gravedad de Marte. Otra ráfaga de balas les pasó de lado. Ninguna les dio.

Se zambulleron debajo de la rampa. De Gaulle giró y asomó la cabeza tanto como pudo. Las balas cayeron sobre la superficie de la rampa. Alcanzó a ver a un marciano y disparó. Éste se sacudió. De Gaulle volvió a resguardarse debajo de la rampa. Bosquier disparó y volvió a resguardarse.

De Gaulle alcanzó a ver una ronda detonar cerca de una plataforma. La metralla hizo pedazos a los dos marcianos sobre ésta. Uno cayo de la plataforma mientras que el otro seguía adherido a los controles, sin moverse.

Va uno.

Pero quedaban dos plataformas todavía, al igual que los soldados marcianos a pie, al igual que el arca espacial.

"¡Hijo de perra!" Patton miró la ruina en llamas que solía ser uno de sus AAP.

Muchos de sus vehículos y de Rommel seguían retrocediendo, tratando de establecer distancia entre ellos y las plataformas marcianas.

"Esta estupidez de retroceder no nos va a llevar a ningún lado."

Patton transmitió en la radio. "Compañía A, Compañía B. ¡Formen una línea y manden a esas plataformas al infierno! ¡Todos los demás, contra esa arca!"

Patton ordenó otra ronda explosiva para el motor de babor. Sus ojos parpadeaban entre el arca y las plataformas. Algunos de sus AAP habían tomado posiciones y comenzado su ataque. Unas cuantas rondas explotaron alrededor de las plataformas, pero ninguna sufrió daños. Patton enseñó los dientes. *¡Disparen contra esas malditas cosas!*

Rayos blancos alumbraron el sitio de lanzamiento. Dos de sus AAP se convirtieron en bolas de fuego. Algunos de los AAP alemanes avanzaron para reforzar a los norteamericanos, liderados por Rommel mismo. El Capitán Zhukov le siguió con la infantería, disparando contra los soldados marcianos a pie.

El cañón de su AAP disparó. Las explosiones florecían alrededor de los motores del arca. Revisó con los binoculares. No había señal alguna de daño.

"¡Maldita sea!" Debía de haber un modo de atravesar esa armadura. Si tan solo tuviese municiones más potentes. O armas más potentes.

Detectó movimiento por la mirilla del ojo. Otra plataforma salía de un sitio sobre una de las rampas. En vez de un rayo de calor, cargaba un tubo de congelación.

Los ojos de Patton siguieron sobre la plataforma, mientras éste pensaba. Sin importar qué tan grande fuese el arca, los marcianos no podían llevar a toda su población. Si iban a reconstruir su sociedad en otro lado, tenía sentido llevar a sus mejores sujetos, los más brillantes y hábiles. ¿Cuántos científicos, médicos, ingenieros, y guerreros tenían alojados? Patton no se sorprendería si algunos de esos tubos alojasen a miembros de su Consejo Guía.

"Merloni, gire cuarenta y cinco grados. Simpson, eleve el cañón once grados."

Los soldados siguieron sus órdenes. Patton ordenó a Dunn cargar una ronda de metralla.

Al menos no voy a desperdiciar municiones con ésta. "¡Fuego!"

El AAP se sacudió con el disparo. La ronda explotó a unos metros de la plataforma. El extraterrestre controlándola sacudió los tentáculos y cayó inmóvil. La metralla estrelló el tubo de cristal, matando al marciano en su interior.

"Disparen más hacia esa puerta," ordenó Patton. "Probablemente tienen más paletas marcianos ahí."

HASHZH GIRÓ AL VER EL DESTELLO Y SENTIR EL TEMBLOR.

Las llamas habían tomado la plataforma armada detrás de él. Su preocupación se incrementó.

Ahora sólo quedaba él contra todos.

Incluso con su armamento avanzado, sabía que no iba a sobrevivir, no contra tantos. Los Brohv'ii acabarían matándole. Todo lo que podía hacer era matar a tantos como les era posible y salvaguardar al resto del Consejo Guía y la nave de relocalización.

Hashzh apuntó hacia otra máquina de guerra y disparó, haciéndola explotar. El guardián controlando la plataforma se movió hacia la derecha. Dos municiones de los Brohv'ii fallaron. Sintió la vibración de los disparos y las explosiones.

Giró el arma hacia otra máquina enemiga cuando alcanzó a ver humo saliendo de uno de los cuartos sobre la plataforma de lanzamiento. La conmoción le dejó estático al darse cuenta de cuál era.

La cámara criogénica.

Hashzh gorgoteó perturbadamente al ver las llamas.

El Consejo Guía. ¡Siguen ahí!

Alcanzó a ver un tubo destruido sobre una plataforma de transporte. Este debía de ser uno de los consejeros. Muerto. El Consejo Guía. Los líderes de Shoh. ¿Estaban todos muertos?

Hashzh soltó un alarido de angustia. *¡El Consejo Guía está muerto, asesinado por los Brohv'ii, por una raza no diferente a un hongo con consciencia!*

Miró de vuelta a las máquinas de guerra, caminó y abrió fuego. El rayo falló. Dos municiones explotaron en la cercanía.

¡Mueran! ¡Deben de morir por matar al Consejo!

Hashzh disparó otra vez. El rayo dio contra una máquina Brohv'ii. El humo comenzó a salir de su costado.

No todo el Consejo está muerto. Hashzh disparó el rayo con un tentáculo y activó el comunicador con otro. "Comandante Befvg," llamó al comandante de la nave de relocalización.

"Sí, Guardián Supremo."

"Despeguen ahora mismo."

"Pero el resto del Consejo Guía no está aún abordo."

"El resto del Consejo Guía está muerto." Hashzh disparó, destruyendo otra máquina enemiga. Las municiones siguieron explotando en la cercanía.

"¿Muerto?" Befvg digo con tono neutral. "¿El Consejo Guía está muerto?"

"Si."

"¿Qué hacemos? ¿Qué podemos hacer sin el Consejo?"

"El Consejero Supremo Frtun sigue vivo. Está a bordo de la nave."

"Peros siempre hemos tenido nueve," dijo Befvg. "¿Cómo puede uno solo liderar a todos los Shoh'hau?"

"¡Tendrá que ser así!" Su tentáculo se resbaló del gatillo. Agitó los tentáculos, iracundo. "No tenemos elección. ¡Despeguen ahora antes de que los Brohv'ii puedan dañar la nave!"

32

Rommel observó el patrón zigzagueante del rayo de calor sobre la plataforma. A la izquierda por unos segundos, después a la derecha por unos segundos. Izquierda, derecha, izquierda, derecha. El marciano se estaba volviendo predecible.

Un patrón fatal.

"Ehelechner. Diez grados a la derecha. Kopitz, cargue una ronda explosiva de alto poder."

El AAP giró a la derecha. Rommel mantuvo la mirada sobre la plataforma. El marciano controlando el arma no había disparado por varios segundos. Éste blandía sus tentáculos. Rommel podía jurar que se veía agitado y nervioso.

Miró el barril del cañón, esperando... esperando.

"*Adfeuern!*"

"¡Si no despega ahora, usted condenará a los Shoh'hau a la extinción!" Hashzh gritó. "¿Es eso lo que pretende?"

"No, Guardián Supremo."

"Enton-"

Un rugido ensordecedor ahogó sus órganos auditivos. Hashzh gritó al volar por los aires. Su cuerpo estaba envuelto por un calor intenso.

Cayó al suelo. Su visión estaba obscurecida. Una fría y amarga sensación se adentró en su cuerpo. Hashzh vio la ruina llameante de su plataforma antes de que sus ojos se cerrasen, permanentemente.

DE GAULLE CARGÓ OTRO CARTUCHO DE CINCO RONDAS EN SU Berthier, se asomó tanto como pudo y disparó. Falló. Los tres marcianos que quedaban en su periferia les rociaban con sus armas de fuego rápido. De Gaulle se resguardó bajo la rampa.

"Por esto no quise acabar en la infantería," Bosquier se quejó. "Daría cualquier cosa por estar en nuestro caminante de batalla."

"Igualmente." de Gaulle se asomó y disparó otra vez. Falló.

Los marcianos se acercaban, y el fuego sobre la rampa no cesaba. De Gaulle se asomó y vio que estaban a no más de veinte metros.

Una nube naranja y negra hizo erupción detrás de los marcianos. La sangre salió disparada de uno de los extraterrestres como si fuese un géiser. Los otros dos se revolcaron, gimiendo como si hubiesen perdido la razón.

Una pequeña sonrisa se formó en el rostro de de Gaulle. Le debía una botella de vino, o una caja entera, a quien quiera que haya disparado esa ronda.

Con las plataformas eliminadas, algunos de los AAP volvieron a atacar a los soldados marcianos que quedaban, mientras que otros dispararon contra el arca. De Gaulle frunció el ceño al ver que las rondas que explotaban contra los motores de la enorme nave no causaban daño alguno.

"¡No están haciéndole nada!" Bosquier señaló hacia el arca. "Va a despegar, y Ponge y todos los demás habrán muerto en vano."

El comentario provocó una chispa de ira en de Gaulle. No podían simplemente aceptar esta derrota, no después de que tantos de los suyos hubiesen muerto.

Piensa. Debe de haber un modo de destruir esa nave.

Podían lograrlo si tuviesen caminantes de batalla. Sus rayos de calor sería lo suficientemente potente para penetrar la armadura sobre esos motores.

Por supuesto, no tenían caminantes aquí, ni podían pasarlos por los túneles.

De Gaulle maldijo para sí al mirar alrededor del sitio de lanzamiento. Sus ojos se posaron sobre una de las plataformas armadas que quedaban intactas. Ambos miembros de la tripulación marciana estaban muertos, pero el arma parecía estar en buena forma.

"Bosquier, venga."

"¿Señor?"

"Tal vez no tengamos un rayo de calor, pero los marcianos si." Apuntó hacia la plataforma. "Así que la pediremos prestada."

Bosquier le miró, dudando, pero asintió y dijo, "Sí, Señor."

Los dos franceses se escabulleron hacia la plataforma. De Gaulle mantuvo su carabina preparada, en caso que alguno de los marcianos se agitase.

No se movieron.

De Gaulle y Bosquier subieron a la plataforma. Gruñeron al quitar al marciano muerto de los controles y la plataforma. Aunque los controles estuviesen diseñados para tentáculos marcianos y no manos humanas, lograron manipularlos. No obstante, necesitaron ambas manos alrededor de una sola palanca para lograrlo.

De Gaulle giró el rayo hacia el arca y levantó el barril.

Meció la palanca unas cuantas veces a la izquierda mientras miraba a los AAP. Se preocupó de que alguno buscase disparar a la plataforma.

Creo que se darán cuenta fácilmente de que no soy un marciano.

Bloqueó la preocupación en su mente, concentrándose en uno de los motores al costado del arca. De Gaulle encontró el botón sobre la palanca, y presionó.

Un rayo blanco salió del barril, golpeando el punto en que el motor y el casco se unían. Chispas y llamas saltaron de ese punto.

De Gaulle apretó los dientes, apretando la palanca con más fuerza. El rayo siguió quemando el motor del arca. El fuego y el humo incrementaron intensidad. No dejó de presionar el botón. No podía. No hasta que el motor fuese eliminado.

Una gran bola de fuego salió del motor. Sólo un poco más.

Algo zumbaba detrás de él. El sonido se hacía más fuerte a cada segundo. El pavor recorría su cuerpo. Conocía ese sonido de sus días de entrenamiento.

Era una batería sobrecargándose.

¡No! ¡No ahora!

Sus músculos se pusieron tensos. No dejó de presionar el botón, ni siquiera al tiempo que sus dedos se entumecían.

"Señor, la batería," Bosquier advirtió.

De Gaulle le ignoró. El barril del rayo de calor brillaba en rojo.

El zumbido se volvió ensordecedor, incluso en la menor presión atmosférica de Marte. De Gaulle sabía que sólo quedaban segundos para que la batería explotara.

"¡Maldita sea!" Soltó el botón y giró hacia Bosquier. "¡Salta!"

Los dos saltaron de la plataforma y se alejaron. Un sonido profundo, como de tambor, sacudió el suelo detrás de de Gaulle. Bosquier y él se zambulleron hacia el suelo. De Gaulle miró detrás. La parte trasera de la plataforma estaba en llamas.

Maldiciendo, se puso de pie y miró el objetivo. Humo y llamas salían de detrás del motor. ¿Bastaría para deshabilitarlo? Algo gimió sobre sus cabezas. De Gaulle miró hacia arriba. Sus ojos se abrieron ampliamente, y se quedó boquiabierto.

"*Mon dieu.*"

El techo sobre el arca se abría.

"¡A<small>H, MIERDA</small>!" P<small>ATTON MIRÓ EL TECHO ABRIÉNDOSE Y EL</small> cielo de Marte sobre ellos.

"Fox Uno a todas las unidades," escuchó la voz de Rommel en la radio. "Evacúen el sitio de lanzamiento inmediatamente."

"¿Qué?" Patton tomó el micrófono. "¡No podemos irnos! No podemos dejar que esa maldita nave despegue."

"Nuestras municiones no surten efecto. El rayo de calor que de Gaulle tomó está destruido. Si no nos vamos en este momento, seremos rostizados por el escape del motor."

Patton casi destruyó el micrófono. Maldijo a Rommel, pero sabía que tenía la razón.

Ordenó a Merloni girar el AAP. Unos cuantos soldados rusos, incluyendo al Capitán Zhukov, subieron a bordo. Patton miró el fuego y el humo que salían detrás del motor de la nave. Rezó porque fuese suficiente para mantener el arca en el suelo.

Los AAP salían del sitio de despegue mientras que un rugido salía del arca espacial. Patton sintió golpes dentro de su cabeza al tratar de contener la ira. Se estaba retirando antes de terminar su trabajo. Eso era lo que más odiaba en el mundo.

¿Y qué lograrías quedándote, convirtiéndote en barbacoa?

Los AAP viajaron a través de los túneles tan rápido como fue posible. No encontraron ninguna emboscada marciana.

Finalmente llegaron a la sección colapsada del sistema de túneles. Uno por uno, los AAP escalaron la empinada hacia la superficie, y no se detuvieron. Patton siguió mirando detrás, buscando alguna señal del arca espacial.

El suelo tembló bajo sus pies. Una gran y obscura forma se levantaba del suelo.

"¡Maldita sea, no!"

El temblor se volvió más violento. Los tres caminantes vacíos del escuadrón de de Gaulle se volcaron. El arca siguió elevándose. El humo seguía saliendo del motor a babor, pero no parecía importar. La masiva nave había salido completamente de su cámara de lanzamiento subterránea.

Patton golpeó el brazo de la silla de mando. Habían fracasado. Los marcianos harían su escape y harían su hogar en algún otro planeta. Imaginó otra invasión marciana siglos en el futuro, con armas que nadie podía ni soñar.

Los veré entonces, bastardos. Patton se preguntó quién sería su reencarnación la próxima vez que la humanidad combata a los marcianos. Obviamente, sería un gran líder. Después de todo, había sido Aníbal, y un mariscal de campo en el ejército de Napoleón durante algunas de sus vidas pasadas.

Supongo que debo de comenzar a pensar en cómo--

Una gigantesca bola de fuego salió del motor dañado.

"¡Miren eso!" Patton apuntó. Su tripulación giró a donde apuntaba.

"¡Santa mierda!" Fuller exclamó.

El arca espacial se inclinó a un lado. Forcejeaba para permanecer en el aire pero comenzó a caer de vuelta sobre la abertura.

"¡Está cayendo!" gritó Dunn.

El arca cayó estrepitosamente contra el borde de la abertura. El impacto volvió a hacer temblar el suelo. El arca se inclinó a babor y cayó hasta desaparecer de la vista.

Patton levantó el puño y rugió triunfalmente. Norteamericanos, alemanes, rusos, y franceses en los demás

AAP hicieron lo mismo. Tomó la radio y alertó al mando de la FEAE sobre su situación.

Menos de media hora después, docenas de formas triangulares aparecieron en el horizonte. Jets de combate de diferentes tipos y nacionalidades. Volaron en picada hacia la abertura, rematando con bombas y cohetes. Varias columnas de humo se hicieron una sola.

Después de un bombardeo de veinte minutos, los jets se alejaron. Rayos de calor y misiles llovieron, cortesía de las naves en órbita de la FEAE. Penachos de llamas y humo salían expulsados de la abertura, recordando a Patton de fotos de volcanes que había visto con anterioridad.

Patton ordenó a Fuller cambiar la radio a la frecuencia de Rommel. Con una sonrisa de oreja a oreja, dijo, "Bueno, Erwin, esos hijos de perra querían nuevo lugar donde vivir, ahora lo tienen. ¡Porque acabamos de mandarlos a todos al infierno!"

33

Beatty sostenía el fajo de papeles con la mano mientras descansaba en cama a bordo de la nave hospital Thomas Limacre. Había insistido en recibir reportes constantes acerca de las batallas en el planeta rojo. No era sólo para mantenerse actualizado, pero para distraerse del hecho de que ahora estaba lisiado.

No funcionaba. Sus ojos constantemente se desviaban de los reportes hacia las sábanas, planas donde sus piernas debían de haber estado.

¿Qué hago ahora? Había imaginado que después de su victoria en Marte, sería nombrado entre los Señores Comisionados del Almirantazgo. Beatty no imaginaba que eso fuese a pasar ahora. ¿Quién seguiría a un medio hombre? Y su esposa, Ruth. Había ordenado que nadie le revelase la naturaleza de sus heridas, pero ella lo vería con sus propios ojos cuando regresase a casa. ¿Pasaría Ruth de esposa a niñera? ¿Elegir su ropa, traerle sus meriendas, llevarle al baño; hacer cada cosa por él por no ser capaz de hacerlo por sí mismo?

¿Cuánto tiempo estaría dispuesta a ello? ¿Querría seguir casada con un hombre tan indefenso como un recién nacido?

Pensó en sus hijos, David II, de diecinueve años y cadete el Colegio Real de la Marina, y Randolph, de trece años. Ambos le admiraban. ¿Seguirían admirándole ahora que su padre era débil e inútil?

Beatty azotó los papeles sobre la cama y miró al techo. *¿Por qué pasó esto?*

Ya había perdido la cuenta de cuántas veces se había hecho esa pregunta. La respuesta era simple. Es la guerra. Los hombres pierden miembros en la guerra. Lo había visto con los veteranos de Sudán y la invasión marciana. Beatty siempre les veía con lástima.

Ahora los demás le verían de ese modo.

El intercomunicador junto a su cama zumbó. Con un suspiro, presionó el botón. "¿Sí?"

"Señor, el General von Seeckt desea hablar con usted. Dice que es urgente."

"Muy bien." Beatty notó su propio tono, frío y neutral. No le importaba.

Segundos después, escuchó la voz de su suplente. "Almirante. ¿Cómo... cómo se encuentra?"

"Sobrevivo," murmuró. "¿Qué ocurre?"

"Nuestros telescopios en la luna han detectado un asteroide en curso de colisión con la Tierra."

Beatty se sentó, con ojos fijos en el intercomunicador. "¿Dónde será el impacto?"

"Se proyecta que impactará la Península Árabe."

"Es una zona mayormente desértica. No deberá de haber demasiado daño. ¿Por qué la preocupación?"

"Almirante, el asteroide es de 1.5 kilómetros de diámetro."

La noticia paralizó a Beatty. *¿Más de un kilómetro?* El mundo vio lo que un asteroide relativamente pequeño podía hacer en 1908 cuando un impactó la región Tunguska de Siberia. Pero no era de esta magnitud.

El temor se apoderó de él, un temor que nunca había sentido antes, ni siquiera en el combate.

"Almirante, los telescopios han detectado algo peculiar sobre este asteroide."

"¿Qué?"

"Escape de un motor de fusión."

"¿En un asteroide? Cómo diablos..." La revelación le golpeó como si fuese un martillo. "Los marcianos. Adhirieron un maldito motor a esa roca."

"Ese parece ser el caso," dijo von Seeckt.

"¿Qué se está haciendo para detenerlo?"

"El Consejo Supremo de la FEAE está discutiendo el asunto en este momento. Pero... la mayoría de nuestras naves de guerra están aquí en Marte. Solo unas pocas permanecen en la Tierra. No... no sé si posean el suficiente poder para destruir el asteroide."

Un sudor frío se desató sobre el cuerpo de Beatty, o lo que quedaba de él. "Entendido, General. Contactaré al Consejo. Ingeniaremos algo. Mientras tanto..." Beatty se mordió el labio. No podía creer lo que estaba por sugerir. "Mientras tanto, más le vale prepararse para una estadía permanente en Marte. Dependerá de ustedes preservar la raza humana si lo peor... si lo peor llegase a ocurrir."

"Hay muchas enfermeras en las naves hospital," dijo von Seeckt. "Esperemos que la fauna de Marte sea comestible. Tendremos que encontrar un modo de sobrevivir."

"Dios esté con usted, General. Con todos ustedes."

"Gracias, Almirante."

Beatty apagó el intercomunicador. Sus manos temblaban. Imaginó a la Tierra, una esfera blanca y azul suspendida en el vacío del espacio. Imaginó Inglaterra, Londres, su hogar en el condado de Cheshire.

Imaginó a Ruth y a sus dos hijos.

Beatty se arrancó los cinturones que le mantenían en cama.

Apartó las sábanas al tiempo que comenzaba a flotar. Extendió los brazos como si estuviese nadando. En vez de avanzar, giraba en el aire. Sin piernas, no podía propulsarse.

"¡Maldita sea!"

"¿Almirante? ¡Almirante!"

Giró la cabeza y vio a una joven enfermera de cabello negro al final de la sala. Teniente Hill.

"Señor, ¿qué está haciendo fuera de cama?" Flotó hacia él, sin ningún esfuerzo. Por supuesto, ella aún tenía piernas.

"Necesita volver a la cama."

"Necesito volver al puente."

"Pero, Señor, usted–"

"¡Maldición, Teniente! Los marcianos han puesto un asteroide en trayectoria con la Tierra, y si llega a impactar, éste..." Beatty apuntó a las paredes de la sala, "éste será su nuevo hogar."

Hill le miró boquiabierta y pálida. Muchos de los pacientes le miraron incrédulos.

A pesar del dolor que le provocaba, Beatty se obligó a decir, "Ahora, Teniente, ayúdeme a llegar al puente."

"Sí, Señor."

Hill rodeó los hombros de Beatty con un brazo y le guió fuera de la sala y a través de los corredores. El corazón del Almirante latía furiosamente. ¿Por qué no podía llevarlo más rápido? Tenía los rostros de su esposa y de sus hijos en la mente. Tenía que hacer algo para salvarles, para salvar a la raza humana.

Finalmente llegaron al puente. Todos los ojos giraron a verle, con sorpresa. El Capitán, un hombre barrigón llamado Conroy, se quedó boquiabierto por unos segundos, y después gritó, "Almirante en el puente."

"Guárdense las formalidades," respondió Beatty. "¿Quién es su oficial de comunicaciones?"

"Aquí, Señor." Un delgado joven de cabello castaño levantó

la mano. "Teniente Fisher."

"Fisher, necesito ponerme en contacto con el Consejo Supremo de la FEAE de inmediato."

Hill llevó a Beatty hacia la consola de Fisher. Para cuando llegó a ella, el Primer Ministro Lloyd George estaba en la línea.

"Almirante, no esperaba que estuviese levantado."

"No creo que sea el tiempo de esta en cama, Señor."

"Entonces se ha enterado de nuestra crisis."

"Así es."

Pasaron unos segundos antes de que Lloyd George dijese algo. "Almirante, está ahora en comunicación con el resto del Consejo, menos el Presidente Stalin."

"¿Dónde está?"

"El loco hijo de puta cree que lo estamos engañando." Beatty pareció escuchar la voz del presidente de los E.E.U.U. Leonard Wood. "Piensa que estamos tratando de que mande el resto de su flota fuera de la Tierra para que las demás naciones puedan invadir Rusia."

"No puede estar hablando en serio. Seguramente sus propios astrónomos saben que ese asteroide está acercándose a la Tierra."

"Probablemente," dijo Wood. "Pero casi siempre que alguien le da información que contradice su opinión, esa persona acaba muerta."

Beatty sintió su rostro contraerse por la frustración. Los soviéticos probablemente tenían más naves en la Tierra que cualquier otra nación. Si Stalin se negaba a mandarlas, toda la vida en la Tierra podía estar en riesgo.

"¿Qué hay del resto de la FEAE? ¿Tenemos suficientes naves para acabar con esta cosa?"

"Solo tenemos unas cuantas corbetas en órbita," dijo el Káiser Wilhelm II. "El resto de nuestras naves está embarcado en puertos aquí en la Tierra o en la luna. Para cuando logremos reunir a las tripulaciones y despegar, será demasiado tarde."

Beatty apretó el respaldo de la silla del Teniente Fisher y bajó la cabeza. "¿Será tan malo como espero?"

"Probablemente peor, Almirante."

Una voz nueva. No pertenecía a un líder mundial, al menos no de una nación. Beatty le reconoció como la mente científica más famosa del mundo, Nikola Tesla.

"A juzgar por la velocidad del asteroide, cuando impacte contra la Península Árabe, la explosión será veinte millones más fuerte que el impacto en Tunguska."

Beatty comenzó a temblar, su mente no lograba concebir tal poder. Apenas logró escuchar los jadeos aterrados de Fisher, Hill y todos los presentes en el puente del Limacre.

"El Imperio Otomano estará desaparecido," Tesla continuó. "Borrado del mapa, al igual que gran parte de África y el Este de Rusia. Pero ése es solo el comienzo. Millones y millones de toneladas de escombros serán expulsados hacia la atmósfera, bloqueando el sol por años, décadas posiblemente. Las temperaturas globales caerán. No podrá crecer ningún tipo de vegetación. Humanos y animales carecerán de alimento." Su voz tembló por un momento. "Los marcianos lograrán lo que siempre buscaron. El fin de toda la vida en la Tierra."

"Debe de haber algo que podamos hacer," dijo Beatty.

"Las corbetas que ya tenemos en órbita simplemente no poseen el armamento necesario para destruir el asteroide."

"¿Qué tal destruir el motor de fusión?" preguntó el Emperador Maximilian I de Austro-Hungría. "¿Podría eso detenerlo?"

"No, Su Excelencia," respondió Tesla. "Incluso sin ese motor, a estas alturas, está lo suficientemente cerca de la Tierra para ser jalado por el campo gravitacional de la Tierra, y aún nos golpeará con gran velocidad."

"Entonces dejemos de hablar de lo que no podemos hacer," sugirió el Presidente Wood, "y empecemos a hablar de lo que *sí* podemos hacer."

"Hay una posibilidad, Señor Presidente, aunque es un plan algo desesperado."

"Profesor, esa gran roca va a dar contra la Tierra en menos de tres horas. Estoy dispuesto a aceptar algo desesperado."

Los demás líderes concordaron en voz alta.

"Muy bien," dijo Tesla. "Es posible sobrecargar el motor de fusión de una de nuestras naves para desatar una explosión de gran magnitud."

"¿Será lo suficientemente grande para destruir el asteroide?" preguntó el Presidente francés Maginot.

"Si, pero no completamente."

"Explique," exigió el Káiser.

"Destruir el asteroide creará una lluvia de restos. Muchos de los fragmentos pequeños se consumirán en la atmósfera. Otros fragmentos de mayor tamaño cruzarán y golpearán a la Tierra. No será suficiente para acabar con la raza humana, pero sufriremos daños."

"¿Cuántos de estos fragmentos golpearán a la Tierra?" preguntó Maximilian.

"Desconocido. Docenas, tal vez más de mil."

"Eso podría ser devastador," exclamó Maginot.

"Probablemente," dijo Lloyd George. "Pero es un desastre del que podremos recuperarnos."

"¡Entonces debemos de hacerlo!" gritó el Sultán Yusaf I del Imperio Otomano. "¡Volemos una nave y destruyamos este asteroide antes de que destruya mi imperio!"

"Debemos de contactar a los comandantes de nuestras fuerzas espaciales para ver qué naves pueden llegar a ese asteroide a tiempo," dijo Wood.

Pasaron unos minutos de silencio insoportable. Beatty tuvo que apretar los dientes para no vomitar. Nunca en su vida habría anticipado ver el fin del mundo acercarse dos veces. Habían sobrevivido la primera vez por la intervención divina de las bacterias que acabaron con los invasores marcianos.

Ahora que se habían vengado, arrasando con Marte y sus habitantes como ellos lo habían hecho con la Tierra, los alienígenas tenían un as en la manga.

Las lágrimas hicieron arder sus ojos al pensar en Ruth y sus hijos. ¿Se congelarían o se morirían de hambre si impactase el asteroide? Se sintió tentado a desear que el asteroide cayese sobre Inglaterra. Un fin rápido. No podía tolerar el pensamiento de que su familia tuviese una muerte lenta y agonizante.

"Almirante Beatty," dijo Lloyd George.

"Si, ¿Primer Ministro?"

"Hay una nave lo suficientemente cerca para interrumpir el avance del asteroide antes de que llegue a la Tierra."

"¿Cuál?"

Hubo una pausa. "La suya."

Una ola conmoción le sacudió. "Pero esta una nave hospital, no una nave de guerra."

"La cual todavía utiliza un motor de fusión," dijo Tesla. "Es todo lo que necesitamos."

Beatty asintió. "Tendremos que evacuar la nave lo más pronto posible."

"Por supuesto," Lloyd George respondió. "Comiencen preparativos de inmediato."

"Pero no todos podrán dejar la nave."

Beatty frunció el ceño frente al comentario de Tesla. "¿A qué se refiere?"

Tesla dio un gran suspiro. "Para que este plan funcione, se necesitará... bueno, se necesitará algo de sacrificio."

"¿Qué tipo de sacrificio?"

"Debe de haber un piloto para aterrizar el Limacre sobre el asteroide y un ingeniero para asegurar el colapso del campo magnético y sobrecargar el motor de fusión. Me temo que ambos tendrán que permanecer a bordo hasta el final."

34

A *sí que aquí acaba.*

Una sensación surreal se posó sobre Beatty al mirar la pantalla CCE, mientras estudiaba el diagrama que Tesla le mandó sobre cómo interceptar el asteroide. No se arrepentía de haber decidido ofrecerse como voluntario. Él era la opción más lógica para pilotar el Limacre. Siendo el oficial de mayor rango, la mayor responsabilidad caía sobre sus hombros.

Personalmente, no tenía deseo de pasar sus últimos días como una carga sobre su familia. Era preferible morir así, por Ruth y por sus hijos, por el Rey y por el País, por toda la humanidad.

Beatty todavía deseaba ver a su familia, una última vez.

"¿Está todo listo, Almirante?" El Primer Ministro Lloyd George preguntó a través de la radio.

"Sí, Señor. Todo el personal de la nave y los heridos han sido evacuados. La Teniente Hill me aseguró al timón antes de entrar a la vaina de escape. Tengo las instrucciones del profesor Tesla en frente de mí, y el jefe de ingeniería se ha ofrecido para sobrecargar el motor."

"¿Cuál es el nombre del jefe de ingeniería?"

"Weilman. Teniente Comandante Raymond Weilman."

"¿Tiene familia?"

"Si. Una esposa y una hija."

"Me aseguraré de que sean protegidas y mantenidas, al igual que su familia."

"Gracias, Primer Ministro. Y, Señor..."

"¿Sí, Almirante?"

"Me preguntaba... si podría hacer que alguien le diga a mi esposa e hijos." Beatty trató de hundir el nudo en su garganta. "Díganles que los amo, y que rezo porque entiendan por qué hice lo que hice."

"Se los diré personalmente."

"Gracias."

"Eso es lo menos que puedo hacer." Lloyd George tomó una pausa. "Dios esté con usted, David."

"Gracias, Señor. Beatty fuera."

Apagó la radio y exhaló desde las profundidades de su ser. Beatty encendió el intercomunicador hacia el cuarto de máquinas. "¿Weilman?"

"Aquí, Señor."

"¿Cree que sea hora?"

"Más nos vale, ¿no? Aún así, me gustaría mirar la Tierra desde las puertas del Cielo."

"Al igual que yo, Comandante. Preparándonos para acelerar."

Beatty presionó varios botones frente a él. El Limacre se propulsó a través del espacio. Sus ojos parpadeaban entre una mitad del monitor CCE a otra, registrando la velocidad actual y la velocidad objetivo calculada por Tesla para interceptar el asteroide. El Limacre había pasado el asteroide, pero necesitaba tiempo para igualar la velocidad de la roca.

También observaba una pantalla de proyección a su

derecha, contactada al telescopio trasero de la nave. Ya podía definir la brillante forma del asteroide.

Su torso estaba empapado de sudor. Revisó una y otra vez la velocidad del Limacre y su curso. El más mínimo error condenaría a muerte a cada ser vivo en el planeta Tierra.

Beatty miró furiosamente el asteroide. Se veía mucho más grande que hace unos segundos. Una vez más, revisó el CCE. La velocidad y el curso se veían bien, siempre y cuando las proyecciones de Tesla fuesen acertadas.

Deben de estarlo. Es el tipo más inteligente del mundo.

Desafortunadamente, incluso los inteligentes podían fallar.

Beatty sintió escalofríos al mirar de vuelta a la pantalla. El asteroide parecía estar justo sobre él. Trató de controlar su ansiedad al revisar la velocidad y el curso otra vez. Hasta ahora, todo bien.

El asteroide desapareció de la pantalla. Una fracción de segundo después, lo vio para la gran ventana del puente, acelerando y alejándose de la nave.

"¡Maldita sea!" Beatty presionó más botones. La velocidad del Limacre incrementó. El espacio entre la nave y el asteroide comenzaba a cerrarse. No tanto como Beatty habría deseado. Forzó el motor. Su corazón latía con más intensidad a medida que el Limacre se acercaba al asteroide. 160 kilómetros... 128 kilómetros... Pronto eran sólo sesenta y cuatro kilómetros.

El Limacre se sacudió.

"Señor," Weilman llamó. "El motor está operando más allá de sus límites."

"No hay otra alternativa, Comandante. Si no llegamos a esa roca, la Tierra está acabada."

"Entendido, Señor, pero si sigue forzando así el motor, va a morir antes de tiempo."

Beatty se puso tenso, sintiendo el pánico agrandándose en su interior. Si el motor moría, la Tierra estaba acabada.

¿Qué otra opción tienes?

Aprovechó cada segundo de poder del motor. Treinta y dos kilómetros y acercándose.

La nave se sacudió violentamente.

Aguanta. Por favor, Señor, por el bien de todos tus hijos, que esta nave aguante.

Dieciséis kilómetros... ocho kilómetros. La superficie marrón y dispareja del asteroide llenó la ventana del puente.

Beatty desplegó las riostras de aterrizaje. Sintió como si alguien hubiese puesto la nave dentro de la cuna de un bebé.

Tan cerca. Por favor... aguanta.

Otra sacudida recorrió la nave, ésta se oyó y sintió diferente.

Habían aterrizado sobre el asteroide.

"¡Aterrizamos, Comandante! ¡Colapse el campo magnético!"

"Colapsando campo magnético."

Un minuto después de dar la orden, un chillido ensordecedor llegó a sus oídos. El motor comenzó a sobrecargarse. Se preguntó cuánto tomaría. Esperaba que no fuese mucho.

Beatty se reclinó sobre su silla, mirando la superficie del asteroide. Dio una carcajada sardónica. Una gran y fea roca sería lo último que vería. No a su esposa, ni a sus hijos, ni siquiera la Tierra misma. Solo un asteroide modificado por marcianos.

Un monstruoso rugido en la nave. Una luz blanca llenó la totalidad de su visión.

EPÍLOGO

SEIS MESES DESPUÉS

El Capitán Georgy Zhukov miró a los hombres en el transportador de tropas. Sus reacciones fueron lo que esperaba. Una mezcla de nervios, emoción, incluso fastidio. Esta última describía su estado de ánimo a la perfección.

"¡Los imperialistas están invadiendo la Unión Soviética!" Su comandante regimental exclamó hace menos de una hora.

La compañía de infantería de Zhukov se apiló en los transportadores acorazados y partieron hacia Zinovyevsk para proteger la región de los invasores que en aquel momento atacaban las playas de Odesa.

Si acaso el comandante regimental decía la verdad.

A lo largo de las dos últimas semanas, los superiores habían anunciado una invasión imperialista seis veces. Soldados, vehículos, caminantes de batalla, y jets partían al sur para repeler al enemigo de vuelta al otro lado del Mar Negro.

Pero nunca hubo invasores. Cada vez era un simulacro. Zhukov sospechó que era el caso en esta ocasión también, pero no podía permitirse actuar de ese modo. Necesitaba que sus tropas estuviesen listas para el día en que los imperialistas realmente invadiesen.

Si eso llegase a ocurrir.

Patton, Rommel y de Gaulle parecían sujetos decentes, para ser extranjeros. A pesar de sus diferencias en idioma y cultura, habían funcionado bien juntos. La suma de sus esfuerzos resultó en la destrucción del arca espacial y la muerte de los dirigentes de Marte. Los eventos destruyeron la voluntad de los marcianos para seguir luchando. Se dispersaron a lo largo de desiertos y montañas, tratando de eludir a los soldados de la FEAE que seguían en el planeta.

Pero las cosas cambian. Las alianzas cambian de posición. Los industrialistas acaudalados y sus títeres gubernamentales en naciones como Gran Bretaña, Alemania, Francia, y los Estados Unidos tenían a su clase trabajadora bajo un yugo que nunca desharían. Los trabajadores mismos, cegados y ocupados con materialismos nunca se levantarían en masa con la gente de Rusia lo había hecho.

El conflicto con estas naciones era inevitable.

Zhukov se preguntó si esto ocurriría más tarde que temprano.

"No creo que éste sea un simulacro," dijo un cabo sentado frente a él. "Escuché que hubo una explosión cerca de Vinnytsia hace unos días. Deben de ser los imperialistas lanzándonos rocas espaciales otra vez."

Zhukov sólo miró al cabo, sin decir palabra alguna. En esta parte de Ucrania, dicha explosión podía ser cualquier cosa, desde el motor de una locomotora de vapor a un elevador de grano. Pero después del desastre en Novonikolayevsk, historias de cualquier explosión ponían a la gente nerviosa.

Stalin atribuyó la destrucción de la ciudad sobre el río Ob, y el daño a otras cuatro ciudades y pueblos, a la FEAE. Por lo que Zhukov alcanzó a escuchar estando en Marte cuando los marcianos trataron de lanzar un asteroide contra la Tierra, el

Almirante Beatty mismo logró destruirlo. Pero muchos de los restos aún cayeron sobre el planeta. La mayoría cayó sobre áreas desoladas o en el mar. Otros impactaron ciudades y pueblos, incluyendo a Novonikolayevsk.

Stalin impulsó simulacros desde entonces.

"Capitán."

Zhukov volteó a ver su oficial de comunicaciones, Cabo Gordiouk. "¿Sí, Cabo?"

"El cuartel general reporta que esto fue un simulacro. Tenemos que regresar a la base."

Como lo sospechaba.

Los vehículos giraron y volvieron al norte. Los caminantes de batalla también cambiaron de curso. Zhukov miró hacia la verdes estepas a su alrededor. Se habría sorprendido si los imperialistas realmente hubiesen invadido. A pesar de haber vencido a los marcianos, el costo de esta victoria había sido alto. Los británicos, los norteamericanos, los alemanes, los franceses, y las demás naciones involucradas necesitarían mucho tiempo para reconstruir sus milicias. Dudaba que estuviesen en forma para desencadenar otra guerra tan pronto.

El convoy paró unos kilómetros antes de llegar a la base en Cherkasy. Zhukov se inclinó hacia adelante, tratando de ver qué causaba la demora.

Una calesa pasó al lado del convoy hacia él. Tres hombres estaban sentados en el vehículo, vistiendo uniformes tradicionales verdes. Pero algo en ellos ponía nervioso a Zhukov. Los nervios crecieron a medida que se acercaba el vehículo.

Se le formó un nudo en el estómago cuando se detuvo junto a su transbordador. Los tres sujetos salieron del vehículo, dos de ellos portaban rifles.

El rostro de Zhukov estaba rígido en un intento de ocultar toda señal de preocupación. Sabía que el trío no estaba compuesto de soldados del Ejército Rojo.

Eran *Cheka*.

Su mente volvió a Marte, al momento en que mató a Beria. Esto siempre le ocurría en presencia de los *Cheka*. Su corazón latía más fuerte.

Han sido seis meses. Si sospechasen algo, ya te habrían arrestado.

El líder del grupo, un hombre robusto de rostro compacto y aparentemente incapaz de sonreir miró a los hombres dentro del transportador. La mayoría evitaba su mirada. Algunos tragaron saliva.

Su líder dio un paso adelante. Sus ojos se posaron sobre Zhukov. "¿Capitán Georgy Zhukov?"

Su estómago se volvió plomo. "Da."

"Venga." El líder llamó con gesto exigente.

Zhukov sintió un temblor en sus piernas. Saltó por sobre el vehículo.

No tienen nada contra ti. El cuerpo de Beria había sido vaporizado durante el ataque que destruyó el arca espacial. Los sobrevivientes de su compañía juraron mantener el suceso en secreto hasta el día de sus muertes. Todos detestaban a Beria. Esto tenía que ser por otra cosa.

"Desámenlo," ordenó el líder.

Los otros des *Cheka* dio un paso adelante, quitándole su rifle y su pistola.

"¿Qué significa esto?"

"Los *Cheka* han finalizado su investigación sobre la muerte del *Politruk* Beria en Marte."

Zhukov suprimió un escalofrío. "¿Q-Qué investigación? El Camarada Beria fue asesinado por los marcianos."

"No según algunos de los hombres de su compañía."

Zhukov se quedó congelado. ¿Había hablado alguno de ellos?

Por otro lado, si los *Cheka* querían información, tenían muchos métodos para preguntar.

"Ustedes nos han preocupado por su asociación con elementos anti-revolucionarios en Marte," dijo el líder.

"¿Se refiere a los imperialistas? Luchamos junto a ellos. Acabamos con los líderes marcianos y evitamos que salieran de Marte."

"Cierto, pero quién sabe qué pensamientos subversivos han metido en su cabeza. ¿Por qué cree que los separamos a todos al regresar a la Tierra? Para que no suba de rango, para que no planee derrocar al Camarada Stalin."

"¡Eso es una mentira!" Zhukov exclamó. "Yo soy leal al Camarada Stalin y la Unión Soviética."

"Ciudadanos leales no matan a un *Politruk*. Algunos de sus hombres fueron... persuadidos," una sonrisa maliciosa apareció en el rostro del líder, "a decirnos la verdad sobre lo que le pasó al Camarada Beria."

Zhukov sintió nauseas. Le habían atrapado.

Abrió la boca. Tomó uno segundos antes de que las palabras salieran. "*Politruk* Beria quería prescindir de las armas de los imperialistas. Sin esas armas, nunca habríamos detenido el arca espacial."

"El Ejército Rojo podría haberla detenido sin ayuda de los imperialistas." Los ojos del líder se posaron con vehemencia sobre los de Zhukov. "Capitán Georgy Zhukov, se le declara culpable del asesinato del *Politruk* Lavrentiy Beria. La sentencia es pena de muerte, inmediatamente. De rodillas."

Zhukov respiró profundamente y permaneció de pie. Si su fin se acercaba, lo encararía como un hombre.

El líder le miró con furia. "Dije que de rodillas."

Zhukov escupió en la cara del *Cheka*. "¡Vete al diablo, estúpido hijo de puta!"

Uno de los hombres del líder golpeó a Zhukov en la espalda con la culata del rifle. Jadeó y cayó sobre sus rodillas. Cerró los ojos, luchando con el dolor, desafiante. No mostraría temor frente a los *Cheka*.

El sonido del martillo de una pistola le enfrió los ojos. Zhukov cerró los ojos, y esperó.

"Un concepto muy interesante, *Capitaine*. Ciertamente muy interesante."

"*Merci, Mon General*," de Gaulle respondió al General Louis Franchet d'Espèrey, Jefe de Estado Mayor. Aún le causaba un poco de dolor que le llamasen *capitaine*. A veces pensaba que debía de estar agradecido de que le ascendieran dos rangos después de su degradación en Marte. Pero habiendo sido *commandant*, y por el hecho de haber participado en la destrucción del arca espacial, sintió que debió de haber sido teniente coronel.

Algún día.

"Por supuesto," d'Espèrey continuó, "la mayor crítica que puedo ver es que no hay rayo de calor."

"Pero aún está bien armado con ametralladoras y un mortero. Hasta que podamos construir rayos de calor más pequeños, esto deberá de bastar."

D'Espèrey asintió en silencio y volvió a estudiar el diagrama.

De Gaulle trató de evitar moverse en su asiento. Se sentía más enojado que nervioso. ¿Estaba d'Espèrey tratando de encontrar fallas en su proposición de caminantes de batalla en miniatura?"

"De cuatro metros de altura," dijo de Gaulle, "es ideal para operar en túneles o dentro de edificios. Está mejor equipado para lidiar con emboscadas que un soldado de infantería. Si, los caminantes de batalla son poderosos, y todo mundo los ama. Pero como comprobamos durante la batalla del arca espacial, no puede llegar a todos loados. Incluso los AAP fueron estorbosos en la lucha a rango corto. ¿Cuántos se perdieron durante esa batalla?"

De Gaulle se inclinó hacia adelante, su entusiasmo y esperanza se alzaban. "Estas máquinas son ideales para apoyar a la infantería en un pelotón o a nivel de compañía en caso de que los caminantes de mayor tamaño o la artillería no estuviesen disponibles."

D'Espèrey le miró en silencio por varios segundos, y asintió. "Tiene un buen punto, *Capitaine.*"

"*Merci, Mon General.*"

"Llevaré esto al Ministro de Guerra y recomendaré que abordemos este proyecto. Si lo aprueba, lo asignaré a mi grupo para coordinar el desarrollo. Y como este tipo proyecto no lo maneja generalmente un *capitaine*, será ascendido a su rango original de *commandant.*"

"*Merci, Mon General.*" De Gaulle se sentía a punto de explotar. Esta junta había ido mejor de lo que había esperado.

D'Espèrey se puso de pie, al igual que de Gaulle, quien saludó. Giró para marcharse cuando el general le llamó, "*Capitaine.* Antes de que se vaya, algo más."

"*Oui, Mon General?*"

"Sus hazañas durante la batalla del arca espacial le han hecho famoso, no solo en Francia, sino en todo el mundo. Pero no deje que la fama se le suba a la cabeza."

De Gaulle le miró perplejo. "No comprendo."

"Esta proposición para su caminante miniatura, se le envió primero al Teniente Coronel Juin, no?"

"*Oui.* Servimos juntos en Marte. Imaginé que le haría llegar mi proposición más rápido que acudiendo a los canales normales."

"*Hay* una razón de que existan estos 'canales normales'," dijo d'Espèrey. "Todos debemos de seguir la cadena de comando por el bien de la disciplina. No podemos permitir que nuestros oficiales operen fuera de las reglas establecidas simplemente por no tener paciencia."

D'Espèrey tomó un aliento. "Es un oficial valiente e inteligente, *Capitaine* de Gaulle, y un líder excepcional. Creo que tiene un futuro brillante frente a usted, pero tiene que reprimir este comportamiento precipitado. Discutir con sus superiores, burlar la cadena de comando, así no se ganará mucho apoyo para subir de rango. Lo que le pasó después de Ciudad Tharsis debió de enseñarle una lección."

De Gaulle luchó para mantener su expresión neutral. "*Oui, Mon General*. Gracias por su consejo."

Salió de la oficina de d'Espèrey y se pavoneó al caminar por los corredores del Ministerio de Guerra. El desprecio en su cara se hacía mayor a cada paso que se acercaba a la salida.

"*Seguir la cadena de comando*." Bufó al repetir las palabras de d'Espèrey en su cabeza. De haber seguido esta cadena de comando, su proposición se consumiría en el escritorio de algún oficial menor por los próximos tres años.

¡*Al diablo con eso!* El caminante de batalla en miniatura era algo que Francia necesitaba antes del próximo conflicto. Puede que los marcianos estén derrotados, pero permanecían otras amenazas contra la República. La paranoia de Stalin crecía a cada día, y su milicia no había sufrido las pérdidas de otras naciones de la FEAE. Se hablaba de rebelión en algunas de las colonias de África. Muchos líderes políticos y militares, al igual que ciudadanos ordinarios, querían ignorar estos peligros. Una guerra había terminado y no querían pensar en el comienzo de otra.

Por esto Francia necesitaba hombres como él, que vieran hacia adelante y que encarasen los desafíos que les esperaban. Hombres como d'Espèrey se preocupaban demasiado por las reglas y los procedimientos. Eran cautelosos. Los hombres cautelosos no logran cosas grandes.

Los hombres atrevidos sí.

La Guerra de los Mundos: Revancha

De Gaulle calmó su paso al acercarse a un gran edificio marrón de estilo clásico. El segundo Palacio del Eliseo reconstruido después de la invasión marciana. La residencia del Presidente.

Una sonrisa apareció en sus labios al quedarse mirando al edificio.

Algún día.

"Es bueno verte de nuevo, George." El Coronel Rommel extendió su mano. "Permíteme felicitarte personalmente por tu ascenso. Ahora sólo estás a un paso de ser General."

"Gracias, Erwin." El Coronel George Patton estrechó la mano del oficial alemán. "No sé todavía si quiero cambiar mi pene por una estrella cuando llegue la hora. He estado maldiciendo a generales por años por ser idiotas. Ciertamente no quiero convertirme en un idiota."

Rommel rió, mirando los campos y los arboles en la distancia. "Veo que has sido bien recompensado por tu nuevo rango."

"Si. Casi 100,000 acres. Todo mío." Patton lentamente barrió un brazo a lo largo de su línea de visión, abarcando los vastos campos de la Escuela de Maquinaria de Guerra Fort Knox. "Espero que tú y tus hombres la disfruten, y recuerden, no sean blandos con mis chicos."

"No tengo intención de ello," Rommel sonrió.

"¡Ha! Lo sabía."

Patton llevó a Rommel hacia su calesa personal mientras AAP alemanes salían de una nave de tropas cercana.

"Es por eso que los quería aquí para estos ejercicios," Patton continuó. "Después de todo lo que hiciste en Marte, ¿quién mejor para darles un desafío a estos chicos que tú?"

"*Danke*. Espero también que tus hombres le den un reto a los míos. No quiero que se vuelvan complacientes. Temo que demasiados soldados y políticos lo sean, y apenas han pasado ocho meses después de la guerra en Marte."

Patton gruñó. "Me lo dices a mí."

Los dos oficiales subieron a la calesa. El conductor arrancó el motor y condujo a lo largo del campo.

"Ya tenemos a un montón de asnos en el Congreso que buscan una desmovilización," Patton se quejó. "¿Siguen ignorando a ese loco de Stalin en Rusia? El hijo de perra todavía piensa que destruimos intencionalmente ese ciudad de Novo-lo-que-sea. Sigue convocando una revolución comunista mundial, a que los trabajadores se levanten. ¿Cómo puede alguien pensar que ese tipo no es una amenaza? Y después están los japoneses. Están amasando sus fuerzas navales aun más que sus fuerzas espaciales. Tienen algo entre manos, te lo dijo. Bastardos sigilosos."

"Hmm." Rommel asintió. "Creo que había una pequeña e ingenua parte de mí que esperaba que la invasión y que la revancha finalmente nos unieran a todos. Obviamente, ése no ha sido el caso."

"Puedes tener a casi toda la gente del mundo queriendo la paz mundial, pero la verdad es siempre va a haber hijos de perra desatando problemas. Por eso siempre se va a necesitar gente como nosotros."

La calesa es estacionó junto a una tienda. Patton y Rommel se bajaron del vehículo y entraron. Después de ofrecer un asiento a Rommel, Patton abrió un cajón y sacó una botella de whiskey y dos vasos.

"A tu ascenso, *mein freund*." Rommel alzó su vaso.

"Y al tuyo." Patton asintió, notando las lengüetas de un coronel del Ejército Imperial Alemán en el collar de su amigo.

Bebieron. Patton sirvió otra ronda cuando Rommel dijo, "Propongo que nuestro siguiente brindis sea en honor a la aceptación por parte de nuestros superiores del nuevo diseño para los AAP."

"Exactamente lo que tenía pensado." Patton sonrió ampliamente. "Todos estos años de gritar y quejarnos, y finalmente conseguimos lo que buscábamos. Completamente nuevos AAP. Chasis cerrado y blindado más resistente para mejor protección de la tripulación, torreta montada con rotación de 360 grados, ametralladoras. Lástima que el cañón principal sea de treinta y siete milímetros. Es algo patético en comparación a lo que teníamos en los AAP originales."

"Cierto, pero estoy seguro de que a través de prueba y error, podremos mejorar el cañón en un par de años."

"Si, espero que esto sea antes de que los rusos o los japoneses decidan hacer algo," Patton gruñó. "También espero que a los estúpidos del Departamento de Guerra se les ocurra un mejor nombre."

"¿Cómo le llaman?"

"Cañón Directo de Soporte para Infantería. Los 'genios' militares lo abreviaron como CDISI."

"*Ach*! Es un nombre terrible."

"Absolutamente."

"Tanto como he criticado a los Generales," dijo Rommel, "al menos se les ocurrió un mejor nombre para nuestros AAP."

"¿Cómo se llama?"

"Le llamamos... el *panzer*."

Patton ladeó la cabeza. *Panzer*. Le agradaba. El nombre invocaba un sentimiento de velocidad, fuerza y letalidad, todo lo que visionaba para este nuevo tipo de AAP.

"Erwin, amigo mío, yo digo que el CDISI está muerto." Patton alzó su vaso."Larga vida al *panzer*."

La siguiente es una lista de figuras históricas utilizadas en esta historia y un resumen de sus logros en la vida real.

George S. Patton (1885-1945): General norteamericano. Lideró campañas exitosas en el Norte de África y Sicilia durante la Segunda Guerra Mundial.

Erwin Rommel (1891-1944): Mariscal de campo alemán. Legendario comandante de tanques panzer durante la Segunda Guerra Mundial. Implicado en una trama de asesinato contra Hitler y obligado a suicidarse

Charles de Gaulle (1890-1970): General francés, líder de las fuerzas armadas de Francia Libre durante la Segunda Guerra Mundial. Presidente de la Quinta República Francesa.

David Beatty (1871-1936): Almirante de flota británico. Comandante de la Gran Flota Británica durante la Primera Guerra Mundial.

Georgy Zhukov (1896-1974): Mariscal de la Unión Soviética durante la Segunda Guerra Mundial. Jugó un rol vital en la expulsión del ejército alemán de Rusia.

Lavrentiy Beria (1899-1953): Jefe del NKVD en la Unión Soviética, precursor al KGB. Ejecutado después de un golpe de estado a cargo de Nikita Krushchev y Georgy Zhukov.

David Lloyd George (1863-1945): Primer Ministro británico de 1916 a 1922.

Leonard Wood (1860-1927): General norteamericano. Sirvió en la Guerra Hispano-estadounidense y en la Insurrección filipina. Se postuló para la presidencia de los Estados Unidos en 1920, sin éxito.

Andre Maginot (1877-1932): Miembro francés del Parlamento y Ministro de Guerra. Defendió una hilera de fuertes a lo largo de la frontera con Alemania, la cual llegaría a ser conocida como la Línea Maginot.

Maximilian I, también conocido como Archiduque Maximilian Eugen de Austria (1895-1952): Hijo del Archiduque Otto de Austria, hermano de Carlos I, y último emperador del Imperio Austro-húngaro.

Heinz Guderian (1888-1954): General alemán, considerado un pionero en la maquinaria de guerra.

Alphonse Juin (1888-1967): General francés. Lideró fuerzas de Francia Libre durante la campaña italiana en la Segunda Guerra Mundial.

Charles Summerall (1867-1955): General norteamericano. Luchó en la Primera Guerra Mundial, sirvió como Jefe de Estado Mayor del Ejército de los Estados Unidos de 1926 a 1930.

Hans von Seeckt (1866-1936): General alemán. Comandó el Ejército Alemán después de la Primera Guerra Mundial.

Eddie Rickenbacker (1890-1973): Piloto norteamericano durante la Primera Guerra Mundial.

John F. O'Ryan (1874-1961): General norteamericano. Comandante de la Guardia Nacional de Nueva York, Comandante de la División 27 de los Estados Unidos durante la Primera Guerra Mundial.

William Nickerson (1875-1954): Miembro de las Fuerzas Médicas del ejército británico durante la Primera Guerra Mundial. Recibió la Cruz Victoria.

HMSS Thomas Limacre: La nave hospital retratada en esta historia fue nombrada en honor a un doctor británico que vivió de 1460 a 1524. Fundó el Colegio de Médicos en Londres.

Louis Francet d'Espèrey (1856-1942): General francés. Lideró campañas exitosas en Europa del Este durante la Primera Guerra Mundial.

Algunas figuras históricas prominentes del periodo están ausentes en la historia. Dada la devastación de la invasión marciana, no cabe duda de que muchos de estos individuos habrían muerto, o vivido diferentes vidas.

JOHN J. RUST

John J. Rust nació en Nueva Jersey. Estudió periodismo y radiodifusión en el Colegio Comunitario del Condado de Mercer en Nueva Jersey y en el Colegio de Mount St. Vincent en Nueva York. Se mudó a Arizona en 1996, donde actualmente labora como Director de Deportes para Radio KYCA. Rust ha publicado cinco novelas y varios cuentos cortos.

Otros libros de John J. Rust:
Sea Raptor
Fallen Eagle: Alaska Front
Dark Wings
The Best Phillies Team Ever
Arizona's All-Time Baseball Team

MARK GARDNER

Mark Gardner es un veterano de la Marina de los Estados Unidos. Actualmente vive en el norte de Arizona, con su esposa, tres hijos y un par de perros consentidos. Mark es licenciado en Sistemas Informáticos y Aplicaciones y es Jefe Operador para Radio KYCA. Gardner ha publicado otras tres novelas, tres novelas cortas, y varios cuentos cortos.

Otros libros de Mark Gardner:
Champion Standing
Sixteen Sunsets
Days Until Home
Body Rentals
Forlorn Hope
Brass Automaton

JAMES LUPO

James Lupo (también conocido como Milan Reno) es un escritor y traductor nacido en Ucrania, y actualmente reside en la Ciudad de México. Estudió Lengua y Letras Modernas Inglesas en la Universidad Nacional Autónoma de México y actualmente está trabajando en su segundo libro, además de una variedad de artículos para varios sitios. Frecuenta cafés y bares abundantes de jazz y áreas para fumar.

Otros traducciones de James Lupo:
Champion Standing
His Indecent Training 3
The Vampire's Omen
Repent at Leisure

Made in United States
Orlando, FL
01 October 2024